屈曲泉流繞
石林到來竺
宇暢幽尋了
知說法無多子
且喜入山不厭
深七佛總空
法化報三生
曾話去來今
未能習靜催
歸轡已聽鐘
流雲外音
天竺寺

董邦達作「天竺寺圖」：陳家洛與乾隆在杭州天竺初次相遇。董邦達，浙江富陽人，乾隆時任工部尚書、禮部尚書。於乾隆遊江南前先繪「西湖四十景」作遊覽指南，每圖均有乾隆題詩。乾隆題記云：「董邦達所作西湖諸景，辛未南巡，攜之行笥，遇境輒相印證，信能曲盡其勝。」又云：「即景成吟，辭不盡高，質之圖中邱壑，略得梗概云。」自謙題詩「辭不盡高」，意思說大部分是高的。本圖為四十景之一，乾隆題詩：「屈曲泉流繞石林，到來竺宇暢幽尋。了知說法無多子，且喜入山不厭深。七佛總空法化報，三生曾話去來今。未能習靜催歸轡，已聽鐘流雲外音。」圖右為西湖。圖中遠處之山即獅峯，王維揚與張召重比武處。本圖承畫家唐鴻先生借用。

乾隆所繪之「煙波釣艇」圖：作於乾隆九年，時年三十四歲。

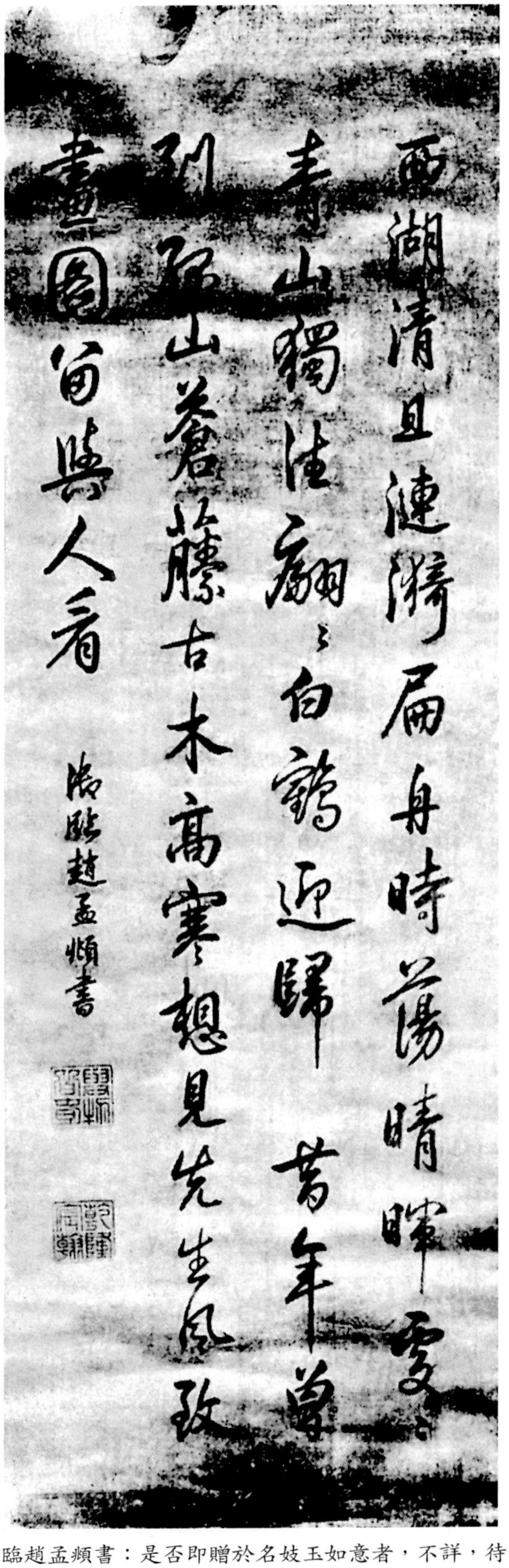

乾隆臨趙孟頫書：是否即贈於名妓玉如意者，不詳，待考。

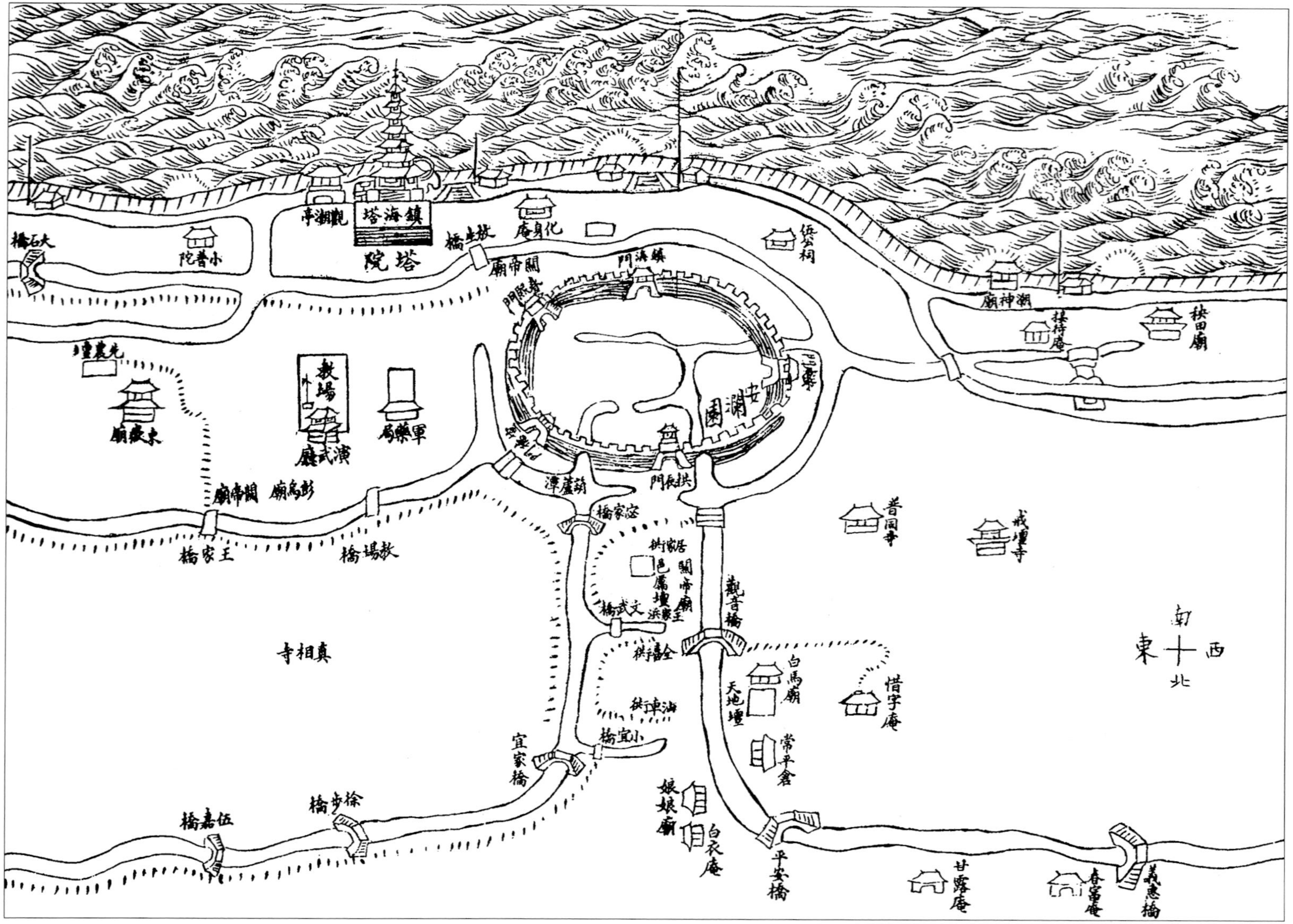

海寧城及海塘：錄自《海寧州志稿》，家兄良鑑所贈。

年畫。（乾隆帝巡幸蘇州圖）

乾隆遊江南圖：清代

書劍恩仇錄

大字版

②手足情義

金庸

大字版金庸作品集②

書劍恩仇錄 (2)手足情義 「公元2001年金庸新修版」

Book and Sword, Gratitude and Revenge, Vol. 2

作　者／金　庸

封面設計／唐壽南　內頁插畫／王司馬

發 行 人／王 榮 文
出版・發行／遠流出版事業股份有限公司
臺北市中山北路一段11號13樓
電話／2571-0297　傳真／2571-0197　郵撥／0189456-1

□2001年4月16日　初版一刷
□2022年3月16日　二版三刷

大字版　每冊380元（本作品全四冊，共1520元）

〔另有典藏版共36冊（不分售），平裝版共36冊，新修版共36冊，新修文庫版共72冊〕

ISBN　978-957-32-8521-2（套：大字版）
ISBN　978-957-32-8518-2（第二冊：大字版）
Printed in Taiwan

YLib 遠流博識網
http://www.ylib.com　E-mail:ylib@ylib.com

目錄

周綺突然見到自己在水中的倒影，心想：「糟糕，這副鬼樣子全教他瞧去了。」於是映照著溪水洗淨了臉，十指權作梳子，梳理了頭髮。

第六回　有情有義憐難侶　無法無天振饑民

周綺在亂軍之中與衆人失散，滿眼望去，全是清兵，隨手砍翻了衝到身邊的幾名，只見兵卒四面八方的湧到，心中慌亂，縱馬亂奔。跑了一程，又遇到一隊官兵，她不敢迎戰，回頭落荒而走，黑暗中馬足不知在甚麼東西上一絆，突然跪倒。她此時又疲又怕，坐得不穩，一個倒栽蔥跌下馬來，後腦在硬土上重重一撞，暈了過去。幸而天黑，清兵並未發現。

昏迷中也不知過了多少時候，突然眼前一亮，隆隆巨響，接著臉上一陣清涼，許多水點潑到了頭上，周綺睜開眼來，但見滿天烏雲，大雨傾盆而下，「啊喲」一聲，跳起身來，忽然身旁一人也坐了起來。周綺吃了一驚，忙從地上抓起單刀，正想砍去，突然兩人都驚叫起來，原來那人是徐天宏。

徐天宏叫道：「周姑娘，怎麼你在這裏？」周綺在亂軍中殺了半夜，父親也不知去了何方，突然遇到徐天宏，雖然素來不喜此人，專和他拌嘴，畢竟是遇到了自己人，饒是俏李逵心膽粗豪，不讓鬚眉，這時也不禁要掉下淚來。她咬嘴唇忍住，說道：「我爹爹呢？」徐天宏忽打手勢叫她伏下，輕聲道：「有官兵。」周綺忙即伏低，兩人慢慢爬到一個土堆後面，探頭往外張望。

這時天已黎明，大雨之中，見數十名清兵在掩埋死屍，一面掘地，一面大聲咒罵。過了一會，屍體草草埋畢，一名把總高聲吆喝：「張得標、王升，四邊瞧瞧，還有屍首沒有？」兩名清兵應了，站上高地四下張望，見二人伏在地下，叫道：「還有兩具。」

周綺聽得把自己當作死屍，心中大怒，便要跳起來尋晦氣。徐天宏一把拖住她手臂，低聲道：「等他們過來。」兩名清兵拿了鐵鍬走來，周徐二人一動不動裝死，待兩兵走近俯身伸手要拉，突然各刺一刀，插入兩兵肚腹。兩兵一聲也來不及叫，已然喪命。

那把總等了半天，不見兩兵回來，雨又下得大，好生不耐煩。口中王八羔子的罵人，騎了馬過來查看。徐天宏低聲道：「別作聲，我奪他的馬。」那把總走到近處，見兩兵死在當地，大吃一驚，正待叫人，徐天宏一個箭步，已竄了上去，揮刀斜劈。那把總手中未拿兵器，舉起馬鞭一擋，連鞭帶頭，給砍下馬來。徐天宏挽住馬韁，叫道：「快上馬！」周綺一躍上馬，徐天宏放開腳步，跟在馬後。

衆淸兵發見敵蹤，大聲吶喊，各舉兵刃追來。徐天宏奔不得幾十步，左肩上被金針射中處愈來愈痛，難以忍受，一陣昏迷，跌倒在地。周綺回頭觀看敵情，忽見徐天宏跌倒，忙勒轉馬頭，奔到他身旁，俯身伸手，將他一把提起，橫放鞍上，刀背敲擊馬臀，那馬如飛而去。衆淸兵叫了一陣，那裏追趕得上？

周綺見淸兵相離已遠，將刀插在腰裏，看徐天宏時，見他雙目緊閉，臉如白紙，呼吸細微，心中很是害怕，不知怎麼是好，只得將他扶直了坐在馬上，左手抱住他腰，防他跌落，儘揀荒僻小路奔馳。跑了一會，見前面黑壓壓的一片森林，催馬進林，四周樹木茂密，稍覺安心。這時雨已停歇，她下了馬，牽馬而行，到了林中一處隙地，見徐天宏仍是神智昏迷，想了一想，把他抱下馬來，放在草地上，自己坐下休息，讓馬吃草。她一個二十歲不到的姑娘，孤零零坐在荒林之中，眼前這人不知是死是活，束手無策之餘，不禁悲從中來，抱頭大哭，眼淚一點一點滴在徐天宏臉上。

徐天宏在地上躺了一會，神智漸淸，以爲天又下雨，微微睜開眼睛，只見眼前一張俏臉，一對大眼哭得紅紅的，淚水撲撲撲的滴在自己臉上。他哼了一聲，左肩又痛，不由得叫了聲「啊喲！」

周綺見他醒轉，心中大喜，忽見自己眼淚又是兩滴落在他嘴角邊，忙掏出手帕，想給他擦，剛伸出手，驟然警覺，又縮了回來，怪他道：「你怎麼躺在我跟前，也不走開些。」徐天宏「嗯」了一聲，掙扎著要爬起。周綺道：「算了，就躺在這兒吧。咱們怎麼辦呀？你是諸葛亮，爹爹說你鬼心眼兒最多的。」徐天宏道：「我肩上痛的厲害，甚麼也不能想。姑娘，請你給我瞧瞧。」周綺道：「我不高興瞧。」口中這麼說，終究還是俯身去看，瞧了一會，說道：「好端端的，沒有甚麼，又沒血。」

徐天宏勉力坐起身來，右手用單刀刀尖將肩頭衣服挑開了個口子，斜眼細看，說道：「這裏中了三枚金針，打進肉裏去了。」金針雖細，卻是深射著骨，痛得他肩上猶如被砍了三刀一般。周綺道：「怎麼辦呢？咱們到市鎮上找醫生去吧？」徐天宏道：「那不成。昨晚這一鬧，四廂城鎮誰不知道？咱們這一身打扮，又找醫生治傷，直是自投羅網。這本該用吸鐵石吸出來，這會兒卻到那裏找去？勞你的駕，請用刀把肉剜開，拔出來吧。」

周綺半夜惡鬥，殺了不少官兵，面不改色，現在要她去剜徐天宏肩上肌肉，反倒躊躇起來。徐天宏道：「我挺得住，你動手吧……等一下。」他在衣上撕下幾條布條，交給周綺，問道：「身邊有火摺子麼？」周綺一摸囊中，道：「有的，幹麼呀？」徐天宏道：「請你撿些枯草樹葉來燒點灰，待會把針拔出，用灰按著創口，再用布條縛住。」

周綺照他的話做了，燒了很大的一堆灰。徐天宏笑道：「成了，足夠止得住一百個傷口的血。」周綺氣道：「我是笨丫頭，你自己來吧！」徐天宏陪笑道：「是我說錯了，你別生氣。」周綺道：「哼，你也會知錯？」右手拿起單刀，左手按向他肩頭針孔之旁。她手指突然碰到男人肌膚，不禁立刻縮回，只羞得滿臉發燒，直紅到耳根子中去。

徐天宏見她忽然臉有異狀，雖是武諸葛，可不明白了，問道：「你怕麼？」周綺嗔道：「我怕甚麼？你自己才怕呢！轉過頭去，別瞧。」徐天宏依言轉過了頭。周綺將針孔旁肌肉捏緊，挺刀尖刺入肉裏，輕輕一轉，鮮血直流出來。徐天宏咬緊牙齒，一聲不響，滿頭都是黃豆般大的汗珠。周綺將肉剜開，露出了針尾，用徐天宏的衣衫抹去針尾鮮血，右手拇指食指緊緊捏住，力貫雙指一提，便拔了出來。

徐天宏臉如白紙，仍強作言笑，說道：「可惜這枚針沒針鼻，不能穿線，否則倒可給姑娘繡花。」周綺道：「我才不會繡花呢，去年媽教我學，我弄不了幾下，就把針折斷了，又把綳子弄破啦。媽罵我，我說：『媽，我不成，你給教教。』你猜她怎麼說？」徐天宏道：「她說：『拿來，我教你。』」周綺道：「哼，她說：『我沒空。』後來給我琢磨出來啦，原來她自己也不會。」徐天宏哈哈大笑，說話之間又拔了一枚針出來。

周綺笑道：「我本來不愛學，可是知道媽不會，就偏磨著要她教。媽給我纏不過，她說：『你再胡鬧，告訴爹打你。』她又說：『你不會針線，哼，將來瞧你……』」說到這裏突然止住，原來她媽當時說：「將來瞧你找不找得到婆家。」徐天宏問道：「將來瞧你怎麼啊？」周綺道：「別囉唆，我不愛說了。」

口中說話，手裏不停，第三枚金針也拔了出來，用草灰按住創口，拿布條縛好，見他血流滿身，仍是臉露笑容，和自己有說有笑，也不禁暗暗欽佩，心想：「瞧不出他身材雖矮，倒也是個英雄人物。要是人家剜我的肉，我會不會大叫媽呢？」想到爹娘，又是一陣難受。這時她滿手是血，說道：「你躺在這裏別動，我去找點水喝。」

一望地勢，奔出林來，走了數百步，找到一條小溪，大雨甫歇，溪水流勢湍急，將手上的血在溪中洗淨了，俯身溪上，突然看見自己在水中的倒影，只見頭髮蓬鬆，身上衣服既濕且皺，臉上又是血漬又是泥污，簡直不成個人樣，心想：「糟糕，這副鬼樣子全教他看去了。」於是映照溪水，洗淨了臉，十指權當梳子，將頭髮梳好編了辮子，在溪裏舀些水喝了，心想徐天宏一定口渴，可是沒盛水之具，頗爲躊躇，靈機一動，從背上包裹取出一件衣服，在溪水裏洗乾淨了，浸得濕透，這才回去。

徐天宏剛才和周綺說笑，強行忍住，此時肩上劇痛難當，等她回轉，已痛得死去活來。周綺見他臉上雖然裝得並不在乎，其實一定很不好受，憐惜之念，油然而生，叫他張開嘴，將衣中所浸溪水擠到他口裏，輕聲問道：「痛得厲害麼？」

徐天宏一直將這個莽姑娘當作鬥智對手，向來沒存男女之見。那知自己受傷，偏偏是這個朋友中的惟一對頭護持相救，心中對她所懷厭憎之情一時盡除。這時周綺軟語慰問，他一生不是在刀山槍林中廝混，便是在陰謀詭計中打滾，幾時消受過這般溫柔辭色，不由得感動，望著她怔怔的說不出話來。

周綺見他發呆，只道他神智又胡塗了，忙問：「怎麼，你怎麼啦？」徐天宏定了定神，說道：「好些了，多謝你。」周綺道：「哼，我也不要你謝。」徐天宏道：「咱們在這裏不是辦法，可也別上市鎮，得找個偏僻的農家，就說咱們是兄妹倆……」周綺道：「我叫你哥哥？」徐天宏道：「你要是覺得我年紀太大，那就叫我叔叔。」周綺道：「呸，你像嗎？就叫你哥哥好啦。不過只在有人的時候叫，沒人的時候我可不叫。」徐天宏笑道：「好，不叫。咱們對人說，在路上遇到大軍，把行李包裹都給搶去啦，還把咱們打了一頓。」兩人商量好了說話，周綺將他扶起。

徐天宏道：「你騎馬，我腳上沒傷，走路不礙。」周綺道：「爽爽快快的騎上去。你瞧不起女人，是不是？」徐天宏笑笑，只得上了馬。兩人出得樹林，面對著太陽揀小路走。

西北是荒僻之地，不像南方處處桑麻、處處人家，兩人走了一個多時辰，又飢又累，好容易才望見一縷炊煙，走近時見是一間土屋。行到屋前，徐天宏下馬拍門，過了半晌，出來一個老婦，見兩人裝束奇特，不住的打量。徐天宏將剛才編好的話說了，向她討些吃的。

那老婦嘆了一口氣，說道：「害死人的官兵。客官，你貴姓？」徐天宏道：「姓周。」周綺望了他一眼，卻不說話。那老婦把他們迎進去，拿出幾個麥餅來。兩人餓得久了，雖然麥餅又黑又粗，也吃得十分香甜。

那老婆婆說是姓唐，兒子到鎮上賣柴給狗咬了，一扁擔把狗打死，那知這狗是鎮上大財主家的，給那財主叫家丁痛打了一頓，回家來又是傷又是氣，過得幾天就死了。媳婦少年夫妻，一時想不開，丈夫死後第二夜上了吊，留下老婆子孤苦伶仃一人。老婆婆邊說邊淌眼淚。

周綺聽了大怒，問那財主叫甚麼，住在那裏。老婆婆說：「這殺才也姓唐，人家當面叫他唐六爺唐秀才，背後都叫他糖裏砒霜。他住在鎮上，鎮上就數他的屋子最大。」周綺問道：「甚麼鎮？怎樣走法。」老婆婆道：「那個鎮啊，這裏往北五里路，過了坡，上大路，向東再走二十里，那就是了，叫文光鎮。」周綺霍地站起，抄起單刀，對徐天宏道：「喂……哥……哥我出去一下，你在這裏休息。」徐天宏見她神情，知她要去殺那糖裏砒霜，說道：「要吃糖嘛，晚上吃好吃些。」周綺一楞，明白了他意思，點點頭，坐了下來。

徐天宏道：「老婆婆，我身上受了傷，行走不得，想借你這裏過一夜。」那老婆婆道：「住是不妨，窮人家沒甚麼吃的，客官莫怪。」徐天宏道：「老婆婆肯收留我們，那是感激不盡。我妹子全身都濕了，老婆婆有舊衣服，請借一套給她換換。」老婆婆道：「我媳婦留下來的衣裳，姑娘要是不嫌棄，就對付著穿穿，怕還合身。」周綺去換衣服，出來時，見徐天宏已在老婆婆兒子房裏的炕上睡著了。

到得傍晚，徐天宏忽然胡言亂語起來，周綺在他額角一摸，燒得燙手，想是傷口化膿。她知道這情形十分凶險，可是束手無策，不知怎麼辦好，心中一急，也不知是生徐天宏的氣，還是生自己的氣，舉刀在地上亂剁，剁了一會，伏在炕上哭了起來。那老婆婆又是可憐又是害怕，也不敢來勸。周綺哭了一會，問道：「鎮上有大夫嗎？」老婆婆道：「有，有，曹司朋大夫的本事是最好的了，不過他架子很大，向來不肯到我們這種鄉下地方來看病。我兒子傷重，老婆子和媳婦向他磕了十七八個響頭，他說甚麼也不肯來一趟……」周綺不等她說完，抹了抹眼淚，便道：「我這就去請。我……哥哥在這裏，你瞧著他些。」老婆婆道：「姑娘你放心，唉，那大夫是不肯來的。」

周綺不再理她，將單刀藏在馬鞍之旁，騎了馬一口氣奔到文光鎮上，天已入夜，經過一家小酒店，一陣陣酒香送將出來，不由得酒癮大起，心道：「先請醫生把他的傷治好再說，酒嘛，將來還怕沒得喝麼？」見迎面來了一個小廝，問明了曹司朋大夫的住處，逕向他家奔去。

到得曹家，打了半天門，才有個家人出來，大剌剌地問：「天都黑了，砰嘭山響的打門幹麼？報喪嗎？」周綺大怒，但想既然是來求人，不便馬上發作，忍氣道：「來請曹大夫去瞧病。」那家人道：「不在家。」也不多話，轉身就要關門。

周綺急了，一把拉住他手臂，提出門來，拔出單刀，說道：「他在不在家？」那人嚇得魂不附體，顫聲道：「眞的……眞的不在家。」周綺道：「到那裏去啦？快說。」那家人道：「到小玫瑰那裏去了。」周綺將刀在他臉上一擦，喝道：「小玫瑰是甚麼東西？在那裏？」那家人道：「小玫瑰是個人。」周綺道：「胡說！那有好端端的人叫小玫瑰的？」那家人急了，道：「大……王……姑娘，小玫瑰是個婊子。」周綺怒道：「婊子是壞人，到她家裏去幹麼？」那家人心想這姑娘強兇霸道，可是世事一竅不通，想笑又不敢笑，只得不言語了。周綺怒道：「我問你，怎麼不說話？」那家人道：「她是我們老爺的相好。」周綺這才恍然大悟，呸了一聲道：「快領我去，別再囉唆啦！」那家人心想：「我幾時囉唆過啦，都是你在瞎扯。」但冷冰冰的刀子架在頸裏，不敢不依。

兩人來到一家小戶人家門口，那家人道：「這就是了。」周綺道：「你打門，叫大夫出來。」那家人只得依言打門，鴇婆出來開門。那家人道：「有人要我們老爺瞧病，我說老爺沒空，她不信，把我逼著來啦。」那鴇婆白了他一眼，啪的一聲把門關了。

周綺站在後面，搶上攔阻已然不及，在門上擂鼓價一陣猛敲，裏面聲息全無，心中大怒，在那家人背上踢了一腳，喝道：「快滾，別在姑娘眼前惹氣。」那家人被她踢了個狗吃屎，口裏嘮嘮叨叨的爬起來走了。

周綺待他走遠，縱身跳進院子，見一間房子紙窗中透出燈光，輕輕走過去伏下身來，只聽得兩個男人的聲音在說話，心中一喜，怕的是那大夫在跟婊子鬼混，可就不知如何是好了。用手指沾了唾沫，濕破窗紙，附眼裏張，見房裏兩個男子躺在一張睡榻上說話。一個身材粗壯，另一個是瘦長條子，一個妖艷的女子在給那瘦子搥腿。

周綺正想喝問：「那一個是曹司朋？快出來！」只見那壯漢把手一揮。周綺一怔，見那女子站了起來，笑道：「哥兒倆又要商量甚麼害人的花樣啦，給兒孫積積德吧，回頭別生個沒屁眼的小子。」那壯漢笑喝：「放你娘的臭屁。」那女子笑著走了出來，把門帶上，轉到內堂去了。周綺心想：「敢情這女子就是小玫瑰，眞不要臉。不過她的話還說得在理。」

只見那壯漢拿了四隻元寶出來，放在桌上，說道：「曹老哥，這裏是二百兩銀子，咱們是老交易，老價錢。」那瘦子道：「唐六爺，這幾天大軍過境，你六爺供應軍糧，又要大大發一筆財啦。」周綺一聽又喜又怒，喜的是那糖裏砒霜竟在此地，不必另行去找，多費一番手腳，怒的是大軍害得她吃了這許多苦頭，原來此人還幫害人的大軍辦事。

那壯漢道：「那些泥腿子刁鑽得很，你道他們肯乖乖的繳糧出來麼？這幾天我東催西迫，人都累死啦。」那瘦子笑道：「這兩包藥你拿回去，有得你樂的啦。這包紅紙包的給那娘兒吃，不上一頓飯功夫，她就人事不知，你愛怎麼擺佈就怎麼擺佈，這可用不著兄弟教了吧？」兩人哈哈大笑。那瘦子又道：「這包黑紙包的給那男人服，你只說給他醫傷，吃後不久，他就傷口流血而死。別人只道他創口破裂，誰也疑心不到你身上。你說兄弟這著棋怎麼樣？」那壯漢連說：「高明，高明。」

那瘦子道：「六爺，你人財兩得，酬勞兄弟二百兩銀子，似乎少了一點吧？」那壯漢道：「曹老哥，咱們自己哥兒，明人不說暗話，那雌兒相貌的確標致。她穿了男裝，我已經按捺不住啦，後來瞧出來她是女子扮的，嘿嘿，送到嘴邊的肥肉不食，人家不罵我唐六祖宗十八代沒積陰功麼？那個男的，眞的沒多少油水，只是他們兩人一路，我要了那雌兒，總不能讓那男的再活著。」那瘦子道：「你不是說他有一枝金子打的笛子？單是這枝笛子，也總有幾斤重吧？」那壯漢道：「好啦，好啦，我再添你五十兩。」又拿出一隻元寶來。

周綺越聽越怒，一腳踢開房門，直搶進去。那壯漢叫聲「啊喲」，飛腳踢她握刀的手腕。周綺單刀翻處，順手將他右腳剁了下來，跟著一刀，刺進心窩。

那瘦子在一旁嚇得呆了，全身發抖，牙齒互擊，格格作響。周綺拔出刀來，在死屍衣上拭乾血漬，左手抓住瘦子胸口衣服，喝道：「你就是曹司朋麼？」那瘦子雙膝一曲，跪倒在地，說道：「求……姑娘……饒命……我再也不敢了。」周綺道：「誰要你的性命？起來。」曹司朋顫巍巍的站起，雙膝發軟，站立不穩，又要跪下。周綺將桌上五隻元寶和兩包藥都放在懷裏，說道：「出去。」

曹司朋不知她用意，只得慢慢走出房門，開了大門。鴇婆聽見聲音，在裏面問：「誰呀？」曹司朋不敢做聲。周綺押著他去牽了自己坐騎，兩人上馬馳出鎮去。

周綺拉住他坐騎的韁繩，喝道：「你只要叫一聲，我就剁你的狗頭。」曹司朋連說：「不敢。」周綺怒道：「你說我不敢剁？我偏偏剁給你看。」說著拔出刀來。曹司朋忙道：「不，不，不是姑娘不敢剁，是……是小的不敢叫。」周綺一笑，還刀入鞘，心道：「我還眞不敢剁你的狗頭呢，否則誰來給他治病？」

不到一個時辰，兩人已來到那老婦家。周綺走到徐天宏炕前，見他昏昏沉沉的，燭光下但見滿臉通紅，想是燒得厲害。周綺一把將曹司朋揪過，說道：「我這位……哥哥受了傷，你快給他醫好。」

曹司朋一聽是叫他治病，這才放下了幾分驚疑憂急之心，瞧了徐天宏的臉色，診了脈，將他肩上的布條解下，看了傷口，搖了幾下頭，說道：「這位爺現在血氣甚虧，虛火上衝……」周綺道：「誰跟你說這一套，你快給他治好，不治好，你休想離開。」曹司朋道：「我去鎮上拿藥，沒藥也是枉然。」

這時徐天宏寧定了些，聽著他二人說話。周綺道：「哼，你當我是三歲小孩子？你開藥方，我去贖藥。」曹司朋無可奈何，道：「那麼請姑娘拿紙筆來，我來開方。」

可是在這貧家山野之居，那裏來紙筆？周綺皺起了眉頭，無計可施。曹司朋頗爲得意，說道：「這位爺的病耽擱不起，還是讓我回鎮取藥最好。」徐天宏道：「妹子，你拿一條細柴燒成炭，寫在粗紙上就行了，再不然寫在木板上也成。」周綺喜道：「究竟還是你花頭多。」依言燒了一條炭，老婆婆找出一張拜菩薩的黃表紙來。曹司朋只得開了方子。

周綺等他寫完，找了條草繩將他雙手反剪縛住，雙腳也綑住了，放在炕邊，再將徐天宏的單刀放在他枕邊，對老婆婆道：「我到鎮上贖藥，這狗大夫要是想逃，你就叫醒我哥哥，先把他砍死再說。」

周綺又騎馬到了鎮上，找到藥材店，叫開門配了十多帖藥，總共是一兩三錢銀子，一摸囊中，適才取來的五隻元寶留在老婆婆家裏桌上，匆忙之中沒想到要帶錢，說道：「賒一賒，回來給錢。」店夥大急，叫道：「姑娘，不行啊，你……你不是本地人，小店本錢短缺……」周綺怒道：「這藥算是我借的，成不成？將來你也生這病，我拿來還你。」店夥道：「這是醫治刀傷的藥，小的……小的不跟人打架。」周綺怒道：「你不會給刀砍傷？哼，說這樣的滿話！」唰的一聲，拔出單刀，喝道：「我便砍你一刀，瞧你受不受傷？」店夥見了明晃晃的鋼刀，雙腿一軟，坐倒在地，隨即鑽入了櫃檯之下。

周綺是富家小姐，與駱冰不同，今日強賒硬借，出於無奈，實是生平第一次，心中好生過意不去。取藥上馬，天色漸亮，見街上鄉勇來往巡查，想是糖裏砒霜被殺之事已經發覺。她縮在街角，待巡查隊過去，才放馬奔馳，回到老婦家時天已大明，忙和老婆婆合力把藥煎好，盛在一隻粗碗裏，拿到徐天宏炕邊，推醒他喝藥。

徐天宏見她滿臉汗水煤灰，頭髮上又是柴又是草，想到她出身富家，從未做過這些燒火煮湯之事，不由得甚是感激，忙坐起來把碗接過，心念一動，將藥碗遞到曹司朋口邊，說道：「你喝兩口。」曹司朋稍一遲疑，周綺已明白徐天宏用意，連說：「對對，要他先喝，你不知道這人可有多壞。」曹司朋只得張嘴喝了兩口。徐天宏道：「妹子，你歇歇吧，這藥過一會再喝。」周綺道：「幹麼？」徐天宏道：「瞧他死不死。」周綺道：「對啦，要是他死了，這藥就不能喝。」將油燈放在曹司朋臉旁，一雙烏溜溜的大眼一瞬不瞬的瞧著他，看他到底死也不死。

曹司朋苦笑道：「醫生有割股之心，哪會害人？」周綺怒道：「你和糖裏砒霜鬼鬼崇崇的商量，要害人家姑娘，謀人家的金笛子，都給我聽見啦。還說得嘴硬？」徐天宏一聽金笛子，忙問原因。周綺將聽到的話說了一遍，並說已將那糖裏砒霜殺了。她說到這裏，忙出去告訴老婆婆，說已替他兒子媳婦報仇雪恨。那老婆婆眼淚鼻涕，又哭又謝，不住唸佛。

徐天宏等周綺回進來，問曹司朋道：「那拿金笛子的是怎樣一個人？女扮男裝的又是誰？」周綺拔出單刀，在一旁威嚇：「你不說個明明白白，我一刀先捌死你。」

曹司朋害怕之極，說道：「小……小人照說就是……昨天唐六爺來找我，說他家裏有兩個人來借宿，一個身受重傷，另一個是美貌少年。他本來不肯收留，但見這少年標致得出奇，就留他們住了一宿，後來聽這少年說話細聲細氣，舉止神情都像是女子，又不肯和那男子同住一房，因此斷定是女扮男裝的。」周綺道：「於是他就來向你買藥了？」曹司朋道：「小人該死。」徐天宏道：「那男的是甚麼樣子？」曹司朋道：「唐六爺叫我去瞧過，他大約二十三四歲，文士打扮，身上受了七八處刀傷棍傷。」徐天宏道：「傷得厲害嗎？」曹司朋道：「傷是重的，不過都是外傷，也不是傷在致命之處。」

徐天宏見再問不出甚麼道理來，伸手端藥要喝，手上無力，不住顫抖，將藥潑了些出來。周綺看不過眼，將藥碗接過，放在他嘴邊。徐天宏就著她手裏喝了，道：「多謝。」曹司朋瞧在眼裏，心想：「這兩個男女強盜不是兄妹，那有哥哥向妹子說『多謝』

的？」

徐天宏喝了藥後，睡了一覺，出了一身大汗，傍晚又喝了一碗。這曹司朋人品雖壞，醫道卻頗高明，居然藥到病除。再過一天，徐天宏好了大半，已能走下炕來。

又過了一日，徐天宏自忖已能勉強騎馬上路，對周綺道：「那拿金笛子的是我十四弟，不知怎麼會投在惡霸家裏。那惡霸雖已被你殺死，想無大礙，但我總不放心，今夜咱們去探一探。你瞧怎樣？」周綺道：「他是你十四弟？」徐天宏道：「他到你莊上來過的，你也見過，就是我們總舵主派他第一個出去打探消息的那人。」周綺道：「嗯，早知是他，將他接到這來，和你一起養傷，倒也很好。」徐天宏笑了笑，過了一會，沉吟道：「那女扮男裝的卻又是誰？」

到得傍晚，周綺將兩隻元寶送給老婆婆，她千恩萬謝的收了。周綺將曹司朋一把提起，手起刀落，將他一隻右耳割了下來，喝道：「你把我哥哥醫好，才饒你一條狗命，以後再見到你爲非作歹，嘿嘿，那糖裏砒霜就是榜樣。我一刀刺進你心窩子裏。」曹司朋按住創口，連說：「不敢。」周綺怒道：「你說我不敢？」曹司朋道：「不，不，不是姑娘不敢，是……是小的不敢。」徐天宏道：「咱們過三個月還要回來，那時再來拜訪曹大夫。」曹司朋又說：「不敢，不敢！不……不是英雄不敢拜訪，是……是小的不敢當，不敢當。」

周綺道：「你騎他的馬，咱們走吧。」兩人上馬往文光鎮奔去。周綺問道：「你說咱們過三個月再回來，幹麼呀？」徐天宏道：「我騙騙那大夫的，叫他不敢跟那老婆婆爲難。」周綺點點頭，行了一段路，說道：「你對人幹麼這樣狡猾？我不喜歡。」

徐天宏一時答不出話來，隔了半晌，說道：「姑娘不知江湖上人心險惡。對待朋友，當然處處以仁義爲先，但對付小人，你要是眞心待他，那就吃虧上當了。」周綺道：「我爹爹說寧可自己吃虧，決不能欺負別人。」徐天宏道：「這就是你爹爹的過人之處，因此江湖上提到鐵膽莊周老爺子，不論是白道黑道、官府綠林，無人不說他是位大仁大義的英雄好漢，人人都是十分欽佩的。」周綺道：「你幹麼不學我爹爹？」徐天宏道：「周老爺子天性仁厚，像我這等刁鑽古怪的小子怕學不上。」周綺道：「我就最討厭你這刁鑽古怪的脾氣。我爹爹說，你好好待人家，人家自然會好好待你。」

徐天宏心中感動，一時無話可說。周綺道：「怎麼？你又不高興了？又在想法子作弄我是不是？」徐天宏笑道：「不敢，不敢，是小的不敢，不是姑娘不敢。」周綺哈哈大笑，道：「也不揀好的學，卻去學那狗大夫。」徐天宏笑道：「甚麼狗大夫？是治狗的大夫呢，還是像狗一樣的大夫？」周綺格格而笑，道：「是治狗的大夫。」

兩人一路談笑，頗不寂寞。經過這一次患難，徐天宏對她自是衷心感激，而周綺也怕有惠於人，人家故意相讓，反而處處謙退一步。周綺道：「以前我只道你壞到骨子裏去了，那知……」徐天宏道：「那知怎樣？」周綺道：「我瞧你從前使壞，是故意做出來的。你幹麼老是存心嘔我呀？我這人教你瞧著生氣，是不？」徐天宏道：「一個人是好是壞，初相識常常看錯。我當初那知姑娘是這麼一副好心腸。」周綺笑道：「你那時以為我又驕傲又小氣，是不是？」徐天宏笑了笑不答。

兩人等天黑了才進文光鎮，找到糖裏砒霜的宅第，翻進牆去探看。徐天宏抓到一名更夫，持刀威嚇，問他余魚同的蹤跡。那更夫說唐六爺那天在小玫瑰家裏被曹司朋大夫殺死，家裏亂成一團，借宿的兩人一早就走了。周綺道：「咱們追上他們去。」

不一日過了皋蘭，再走兩日，徐天宏在路上發現了陳家洛留下的標記，知道大夥要往開封，去汴梁豪傑梅良鳴家相聚，忙對周綺說了。周綺聽說衆人無恙，大喜不已，她一直記掛著爹爹，此時才放了心，打三斤酒喝了個痛快。這時徐天宏肩上創傷已經收口，身子也已復原。兩人沿路閒談，徐天宏說些江湖上的軼聞掌故，又把道上諸般禁忌規矩，詳加解釋。她聽得津津有味，說道：「你早跟我說這些不好麼？以前老跟人家拌嘴。」

這一日來到潼關，兩人要找客店，一打聽是悅來老店最好，到得客店一問，上房只剩下一間了。徐天宏拿出一串錢塞給店小二，要他想法子多找一間。店小二十分為難，張羅了半天，回來說：「別的店房確實住滿了。這位爺和這位姑娘不知是甚麼稱呼？」徐天宏道：「她是我妹子。」店小二道：「既是親兄妹，住一間房也不打緊啊！」周綺怒道：「要你多囉唆……」話未說完，徐天宏突然一扯她衣角，嘴一努，說道：「好，一間就一間。」周綺一路跟他行來，見他對待自己彬彬有禮，確是個志誠君子，此刻忽要同住一房，又害羞，又疑心，在店小二面前只好悶聲不響。

到得房間，徐天宏立即把門帶上，周綺滿臉通紅，便要發話，徐天宏忙打手勢，叫她不可作聲，輕聲道：「剛才見到鎮遠鏢局那壞蛋麼？」周綺驚道：「甚麼？帶了人來拿文四爺、害死我弟弟的那個傢伙？」徐天宏道：「剛才我瞥見一眼，認不眞，我怕他瞧見咱們，因此趕緊進屋，待會去探一探。」

店小二進來泡茶，問要甚麼吃的，徐天宏囑咐後，說道：「北京鎮遠鏢局的幾位達官爺也住在這裏，是不是？」店小二道：「是啊，他們路過潼關，總是照顧小店的生意。」

徐天宏等店小二出去，說道：「這童兆和是元兇首惡，咱們今晚先幹掉他，好給你弟弟和我四哥報仇。」周綺想到弟弟慘死，鐵膽莊被燒，氣往上沖，不是徐天宏極力勸阻，早已拔刀闖了出去。徐天宏道：「你躺一會兒，養一下神。到半夜裏再動手不遲。」說著坐在桌邊，伏案假寐，不再向周綺瞧上一眼。周綺只得沉住氣，斜倚炕上休息，好容易挨到二更時分，實在按捺不住了，拔出單刀，說道：「走吧。」徐天宏低聲道：「他們人多，怕有好手。咱們先探一探，想法子把那小子引出來，單獨對付他。」周綺點點頭。

兩人在院子中張望，見東邊一間上房中透出燈光，徐天宏一打手勢，兩人躡足過去，周綺在窗上找到一條隙縫，附眼往裏窺看。

徐天宏握住兵刃，站在她身後望風，見她忽然站起，右腿飛起往窗上踢去，不由得一驚，忙閃身擋在她面前，周綺一腳踢出，剛剛踢到徐天宏胸前，急忙縮轉，這一踢勢道過猛，用力收回，不由得倒跌數步。徐天宏跟著縱到，低聲問：「怎麼？」周綺道：「快動手。我媽媽在裏面，給他們綁住了。」徐天宏大驚，忙道：「快回房商量。」

回到房中，周綺氣急敗壞的道：「還商量甚麼？我媽媽給這些小子抓住啦。」徐天宏道：「你沉住氣，我包你救她出來。房裏有多少人？」周綺道：「大約有六七個。」徐天宏側頭沉吟。周綺道：「怕甚麼？你不去，我就一個人去。」徐天宏道：「不是怕，我在想法子，又要救你媽媽，又要殺那小子，這兩件事總要同時辦到才好。」周綺道：「先救媽媽。那小子殺不到就算啦。」

正在此時，門外一陣腳步聲經過，徐天宏忙搖手示意，只聽得有人走過門口，口中嘮嘮叨叨的抱怨：「三更半夜的，不早早挺屍，還喝甚麼燒刀子？他媽的，菩薩保佑教這班保鏢在半路上遇到強人，將鏢銀搶個精光！」徐天宏聽得店小二背後損人，保鏢的半夜裏要他送酒，因此滿肚子不痛快，靈機一動，對周綺道：「那狗大夫有兩包藥給你拿來啦，是嗎？有一包他說吃了便人事不知，快給我。」周綺不明他用意，還是拿了出來，問道：「幹麼？」徐天宏不答，向她招招手，開窗跳出，周綺跟在他身後。

徐天宏走到過道，悄聲道：「伏下，別動。」周綺滿腹狐疑，不知他搗甚麼鬼，等了一陣，不見動靜，正待要問，忽見火光閃動，店小二拿了燭台、托了一隻盤子過來。徐天宏在地下撿了一塊小石子擲出，噗的一聲，蠟燭打滅。店小二吃了一驚，罵道：「眞是見了鬼，好端端的又沒風，蠟燭也會熄。」放下盤子，轉身去點火。徐天宏等他轉了彎，疾忙穿出，火摺子一閃，看清盤中有兩把酒壺，將那包藥分成兩份，在兩把壺中各倒了一份，對周綺道：「到他們屋外去。」

兩人繞到鏢師房外伏定，徐天宏往窗縫裏望去，果見一個中年婦人雙手被縛在背後，坐在地下。幾個人坐著高談闊論，他識得其中一個是鐵琵琶手韓文沖，一個是錢正倫，另一個便是童兆和，此外還有四個未曾見過的鏢師。

只聽童兆和道：「人家說起鐵膽莊來，總道是銅牆鐵壁，那知給老子一把火燒得乾乾淨淨。哈哈，這叫做：童兆和火燒鐵膽莊，周仲英跳腳哭皇天！」周綺在窗外聽得清楚，原來燒莊的果然是他。徐天宏怕她發怒，回手搖了搖。

韓文沖神氣抑鬱，說道：「老童，你別胡吹啦，那周仲英我會過，這裏咱哥兒們一齊上，也未必是他對手。他日後找上鏢局子來，有你樂的啦！」童兆和道：「照哇！咱們是福星當頭，偏偏鐵膽周的婆娘會找上咱們來。現下有這女人押著，他還敢對咱們怎的？」說到這裏，店小二托著盤子，送進酒菜來。

衆鏢師登時大吃大喝起來。韓文沖意興蕭索，童兆和不住勸他喝酒，說道：「韓大哥，好漢敵不過人多，你栽在他們手裏，又有甚麼大不了的？下次咱們約齊了，跟他們紅花會一對一的見過高下。」一名鏢師道：「別人一對一那也罷了，老童你跟誰對？」童兆和道：「我找他們的娘兒……」話未說完，突然咕咚一聲，摔在炕下。衆人吃了一驚，忙去扶時，忽然手酸腳軟，一個個暈倒在地。

徐天宏將單刀伸進窗縫，撬開了窗，跳進房中。周綺跟著跳進，只叫得一聲「媽」，眼淚已流了下來，忙割斷縛著母親雙手的繩索。周大奶奶乍見愛女，恍在夢中，那裏還說得出話來？徐天宏將童兆和提起，叫道：「周姑娘，你給兄弟報仇。」

周綺揮刀當胸砍去，童兆和登時了帳。此人一生爲非作歹，興風作浪，也不知道害了多少人，今日終於命喪徐天宏與周綺之手。

周綺挺刀又要去殺其餘鏢師，徐天宏道：「這幾個罪不至死，饒了他們罷。」周綺點點頭，收回單刀。

周大奶奶知道愛女脾氣，要怎樣便怎樣，向來任性而行，除了父親的話有時還聽幾句，此外誰都勸她不動，見她對徐天宏的話很是遵從，不禁暗暗納罕。

徐天宏在衆鏢師身上一搜，搜到了幾封信，也不暇細看，放在懷內，說道：「咱們快回房去，收拾東西就走。」三人跳窗回房，徐天宏執了包裹，在桌上留下一小錠銀子作房飯錢，到馬廐裏去牽了三匹馬，向東而去。

周大奶奶見女兒和徐天宏同行，竟然同住一房，更是疑心大起，她也是火爆霹靂的脾氣。連問：「你爹呢？這位爺是誰？怎麼跟他在一起？又和爹鬧了脾氣出來，是不是？」周綺道：「你才是跟爹鬧了脾氣出來的。媽，你待會再問好不好？」母女兩人都是急性子，說著就要爭吵起來。徐天宏忙來勸解。周綺嗔道：「都是爲了你，你還要說呢！」徐天宏一笑走開。母女兩人鼓起了嘴，各想各的心事。

當晚在一家農家借宿，母女倆同枕共話，周綺才把經過情形一一說了。她不善說辭，周大奶奶又性急亂問，兩人一會兒哭一會兒笑，一個賭氣不說，一個罵女兒不聽話，鬧到半夜，才互將別來情形說了個粗枝大葉。

原來周大奶奶痛惜愛子喪命，悲憤交集，離家出走，到皋蘭去投奔親戚許家。主人雖然殷勤款客，但她心中有事，閒居多日，實在悶不過了，逕自不別而行。這日來到潼關，在悅來客店見到鎮遠鏢局的鏢旗，想起大弟子孟健雄曾說，累她愛子死於非命的是鎮遠鏢局的鏢頭童兆和，夜裏便跳進店去查看。聽得衆鏢師言談，那童兆和正在其內，她怒氣難忍，衝進動手，鏢局中人多，終於被擒。她料想自己孤身一人，決無倖免，那知女兒竟會忽然到來。周綺說起這番報仇救人全是徐天宏出的計謀，周大奶奶好生感激。

次日上路，周大奶奶問起徐天宏的家世。徐天宏道：「我是浙江紹興人，十二歲上全家就給官府陷害死光了，只逃出了我一個。」周大奶奶道：「官府幹麼害你呀？」徐天宏道：「紹興府知府看中我姊姊，要討她做小，我姊姊早就許了人家，我爹當然不答允。知府就說我爹勾結土匪，將我爹爹、媽媽、哥哥都下在監裏，教人傳話給我姊姊，說只要她答允，就放我爹出來。我那未過門的姊夫去行刺知府，反給捕快打死了。我姊姊得到訊息，投河自盡。這一來，我爹爹、媽媽、哥哥還有活路麼？」周綺聽得怒不可遏，說道：「你報了仇沒有？」徐天宏道：「等到我長大，學了武藝，回去找那知府，他已升了官，調到別的地方去了。這幾年來到處找尋，始終沒得到消息。」周綺道：「這狗官叫甚麼名字？我決不放過他。」徐天宏道：「只知道他姓方，好像叫甚麼方有德。得，得，得他媽的屁！他左臉上有一大塊黑記，一見面就知道。」周綺嗯了一聲。

周大奶奶又問他結了親沒有，在江湖上這多年，難道沒看中那家的姑娘？周綺笑道：「他這人太刁滑，沒那個姑娘喜歡他。」周大奶奶罵道：「大姑娘家，風言風語的，像甚麼樣子！」周綺笑道：「你要給他做媒是不是？那家姑娘呀？是不是許家妹子？」

當晚宿店，周大奶奶埋怨女兒：「你一個黃花閨女，和人家青年男子同路走，同房宿，難道還能嫁給別人嗎？」周綺道：「他受了傷，我救他救錯了嗎？他雖然鬼計多端，可是對我一向規規矩矩的。」周大奶奶道：「這個你知道，他知道。我相信，你爹相信。但別人能相信麼？除非你一輩子不嫁人。否則給丈夫疑心起來，可別想好好做人。這是咱們做女人的難處。」周綺道：「那我就一輩子不嫁人。」兩人越說越大聲，又要爭吵起來。周大奶奶道：「那位徐爺就住在隔房，別教人家聽見了不好意思。」周綺道：「怕甚麼？我又沒做虧心事，幹麼要瞞他？」

次日母女倆起來，店小二拿了一封信進來，說道：「隔房那位徐爺叫我拿給奶奶的。」周綺忙問：「他人呢？」店小二道：「他說有事先走一步，今兒一早騎馬走了。」周綺抓住他領口，喝道：「你幹麼不來叫我們？」店小二道：「徐爺說不必了，他的話都寫在信上。」周綺放下店小二，搶信來看，見信上寫道：

「周大奶奶、周姑娘賜鑒：天宏受傷，虧得周姑娘救命，感激之心，一言難盡。現在兩位母女團圓，此去開封，路程已近，天宏先走一步，請勿見怪。周姑娘相救之事，天宏當然終身不忘，大恩難報。但決不對人提起片言隻字，請兩位放心可也。徐天宏上。」

周綺看了，呆了半晌，把信一丟，回房躺在炕上重又睡倒。周大奶奶叫她吃飯動身，她不言不語，不理不睬。周大奶奶急道：「我的大小姐，咱們不是在鐵膽莊哪，怎麼還發大小姐脾氣？」周綺仍是不理。周大奶奶道：「你怪他一個兒不聲不響的走了，是不是？」周綺氣道：「他是爲我好，我怎能怪他？」周大奶奶道：「那麼你在怪我了？」周綺翻身向裏，把被蒙住了頭。周大奶奶道：「你怪我甚麼呀？」周綺霍的坐起，說道：「你昨晚的話，一定都讓他聽見啦。他怕人家說閒話，害我嫁不了人，這才獨個兒先走。他信上不是說『決不對人提起片言隻字』嗎？我嫁不嫁，你操甚麼心？我偏不嫁人，偏不嫁人！」

周大奶奶見她一邊說一邊流下淚來，知她對徐天宏已生眞情，雖然她自己還未必明白，但不知不覺間已把心情流露了出來，於是低聲安慰：「媽只有你一個女兒，難道還不疼你？咱們到開封府見了你爹，要他作主，將你許配給這位徐爺。你放心，一切包在媽的身上。」周綺急道：「誰說要嫁他了？我有甚麼不放心？下次人家就是死在我的面前，我也不去救他一救。別說一救，半救也不救。」

徐天宏那晚在客店宿下，取出從鏢師身上搜來的幾封書信，在燈下細看，有一封是鎮遠鏢局總鏢頭王維揚寫給韓文沖的，催他即日赴京，護送一批重寶前赴江南云云，其餘的都無關緊要。徐天宏看了也不在意，忽聽得隔房周氏母女吵嚷起來，好幾次提到自己名字，一聽之後，甚是不安，自忖周綺如因相救自己而聲名受累，那如何對得住她？於是留下一封信，一早就先行走了。

到得河南省境，只見沿河百姓都因黃水大漲而人心惶惶。徐天宏見災象已成，暗暗嘆息，心想：「黃河雖屬天災，但只要當道者以民爲心，全力施爲，未始沒有舒緩之道，但做官的都當河工是肥缺，一上任就大刮特刮，幾時有一刻把災害放在心上？」

依著記號尋到開封，在汴梁豪傑梅良鳴家中遇見了羣雄。衆人見他無恙歸來，歡忭莫名。梅良鳴張宴接風。這時章進、衛春華、心硯各人的傷都已將息好了。石雙英赴回疆送信未回，常氏雙俠還在探聽文泰來下落，蔣四根則到黃河邊上查察水勢去了。

徐天宏對周仲英不提周大奶奶與周綺之事，心想反正一天內她們就會趕到，怕他細問起來，難以措辭，只對羣雄說起途中曾聽到余魚同的消息，知他受了重傷，與一個女扮男裝的少女在一起，卻不知是誰。衆人議論了一會，猜想不出，都甚掛念，但知余魚同向來機警能幹，必能設法養傷避敵。

次日清晨，周綺獨自個來到梅家，與父親及衆人見了，衆人又各大喜。廝見後，周綺悄悄對徐天宏道：「你過來，我有話對你說。」徐天宏心懷鬼胎，料想這位姑娘一定怪他不告而別，要大大責罵一頓了，打定了主意：「任她怎麼罵，我決不頂撞一句就是。」慢慢走到她跟前。周綺悄聲道：「我媽不肯來見我爹，你給我想個法兒。」徐天宏放下了心，說道：「那麼請你爹去見她。」周綺道：「媽也不肯見他，口口聲聲，說我爹沒良心。」徐天宏沉吟半晌，說道：「好，我有法子。」輕輕囑咐了幾句。周綺道：「這成麼？」徐天宏道：「一定成，你先去吧。」

徐天宏待周綺出門，和衆兄弟閒談了一會，向梅良鳴請問本地名勝，看看時候已到，悄對周仲英道：「周老爺子，聽說這裏鐵塔寺旁的修竹園酒家，好酒是河南全省都出名的，實是不可不嚐。」一聽到好酒，周仲英興致極高，笑道：「好，我來作東，請衆兄弟同去暢飲一番。」徐天宏道：「這裏省城之地，捕快耳目衆多，咱們人多去了不好。就由總舵主和小姪兩人陪老爺子去。怎樣？」周仲英道：「好，究竟是老弟顧慮周詳。」於是約了陳家洛，三人逕投鐵塔寺來。

那修竹園果是個好去處，杯盤精潔，窗明几淨，徐天宏四下一望，找了個雅座。三人飲酒吃黃河鯉魚，談論當年信陵公子在大梁大會賓朋、親迎侯嬴的故事。陳家洛嘆道：「大梁今猶如是，而夷門鼓刀俠烈之士安在哉？信陵公子一世之雄，竟以醇酒婦人而終。今日汴梁，僅剩夷山一丘了。」酒酣而熱，擊壺而歌，高吟起來：「閒過信陵飲，脫劍膝前橫，將炙啖朱亥，持觴勸侯嬴。三杯吐然諾，五嶽倒為輕，眼花耳熱後，意氣素霓生……」周徐二人也不懂他唱的是甚麼歌。

三人喝到酒意五分，徐天宏舉杯對周仲英道：「周老爺子今日父女團圓，小姪敬你一杯。」周仲英喝了，嘆了一口氣。徐天宏道：「周老爺子心頭不快，是可惜鐵膽莊被燒了麼？」周仲英道：「家財是身外之物，區區一個鐵膽莊，又有甚麼可惜的？」徐天宏道：「那麼定是思念過世的幾位公子了？」

周仲英不語，又嘆了一口氣。陳家洛連使眼色，要他別再說這些話觸動他心境，徐天宏只作不見，又道：「當時小公子年幼無知，說出了四哥藏身之所，周老爺子一怒將他處死。在周老爺子是顧全江湖道義，我們卻是萬分不安。」陳家洛道：「七哥，咱們走吧，我酒已差不多了。」徐天宏仍問周仲英道：「周大奶奶不知因何離家出走？」

周仲英嘆道：「她怪我不該殺死孩子。唉，她一個孤身女子，不知投奔何方。這孩子她愛若性命，我確是對她不起。其實我只是盛怒之下失手，也非有心殺了孩子。待咱們把四爺救出後，我就是走遍天涯海角，也要把老妻找回來。我這麼一把年紀，世上親人，就只老妻和女兒兩人了。」說到此處，忽然門帘掀開，周大奶奶和周綺走了進來。

周大奶奶道：「你的話我在隔壁都聽見啦，你肯認錯就好。我就在這裏，不用找我啦。」周仲英一見妻子，又驚又喜，一時說不出話來。

周綺對陳家洛道：「陳大哥，這是我媽。」對母親道：「媽，這位是紅花會的陳總舵主。」二人施禮相見。周綺命酒保把隔座杯盞移過，對周仲英道：「爹，這眞巧極啦，我聽說這裏的酒好，一定要來喝，媽不肯來，給我死拖活拉的纏了來，那知就坐在你們隔壁。」五人歡呼暢飲，談起別來之情。

周綺見父母團聚，言歸於好，不由得心花怒放，口沒遮攔，興高采烈的說到殺童兆和、報了害弟燒莊之仇。徐天宏連使眼色，要她住口，她只是不覺，說道：「他的計策眞好！那些鏢行的小子們都昏倒後，我跳進窗去，救起了媽。他抓起那姓童的，提在我面前，讓我親手殺了這惡賊。」

周仲英和陳家洛給徐天宏敬酒。周仲英道：「老弟救了老妻，又替我報了大仇，老夫實在感激得很。」徐天宏道：「老爺子說那裏話來，這都是周姑娘的功勞。」陳家洛問道：「你們兩位怎麼在途中遇到的？」徐天宏支吾了幾句。周綺暗暗叫苦：「糟啦！糟啦！我說殺童兆和時和他在一起，那麼以前的事怎麼瞞人呢？」臉上一陣飛紅，低下頭來，神智一亂，無意中揮手，將筷子和酒杯都帶在地下，嗆啷一聲，酒杯跌得粉碎，更是狼狽。

陳家洛鑒貌辨色，知道二人之間的事決不止這些，又聽周綺提到徐天宏時，總是「他」怎樣「他」那樣，不叫名字，已料到了六七成。回到梅府後把徐天宏叫在一邊，道：「七哥，你瞧周姑娘這人怎麼樣？」

徐天宏忙道：「總舵主，剛才周姑娘在酒樓上的言語，請你別向人提起。她心地純真，光明磊落，可是別人聽見了，要是加一點污言穢語，咱們可對不起周老英雄。」陳家洛道：「我也瞧周姑娘的人品好極啦，我給你做個媒如何？」

徐天宏跳了起來，說道：「這個萬萬不可，我如何配得上她？」陳家洛道：「七哥不必太謙，你武諸葛智勇雙全，名聞江湖，周老英雄說到你時也是十分佩服的。」徐天宏呆了半晌不語。陳家洛連問：「怎樣？」徐天宏道：「總舵主你不知道，周姑娘不喜歡我。」陳家洛道：「你怎知道？」徐天宏道：「她親口說的，她說恨透了我這種刁鑽古怪的脾氣，以前咱們一路之上，老是拌嘴鬧彆扭。」陳家洛哈哈大笑，道：「那麼你是肯的了？」徐天宏道：「總舵主你別白操心，咱們不能自討沒趣。」

忽然梅家的小廝走進房來，道：「陳少爺，周老爺在外面，請你說話。」陳家洛向徐天宏一笑，走出房來，只見周仲英背著雙手在廊下踱步，忙迎上去道：「周老爺子有事吩咐，命人叫我便是，何必親來？」周仲英道：「不敢。」拉著他手，到花廳中坐下，說道：「我有一件心事，想請陳當家的作主。」陳家洛道：「老爺子但請直言，小姪自當效勞。」

周仲英道：「小女今年一十九歲了，雖然生來頑劣，但天性倒還淳厚，錯就錯在老夫教了她一點武藝，尋常人家的孩子她就瞧不順眼，這才蹉跎到今，還沒對親……」說到這裏，似乎躊躇，隔了一會才道：「貴會七當家徐爺，江湖上大家仰慕他的英名。他有智有勇，人品又好。老夫想請陳當家的作一個媒，將小女許配於他，就是怕小女脾氣不好，高攀不上。」陳家洛一聽大喜，連連拍胸，說道：「此事包在小姪身上。周老爺子是武林的泰山北斗，既肯垂愛，咱們紅花會衆兄弟都與有榮焉，小姪馬上去說。」

一口氣奔到徐天宏房中，一說經過，把徐天宏喜得心中突突亂跳。陳家洛道：「七哥，我瞧周老英雄臉色，他心中還有一句話，卻是不便出口。我猜是這樣，不知你肯不肯？」徐天宏道：「那有甚麼不肯的？」陳家洛笑道：「我也想沒甚麼不肯的。周老英雄三個兒子都死了，小兒子還是因咱們紅花會而死。眼見周家香煙已斷。我意思是委屈七哥一些，不但做他女婿，還做他兒子。」徐天宏道：「你要我入贅周家？」陳家洛道：「不錯，將來生下兒子，長子姓周，次子姓徐。自古道無後爲大，咱們這樣辦，也算稍報周老英雄的一番恩義。」徐天宏深感周綺救命之德，慨然允了。

兩人回到周仲英房中，請周大奶奶過來。周綺不知原因，跟著進房。周仲英一見陳徐二人臉色，便知事成，笑道：「綺兒，你到外面去。」周綺氣道：「又有甚麼事要瞞著我了。不成，我非聽不可！」話是這麼說，還是轉身出去。

陳家洛將入贅之意說了。周大奶奶笑得合不攏嘴來，周仲英也是喜容滿面，連說：

「這那裏敢當，這那裏敢當？」徐天宏跪下磕頭。周仲英連忙扶起，笑道：「我們身在外邊，沒帶甚麼贄見之儀，待會我把那手打鐵膽的法兒傳你，七爺你瞧怎樣？」周大奶奶笑道：「你老胡塗啦，怎麼還叫他七爺？」周仲英呵呵大笑。徐天宏知道鐵膽功夫是他仗以成名的武林絕藝，今日喜事重重，既得嬌妻，又遇名師，忙再跪下叩謝。兩人遂以父子相稱。

這件事一傳出去，大家紛來賀喜。當晚梅良鳴大張筵席慶賀。周綺躲了起來，駱冰死拉也拉不出來。

飲酒之間忽然石雙英進來，對陳家洛道：「總舵主，你的信已經送到，這是木卓倫老英雄的回信。」陳家洛接了，說道：「十二哥奔波萬里，回來得這樣快，眞辛苦你啦，快來喝一杯……」話未說完，突然蔣四根飛跑進來，高叫：「黃河決口啦！」

衆人一聽，俱都停杯起立，詢問災情。蔣四根道：「孟津到銅瓦廂之間，已決了七八處口子，好多地方路上已沒法子走啦。」大家聽了都感憂悶，既恤民困，而常氏雙俠迄今仍未回報，不知文泰來情狀若何。陳家洛道：「衆位哥哥，咱們在這裏已等了幾天，五哥六哥始終沒消息，多半前途有變，只怕洪水阻路，誤了大事。請大家想想該怎麼辦？」章進叫道：「咱們不能再等，大夥兒趕上北京去。四哥就是下在天牢，咱們好歹也劫他出來。」衛春華、楊成協、蔣四根等都齊聲附和。

陳家洛和周仲英、無塵、趙半山低聲商量了幾句，說道：「事不宜遲，咱們就馬上動身。」於是向梅良鳴謝了吵擾，啓程東行。

陳家洛在路上拆閱木卓倫的書信，信上對紅花會報訊之德再三稱謝，並說已召集族人，秣馬厲兵，決與強敵周旋到底，只以寇衆我寡，勢難取勝，但全族老小寧可人人戰死，也決不屈服。信中詞氣悲壯，陳家洛不禁動容，問石雙英道：「木卓倫老英雄還有甚麼話說？」石雙英道：「他問起四哥救出來沒有？聽說還沒成功，很是掛念。」陳家洛「嗯」了一聲。

石雙英又道：「他們族裏的人對咱們情誼很深，聽說我是總舵主派去的使者，大家對我好得不得了。」陳家洛問道：「你見了木卓倫老英雄的家人麼？」石雙英道：「他夫人、兒子和兩個女兒都見了。他大女兒是和總舵主會過面的，她問候總舵主安康。」陳家洛隔了一會，緩緩的道：「她此外沒說甚麼了？」石雙英想了一想，說道：「我臨走時，霍青桐姑娘似乎有些話要對我說，但始終沒說，只是細問咱們救四哥的詳情。」

陳家洛沉吟不語，探手入懷，摸住霍青桐所贈短劍。這短劍刃長八寸，精光耀眼，劍柄金絲纏繞，磨損甚多，看來是數百年前的古物。霍青桐那日曾說，故老相傳，劍中藏著一個極大秘密，可是這些日來翻覆細看，始終瞧不出有何特異之處。回首西望，天上衆星明亮，遙想平沙大漠之上，這星光是否正照到了那青青翠羽，淡淡黃衫？

眾人走了一夜，天明時已近黃河決口之處，只見河水濁浪滔天，奔流滾滾，再走幾個時辰，大片平原已成澤國。低處人家田舍早已漂沒。災民都露宿在山野高處，有些被困在屋頂樹顛，遍地汪洋，野無炊煙，到處都是哀鳴求救之聲，時見成羣浮屍，夾著箱籠木料，隨浪飄浮。羣雄沿途救了幾名災民，繞道從高地上東行，當晚在山地上露宿了一宵，次日兜了個大圈子才到杜良寨，眞是哀鴻遍野，慘不忍睹。

周綺一直和駱冰在一起，這時再也忍不住了，縱馬追上徐天宏，說道：「你鬼心眼兒最多，想法子救救這些老百姓啊。」徐天宏自與她定婚後，未婚夫婦爲避嫌疑，兩日來沒說一句話，那知她開口第一句話，就出個天大難題，不由得好生爲難，說道：「話是不錯，可是災民這麼多，有甚麼法子呢？」周綺道：「要是我有法子，幹麼要來問你？」徐天宏道：「趕明兒我對大夥說，不許再叫我『武諸葛』這外號，免得你老是跟我爲難。」周綺急道：「我幾時跟你爲難啊？我話說錯了，好不好？我不說話就是。」說罷嘟起了嘴，一聲不響。

徐天宏道：「妹子，咱們現下是一家人啦，可不能再吵嘴。」周綺不理。徐天宏道：「是我錯了，饒了我這次。你笑一笑吧。」周綺把頭轉開，一張俏臉仍然板著。徐天宏道：「啊，你不肯笑，原來是見了新姑爺怕羞。」周綺忍耐不住，噗哧一聲，笑了出來，舉起馬鞭笑道：「你再胡說八道，瞧我打不打你？」

駱冰在二人之後，她怕白馬遠赴回疆，來回萬里，奔得脫了力，這兩日一直緩緩而行，眼見周綺天眞爛漫的和徐天宏說笑，想起丈夫，更增愁思。

未牌時分大夥到了招討營，這是黃河邊的大鎮，郊外災民都逃到鎮上來。駱冰將身上所帶黃金在銀鋪中換了銀子，買了糧食散發。災民蜂擁而來，不一會全數發完，受到救濟的人連一成都不到。衆人出得鎮去，許多災民戀戀不捨的跟在後面，只盼能得到一點點糧食果腹。羣雄心中不忍，可是那裏救濟得這許多，只得硬起心腸，上馬馳走。

沿路災民絡繹不絕，拖兒帶女，哭哭啼啼。羣雄正行之間，忽然迎面一騎馬急奔而來。山路狹窄，那騎馬卻橫衝直撞，一下子將一個懷抱小孩的災民婦人撞下路旁水中，馬上乘者竟毫不理會，自管策馬疾馳而來。羣雄俱各大怒。衛春華首先竄出，搶過去拉住騎者左腳一扯，將他拉下馬來，劈面一拳，結結實實打在他面門之上。那人「哇」的一聲，吐出一口血水、三隻門牙。

那人是個軍官，站起身來，破口大罵：「你們這批土匪流氓，老子有緊急公事在身，回來再跟你們算帳。」上馬欲行。章進在他右邊一扯，又將他拉下馬來，喝道：「甚麼緊急公事，偏教你多等一會。」陳家洛道：「十哥，搜搜他身上，有甚麼東西。」章進在他身上一抄，搜出一封公文，交了過去。

陳家洛見是封插上鷄毛、燒焦了角的文書，知是急報公文，是命驛站連日連夜趕遞的，封皮上寫著「六百里加急呈定邊大將軍兆」的字樣，隨手撕破火漆印，抽出公文。

那軍官見撕開公文，大驚失色，高叫起來：「這是軍中密件，你不怕殺頭嗎？」心硯笑道：「要殺頭也只殺你的。」

陳家洛見公文上署名的是運糧總兵官孫克通，稟告兆惠，大軍糧餉已運到蘭封，因黃河氾濫，恐要稽延數日，方能到達云云。陳家洛把公文交給徐天宏，道：「不相干，跟四哥沒甚麼關係。」徐天宏一看，喜容滿面，說道：「總舵主，這眞是送上門來的大買賣。咱們相助木老英雄，救濟黃河災民，都著落在這件公文上。」跳下馬來，走到那軍官面前，將那公文撕得粉碎，笑道：「你去兆惠那裏，還是回蘭封？失落了軍文書，要殺頭的吧？要命的自己逃吧。」那軍官又驚又怒，說不出話來，想想此言確是實情，無可奈何，脫下身上軍裝往水裏一拋，混在災民羣中走了。

陳家洛已明白徐天宏之意，說道：「劫糧救災，確是一舉兩得，只是大軍糧餉必有重兵護送，咱們人少，如何幹這大事，願聞七哥妙計。」徐天宏在他耳旁輕輕說了幾句，陳家洛大喜，道：「好，就這麼辦。」當下分撥人手。各人接了號令，自去喬裝改扮，散佈謠言。

次日上午，蘭封城內突然湧進數萬災民，混亂不堪。知縣王道見情勢有異，叫捕快抓了幾名災民來問話，都說今日發放賑濟錢糧，因此趕來領取。王道忙下令關閉城門。

此時十傳百，百傳千，四鄉災民大集，城內城外黑壓壓一片，萬頭聳動。王道差人傳諭並無此事，災民那裏肯信。

王道見災民愈來愈多，心中著慌，親到東城石佛寺去拜見駐紮在寺中的總兵孫克通，請他調兵在城內彈壓。孫克通道：「小將奉兆將軍將令，剋日運送糧餉前赴回疆，只要稍有失閃，就是殺頭的罪名。不是小將不肯幫忙，實在軍務重大，請王大人原諒。」王道再三懇求，孫克通只是不允。王道無奈，只得辭出，到得街上，只見災民已在到處鼓噪。

天將入夜，忽然縣衙、監獄、和街上幾家大商號同時起火。王道忙督率衙役捕快救火，正亂間，一名公差氣急敗壞的奔來報道：「大……大老爺不好了，西門給災民打開，成千成萬災民湧進城來了。」王道只是叫苦，手足無措，忙叫：「備馬。」帶了衙役往西城察看，走不了半條街，道路已被災民塞住，無法通行。只聽得災民中有人叫道：「在東城石佛寺發糧發銀子，大家到石佛寺去啊！」衆災民迎面蜂擁而來。王道大怒，喝道：「奸民散佈謠言，給我抓來審問。」兩名衙役應了，嗆啷啷抖出鐵鍊，往一名身材瘦小、正在大嚷大叫的領頭災民頭上套去。那人一把奪過鐵鍊，反手揮出，登時打折一名衙役的脊骨，大叫：「咱們要吃飯啊，又犯了甚麼王法哪？」

王道見不是路，回馬就走，繞到南門，迎面又是一羣災民湧來。王道心想只有到孫總兵那裏去躲避。正行之間，只見在城中巡邏的兵丁紛紛逃竄，一個道人手執長劍，一個胖子揮動鐵鞭，一個駝子舞起狼牙棒，一名大漢挺著鐵槳，隨後趕殺過來。

王道混在兵丁羣中，催馬逃向石佛寺。寺門早已緊閉，守門士兵認得是知縣大人，開門放他進去。那時寺外災民重重疊疊，已圍了數層。災民中有人叫：「朝廷發下救濟錢糧，都給狗官吞沒了。發錢糧哪，發錢糧哪！」衆災民齊聲高呼，聲震屋瓦。王道不住發抖，連說：「造反了，造反了！」

孫克通究是武官，頗有膽量，叫士兵將梯子架在牆頭，爬上梯去，高聲叫道：「是安份良民，快快退出城去，莫信謠言。再不退去，可要放箭了。」這時兩名游擊已帶領弓箭手佈在牆頭。災民紛紛鼓噪。孫克通叫道：「放箭。」一排箭射了出去，十多名災民中箭倒地。衆災民大駭，轉身奔逃，互相踐踏，呼娘喚兒，亂成一片。

孫克通在牆頭哈哈大笑，笑聲未畢，災民中有人撿起兩塊石子，投了上來。孫克通側身避開了一塊，另一塊卻從腮邊擦過，只感到一陣痛楚，伸手一摸，滿手是血，不由得大怒，大叫：「放箭，放箭！」弓箭手一排箭射出去，又有十多名災民中箭。

災民驚叫聲中，忽聽兩聲呼嘯，兩個又高又瘦的漢子縱上牆去，手掌揮處，將幾名弓箭手擲下地來。災民憤恨弓箭手接連傷人，擁上去按住狠打，有些婦女更是亂撕亂咬。

紅花會羣雄早已混在災民羣中。徐天宏本意讓官兵多作一些威福，使災民憤怒不可遏止，然後一鼓作氣，攻進寺中。忽見常氏雙俠跳上牆頭，羣雄都是驚喜交集。

駱冰舞開雙刀，跳上牆頭，挨到常赫志身旁，問道：「五哥，見到四哥了麼？他怎樣？」常赫志見了駱冰，很是驚奇，道：「咦，四嫂你也來了？四哥見到了，你放心。」駱冰一聽，精神大振，突然間歡喜過度，反而沒力氣廝殺了，跳在牆外坐倒，扶住了頭。章進和心硯忙奔了過來，連問：「怎樣？受傷了麼？」駱冰笑道：「沒事，五哥見到四哥了。」

看牆頭時，只見衛春華、楊成協、周綺、孟健雄都已攻上，正與官兵惡鬥。不一會寺門打開，蔣四根和孟健雄從寺中奔出，向災民連連招手，大叫：「大家進來拿糧！」眾災民一湧而入。寺中官兵先還揮動兵刃亂砍亂殺，後來見災民愈來愈多，又有一批武功高強之人混在其間，統兵軍官接連被殺了數名，不由得亂了手腳。但官兵人數甚多，又有兵器，災民卻不敢逼近。

孫克通舞動大刀，帶著幾名親兵在牆頭拚鬥，邊打邊退，忽覺耳旁風生，後心一陣酸麻，一鬆手，大刀噹啷啷跌落牆下，雙手不知怎的已被人反背擒住，又覺得頸項中一陣冰涼，一個聲音在腦後喝道：「你龜兒，命令官兵拋下兵器，退出廟去。」孫克通稍一遲疑，頸項中一陣劇痛，竟是一把刀架在頸上，那人輕輕把刀拖動，在他頸項中劃破了一層皮。到了這地步，孫克通那敢不依，只得高聲傳令。官兵見總兵給一個鬼怪模樣的人擒住，主將既然有令，何必再拚性命，各自拋下兵器，退出廟去。衆災民齊聲歡呼。

陳家洛走進大殿，只見五開間的殿上堆滿了一袋袋的糧食，一車車的銀鞘。

石雙英將知縣王道揪來聽由發落。陳家洛笑道：「你是縣太爺嗎？」王道顫聲道：「是…是……大王。」陳家洛笑道：「你瞧我像大王嗎？」王道道：「我該死，說錯了，不知公子尊姓大名？」陳家洛微微一笑，不答他的問話，問道：「你是兩榜出身嗎？」王道道：「不敢，不敢。」陳家洛道：「不敢甚麼？你既是進士，胸中必有才學，我出個對子給你對對。」他摺扇一揮，笑道：「你對出了，饒你性命，對不出呢，嘿嘿，那就不客氣了。」

衆災民聽紅花會羣雄告諭，說不久就可分發錢糧，俱都安靜了下來，這又聽說知縣被擒，紅花會總舵主正在考較他的才學，都覺好奇，圍成一圈，千百雙眼睛集在王道臉上。

陳家洛道：「你聽著，這上聯是：『俟河之淸，人壽幾何！卻問河淸易？官淸易？』」王道滿頭大汗，惶急之際，本來便有三分才學，也隨黃河之水流入汪洋大海了，想了半天，說道：「公子，你這上聯太難了，小人才疏學淺，我……我對不出。」陳家洛答道：「也好，不對也罷。我問你，是黃河清容易呢，還是官吏清容易？」王道忽然福至心靈，說道：「我瞧天下的官都清了，黃河的水也就清啦。」陳家洛呵呵大笑，說道：「說得好！饒你一命。你快召集吏役，將錢糧散發給災民。喂，總兵官，你也幫著點。」

孫克通和王道好生爲難，軍糧散失已是殺頭的罪名，怎麼還能由自己手裏分發出去？但若不聽命令，眼見當場便要喪命，火燒眉毛，只顧眼下，萬般無奈，只得督率兵卒吏役，把軍糧軍餉發給災民。災民歡聲雷動，紛紛向紅花會羣雄稱謝，領錢糧時不住對孫克通和王道揶揄取笑，兩人只當不聞不見。

陳家洛叫道：「各位父老兄弟姊妹聽著，日後衙門裏要是派人查問，便說是總兵官和知縣太爺親手發給你們的。」衆災民嘩然叫好，連說：「正是如此。」

羣雄在一旁監視，直到深夜，眼見糧餉散發已盡。徐天宏叫道：「各位父老，你們把這些軍器都拿去藏在家裏，狗官知道好歹，那就罷了，要是我們走後，再來逼你們交還錢糧，大夥就跟他們拚了。」衆災民這時對紅花會羣雄的話，說一句聽一句，當下便有精壯男子過來，拾起衆兵丁拋在地下的刀槍。官兵見災民勢大，總兵又落入敵人手中，那敢抗拒？

陳家洛道：「大事已了，各位哥哥，跟我走吧！」站起身來，羣雄擁著孫克通，在衆災民轟謝聲中離了石佛寺，上馬出城。馳出十餘里，陳家洛將孫克通往馬下一推，說道：「總兵大人，多謝你的糧食銀子，咱們後會有期。你下次再押糧餉，千萬送個信來。」雙手一拱，哈哈大笑，在羣雄拱衛中絕塵而去。

奔出里許，陳家洛問常氏雙俠道：「兩位得到了四哥的消息？」常赫志道：「見到十四弟留的記號，說四哥已給送去杭州。」陳家洛大爲詫異，問道：「送去杭州幹麼？怎麼不去北京？不是皇帝老兒要親審麼？」常伯志道：「咱們也覺得奇怪。不過十四弟做事素來精細，定是探到了確訊。」

陳家洛要衆人下馬，圍坐商議。徐天宏道：「四哥既去杭州，咱們就奔江南設法搭救。杭州是咱們的地盤，朝廷的勢力也沒北京大，相救起來比較容易。不過還得請一位哥哥到北京去打探消息，以防萬一。」衆人俱各稱是。陳家洛望著石雙英，說道：「再請十二哥辛苦一趟。」石雙英道：「好。」商議已畢，石雙英一人北上，羣雄連騎南下。

陳家洛再問起余魚同傷勢情況。常氏雙俠說並不知情，他哥兒倆一見到記號，馬上趕回報信，經過蘭封時見災民大集，就隨著災民到石佛寺看看熱鬧，碰上官兵放箭，兩人按捺不住，跳上牆去動起手來，不意羣雄都已到達。

衆人得悉了文余二人的消息，文泰來雖未脫險，但已知二人安然無恙，均感欣慰，談起適才劫糧救災之事，痛快不已。周綺道：「西征大軍沒了糧餉，霍青桐姊姊定可打個勝仗。」無塵笑道：「那女娃子劍法不錯，人緣又好，大夥兒都幫著她。盼她打個大勝仗，好讓大家都歡喜歡喜。」

陳家洛道：「多虧七哥神機妙算，此事一舉兩得。」周綺聽得總舵主稱讚徐天宏，暗暗歡喜，俏目向他望去，滿眼都是笑意。徐天宏向她伸了伸舌頭，眨了眨了眼。

陳家洛於是按徽撥絃，彈的是一曲「平沙落雁」。東方耳凝神傾聽。一曲既終，東方耳道：「兄台是否到過塞外？聆兄雅奏，覺琴韻壯闊，大漠風光，盡入絃中。」

第七回

琴音朗朗聞雁落
劍氣沉沉作龍吟

不一日，羣雄來到徐州。當地紅花會分舵舵主見總舵主和內外香堂各位香主忽然一齊來到，當下恭謹接待，不免大忙起頭。江北一帶會衆歸楊成協統率，他命分舵主不可張揚，也不必通知衆兄弟來見總舵主。羣雄只宿了一宵，當即南下。此後一路往南，大小碼頭全有紅花會的分支頭目。羣雄爲守機密，都不驚動，疾趨而過，數日後到了杭州，宿在杭州分舵舵主馬善均家中。馬家坐落裏西湖孤山脚下，湖光山色，風物佳勝，又是個僻靜所在。

馬善均是大綢緞商人，自置兩所大機房織造綢緞，因生性好武，結識了衛春華，由他引入紅花會。馬善均五十上下年紀，胖胖的身材，穿一件團花緞袍，黑呢馬褂，一眼看去，直是個養尊處優的富翁，那知竟是一位風塵豪俠。當晚在後廳與羣雄接風，衆人在席上說了要救文泰來之事。馬善均道：「小弟馬上派人去查，看四當家落在那一處牢裏，咱們再相機行事。」當即命兒子馬大挺出去派人查探。

次日上午，馬大挺回報說，巡撫衙門、杭州府、錢塘縣、仁和縣各處監獄，以及駐防將軍轅所、水陸提督衙門，都有兄弟們去打探過，查知均無文四當家在內。

陳家洛召集羣雄議事。馬善均道：「這裏撫台、府縣以及將軍、提督衙門，均有本會兄弟在內，文四當家如在官府牢獄，必能查到。最怕官府因四當家案情重大，私下監禁，那就棘手了。」陳家洛道：「咱們第一步要查知文四哥的所在。請馬大哥繼續派遣得力兄弟，往各衙門打探，今晚再請道長、五哥、六哥到巡撫衙門去瞧瞧。最要緊是別打草驚蛇，無論如何不能伸手動武。」無塵等應了。馬善均詳細說了道路和撫台衙門內外情形。

三人於子夜時分出發，去了兩個時辰，回報說撫台衙門戒備森嚴，有成千兵丁點起燈火，徹夜守衛，巡查的軍官有幾名都是戴紅頂子的二三品大員，他們不敢硬闖，等了良久，守衛的軍官沒絲毫懈怠，只得回來。

羣雄好生奇怪，猜測不出是何路道。馬善均道：「這幾天杭州城裏各處盤查極緊，各家賭場、娼寮，甚至水上的江山船，都有官差去查問，好多人無緣無故的給抓了去。難道跟文四當家有關不成？」徐天宏道：「想來不會。莫非京裏來了欽差大臣，因此地方官要賣力一番。」馬善均道：「沒聽說有欽差來浙江呀。」衆人計議多時，不得要領。

次日周綺吵著要父母陪她去遊湖，周仲英答應了。周綺向徐天宏連使眼色，要他同去。徐天宏不好意思出口，只作不見。常言道：「知子莫若父」，周仲英知道女兒心思，笑道：「宏兒，我們從未來過杭州，你同去走走，別教我們迷了路走不回來。」徐天宏應了。周綺悄聲道：「爹爹叫你就去。我叫你，就偏不肯。」徐天宏笑著不語。他幼失怙恃，身世淒涼，這時忽得周仲英夫婦視若親子，未婚妻又是一派天眞嬌憨，對他甚是依戀親熱，雖在人前亦不避忌，不但自己欣喜，衆兄弟也都代他高興。

陳家洛也帶了心硯到湖上散心，在蘇堤白堤漫步一會，獨坐第一橋畔，望湖山深處，但見竹木森森，蒼翠重疊，不雨而潤，不煙而暈，山峯秀麗，挺拔雲表，心想：「袁中郎初見西湖，比作是曹植初會洛神，說道：『山色如娥，花光如頰，溫風如酒，波紋如綾，才一舉頭，已不覺目酣神醉。』不錯，果然是令人目酣神醉！」

他幼時曾來西湖數次，其時未解景色之美，今日重至，才領略到這山容水意，花態柳情。凝望半日，僱了一輛馬車往靈隱去看飛來峯。峯高五十丈許，緣址至顚皆石，樹生石隙，枝葉翠麗，石牙橫豎錯落，似斷欲墜，一片空青冥冥。陳家洛一時興起，對心硯道：「咱們上去看看。」峯上本無道路可援，但兩人輕功不凡，談笑間上了峯頂。

仰望三竺，但見萬木參天，淸幽欲絕，陳家洛道：「那邊更好。」兩人下峯，緩步往上中下三天竺行去。走出十餘丈，忽有兩名身穿藍布長袍的壯漢迎面走來，見到他兩人時不住打量，面露驚奇之色。心硯悄聲道：「少爺，這兩人會武。」陳家洛笑道：「你眼力倒不錯。」語聲未畢，迎面又是兩人走來，一式打扮，正在閒談風景，聽口音似是旗人。一路上山，遇見這般穿藍布長袍的武人共有三四十人，見到陳家洛時都感詫異。

心硯看得眼都花了。陳家洛也自納罕，心下琢磨：「難道是甚麼江湖幫會、武林宗派在此聚會不成？但杭州是紅花會地盤，如有此事，決不會不通知我們。這些人見到我時俱露驚奇之色，那又爲了甚麼？」轉過一個彎，正要走向上天竺觀音廟，忽聽山側琴聲朗朗，夾有長吟之聲，隨著細碎的山瀑聲傳過來。只聽那人吟道：

「錦繡乾坤佳麗，御世立綱陳紀。四朝輯瑞徵師濟，盼皇畿，雲開雉扇移。黎民引領鑾輿至，安堵村村颺酒旗。恬熙，御爐中靉靆瑞雲霏。」

陳家洛心想，琴音平和雅致，曲詞卻滿篇歌頌皇恩，但歌中「安堵村村颺酒旗」七字不錯，倘若普天下每一處鄉村中都有酒家，黎民百姓也就快活得很了。

循聲緩步走了過去，只見山石上坐著一個縉紳打扮之人正在撫琴，四十來歲年紀，旁邊站著兩個壯漢、一個枯瘦矮小的老者，也都身穿藍布長衫。陳家洛心中突然一凜，覺得這撫琴之人似乎依稀相識，那人形相清癯，氣度高華，越看容貌越熟，可是總想不起在那裏會過，刹那間心神恍惚，竟如做夢一般，只覺那人似是至親至近之人，然又隔得極遠極遠。

這時那老者和兩個壯漢都已見到陳家洛和心硯，也凝神向他們細望，似欲過來說話。那撫琴男子三指一劃，琴聲頓絕。陳家洛走進幾步，拱手說道：「適聆仁兄雅奏，詞曲皆屬初聞，可是兄台所譜新聲嗎？」那人笑道：「正是。這『錦繡乾坤』一曲是小弟近作。閣下既是知音，還望指教。」陳家洛道：「高明，高明！詞中『安堵村村颺酒旗』一句尤佳。」那人臉現喜色，道：「兄台居然記得曲詞，請過來坐坐。」陳家洛心想：「但甚麼『盼皇畿』、『黎民引領鑾輿至』，大拍皇帝馬屁，格調也就低得很了。」但不知何故，心中對此人自生親近之意，便走了過去，施禮坐下。

那人看清了他面容，大爲訝異，呆了半晌。陳家洛笑道：「兄弟一路上山，遇見遊客甚多，見到兄弟之時，人人面露詫異之色，適才兄台也是如此，難道小弟臉上有甚麼古怪麼？倒要請教了。」那人笑道：「兄台有所不知，小弟有一親戚，相貌和兄台十分相似，那些遊客都是小弟朋友，是以都感驚奇。」陳家洛笑道：「原來如此。仁兄相貌我也熟極，似在那裏會過。小弟愚魯，再也記不起來，仁兄可想得起麼？」

那人呵呵大笑，說道：「那眞是有緣了。請問仁兄高姓大名。」陳家洛名滿江湖，不願告知他眞姓名，隨口謅道：「小弟姓陸，名嘉成。」那是將陳家洛三字顚倒了過來，也問：「請問兄台尊姓。」那人微一沈吟，說道：「小弟複姓東方，單名一個耳字，是直隸人氏。聽兄台口音，似是本地人？」陳家洛道：「小弟正是此間人。」那自稱東方耳的人道：「久聞江南山水天下無雙，今日登臨，果然名下無虛，不但峯巒佳勝，而且人傑地靈，所見人物，亦多才俊之士。」

陳家洛聽那人談吐不俗，又見那兩個壯漢和那老者都對他執禮至恭，當他說話時垂手而立，不敢稍有懈怠，實不知他是何等人物，便道：「兄台旣然喜愛江南，何不就在此定居，也好讓小弟時聆教益。」東方耳呵呵大笑，說道：「偷得浮生半日之閒，在此一遊，已是非分，我輩俗人，此等清福豈能常享？兄台知音卓識，必是高手，就請彈奏一曲如何？」說罷把七絃琴推到陳家洛面前。

陳家洛伸指輕輕一撥，琴音淸越絕倫，看那琴時，見琴頭有金絲纏著「來鳳」兩個篆字，木質斑爛蘊華，似是千年古物，心中暗吃一驚，自忖此琴是無價之寶，這人不知從何處得來，說道：「兄台珠玉在前，小弟獻醜了。」於是調絃按徽，鏗鏗鏘鏘的彈了起來，彈的是一曲「平沙落雁」。東方耳凝神傾聽。

一曲旣終，東方耳道：「兄台是否到過塞外？」陳家洛道：「小弟適從回疆歸來，不知兄台何以得知？」東方耳道：「兄台琴韻平野壯闊，大漠風光，盡入絃中，聞兄妙奏，眞如讀辛稼軒詞：『醉裏挑燈看劍，夢回吹角連營，八百里分麾下炙，五十絃翻塞外聲，沙場秋點兵。』這曲『平沙落雁』，小弟生平聽過何止數十次，但從未得聞兄台琴引如此氣象萬千。」陳家洛見他果是知音，心中也甚歡喜。

東方耳又道：「小弟尙有一事不明，意欲請教。不過初識尊範，交淺言深，似覺冒昧。」陳家洛道：「願聆直言。」東方耳道：「聽兄琴韻中隱隱有金戈之聲，似胸中藏有十萬甲兵。但觀兄相貌又似貴介公子，溫文爾雅，決非統兵大將。是以頗爲不解。」陳家洛笑道：「小弟一介書生，落拓江湖。兄台所言，令人汗顏。」

那東方耳對陳家洛所言，似乎不甚相信，又問：「兄台或係將軍世家，不知尊大人現居何官？兄台有何功名？」陳家洛道：「先嚴已不幸謝世。小弟碌碌庸才，功名利祿，與我無緣。」東方耳道：「聆兄吐屬，大才磐磐，難道是學政無目，以致兄台科場失利嗎？」陳家洛道：「那倒不是。」東方耳道：「此間浙江巡撫，是弟至交，兄台明日移駕去見他一見，或有際遇，也未可知。」陳家洛道：「兄台好意，至深感謝。只是小弟無意爲官。」東方耳道：「然則兄台就此終身埋沒不成？」陳家洛道：「與其殘民以逞，不如曳尾於泥塗耳。」東方耳一聽此言，不覺面容變色。

兩名藍衣壯漢見他臉色有異，都走上一步。東方耳稍稍一頓，呵呵笑道：「兄台高人雅致，胸襟自非我輩俗人所及。」

兩人互相打量，都覺對方甚爲奇特，然而在疑慮之中又不禁有親厚之情。東方耳道：「兄台自回疆遠來江南，途中見聞必多。」陳家洛道：「神州萬里，山川形勝自是目不暇給。只是適逢黃河水災，哀鴻遍野，小弟也無心賞玩風景。」東方耳道：「聽說災民在蘭封搶了西征大軍的軍糧，兄台途中可有所聞？」陳家洛一怔，心道：「此人訊息怎地如此靈通？我們劫糧後趕來江南，晝夜奔馳，途中沒絲毫耽擱，怎麼他倒知道了？」說道：「事情是有的，災民無衣無食，爲民父母者不加憐恤，他們爲求活命，鋌而走險，也可說是情有可原。」

東方耳微微搖頭，輕描淡寫的道：「聽說事情不單如此，這件事是紅花會鼓動災民，犯上作亂。」陳家洛故作不知，問道：「紅花會是甚麼呀？」東方耳道：「那是江湖上一個造反謀叛的幫會，兄台沒聽到過嗎？」陳家洛道：「小弟放浪琴棋之間，世事一竅不通。說來慚愧，這樣大名鼎鼎的一個幫會，小弟今日還是初聞。」他微微一頓，說道：「朝廷得訊之後，對紅花會定要嚴加懲辦的了。」東方耳道：「那還用說？諒這等人也不足成爲大患。」陳家洛不動聲色，問道：「兄台何所據而云然？」東方耳道：「方今聖天子在位，朝政修明。當道只要派遣一二異才，紅花會舉手間就可剿滅。」陳家洛道：「小弟不明朝政，如有荒唐之言，請勿見笑。以弟愚見，朝廷之中大都是酒囊飯袋之輩，未必能辦甚麼大事呢！」此言一出，東方耳與他身旁的老者壯漢又各變色。

東方耳道：「兄台這未免是書生之見了。且不說朝中名將能吏，濟濟多士，即是兄弟身邊這幾位朋友，也均非庸手。可惜兄台是文人，否則可令他們施展一二，兄台如懂武功，便知兄弟之言不謬了。」陳家洛道：「小弟雖無縛鷄之力，但自讀太史公『游俠列傳』後，生平最佩服英雄俠士，不知兄台是那一派宗主？這幾位都是貴派的子弟嗎？可否請他們各顯絕技，令小弟開開眼界？」東方耳向那兩個壯漢道：「你們拿點玩藝兒出來，請這位陸爺指教。」陳家洛手一拱道：「請！」心想：「只要他們一出手，就知是甚麼宗派了。」

一名壯漢走上一步，說道：「樹上這鵲兒聒噪討厭，我打了下來，叫人耳根清靜。」手一揮，一枝袖箭向樹上喜鵲射去，那知袖箭將到喜鵲身旁，忽然一偏，竟沒打中。

東方耳見那人竟沒射中，頗爲詫異，那壯漢更是羞得面紅過耳，手一揚，又是一箭向樹上射去。這次各人看得清清楚楚，袖箭將射到喜鵲，不知從那裏飛來一粒泥塊，在箭桿上一撞，又把箭碰歪了。東方耳身旁那枯瘦老者見心硯右手微擺，知道是他作怪，說道：「這位小兄弟原來功夫如此了得，咱們親近親近。」五指有如鋼爪鐵鉤，向他手上抓去。

陳家洛暗吃一驚，見這老者竟是嵩陽派的大力鷹爪功，手掌伸出，勢道不快，卻竟微挾風聲，心想：「此人武功在江湖上已是數一數二人物，如非一派之長，亦必是武林中前輩高人，怎地甘爲東方耳的傭僕？」心念微動，手中摺扇輕揮，張了開來，剛擋在老者與心硯之間。那老者手爪疾縮，心想主人對此人既以友道相待，毀了他的東西可著實無禮，上下打量陳家洛，看他是否會武。但見他摺扇輕搖，漫不在意，似乎剛才這一下只是碰巧。

東方耳道：「尊紀小小年紀，居然武藝高強，此僮兄台從何處得來？」陳家洛道：「他並不會武，只是自幼投蟲射雀，準頭不錯而已。」東方耳見他言不由衷，也不再問，看著他手中摺扇，說道：「兄台手中摺扇是何人墨寶，可否相借一觀？」陳家洛把摺扇遞了過去。

東方耳接來看時，見是前朝詞人納蘭性德所書的一闋「金縷曲」，詞旨峻崎，筆力俊雅，說道：「納蘭容若以相國公子，餘力發爲詞章，逸氣直追坡老美成，國朝一人而已。觀此書法摹擬褚河南，出入黃庭內景經間。此扇詞書可稱雙璧，然非兄台高士，亦不足以配用，不知兄台從何處得來？」陳家洛道：「小弟在書肆間偶以十金購得。」東方耳道：「即十倍之，以百金購此一扇，亦覺價廉。此類文物多屬世家相傳，兄台竟能在書肆中輕易購得，眞可謂不世奇遇矣！」說罷呵呵大笑。陳家洛知他不信，也不理會，微微一哂。

東方耳又道：「納蘭公子絕世才華，自是人中英彥，但你瞧他詞中這一句：『且由他蛾眉謠諑，古今同忌。身世悠悠何足問，冷笑置之而已。』未免自恃才調，過於冷傲。少年不壽，詞中已見端倪。」說罷雙目盯住陳家洛，意思是說少年人恃才傲物，未必有甚麼好下場。陳家洛笑道：「大笑拂衣歸矣，如斯者古今能幾？向名花美酒拚沉醉。天下事，公等在。」這又是納蘭之詞。東方耳見他一派狂生氣概，不住搖頭，但又不捨得就此作別，想再試一試他的胸襟氣度，隨手翻過扇子，見反面並無書畫，說道：「此扇小弟極爲喜愛，斗膽求兄見賜，不知可否？」陳家洛道：「兄台既然見愛，將去不妨。」東方耳指著空白的一面道：「此面還求兄台揮毫一書，以爲他日之思。兄台寓所何在？小弟明日差人來取如何？」陳家洛道：「既蒙不嫌鄙陋，小弟即刻就寫便是。」命心硯打開包裹，取出筆硯，略加思索，在扇面上題詩一絕，詩云：

「攜書彈劍走黃沙，瀚海天山處處家，大漠西風飛翠羽，江南八月看桂花。」

那會鷹爪功的老者見他隨身攜帶筆硯，文思敏捷，才不疑他身有武功。東方耳稱謝，接過扇子，說道：「小弟也有一物相贈。」雙手捧著那具古琴，放到陳家洛面前，說道：「寶劍贈於烈士，此琴理屬兄台。」

陳家洛知道此琴是希世珍物，今日與此人初次相見，即便舉以相贈，不知是何用意，但他是相府子弟，珍寶見得多了，也不以爲意，拱手致謝，命心硯抱在手裏。

東方耳笑道：「兄台從回疆來到江南，就只爲賞桂花不成？」陳家洛道：「有一位朋友有點急事，要小弟來幫忙料理一下。」東方耳道：「觀兄臉色似有不足之意，是否貴友之事尚未了結？」陳家洛道：「正是。」東方耳道：「不知貴友有何爲難之處。小弟朋友甚多，或可稍盡綿力。」陳家洛道：「大概數日之後，也可辦妥了。兄台美意，十分感謝。」

兩人談了半天，仍不知對方是何等人物。東方耳道：「他日如有用得著小弟處，可持此琴赴北京找我。現下我等一同下山去如何？」陳家洛道：「好。」兩人攜手下山。

到了靈隱，忽然迎面來了數人，當先一人面如冠玉，身穿錦袍，相貌和陳家洛甚爲相似，年紀也差不多，秀美猶有過之，只是英爽之氣遠爲不及。兩人一朝相，都驚呆了。

東方耳笑道：「陸兄，這人可與你相像麼？他是我的內姪。康兒，過來拜見陸世叔。」那人過來行禮。陳家洛不敢以長輩自居，連忙還禮。

忽聽得遠處一個女人聲音驚叫一聲，陳家洛回頭看去，見周綺和她的父母及徐天宏剛從靈隱寺出來，想是她突然見到兩個陳家洛，不勝驚奇。陳家洛只當不見，轉過頭去。徐天宏低聲向周綺道：「別往那邊瞧。」

東方耳道：「陸兄，你我一見如故，後會有期，今日就此別過。」兩人拱手而別。數十名藍衫壯漢在東方耳前後衛護。

陳家洛轉過頭來，微微點頭，略一努嘴。徐天宏會意，對周仲英道：「義父，總舵主差我去辦事，你與義母、妹子多玩一會。」周綺老大不高興，撅起了嘴。徐天宏遠遠跟在那些壯漢後面，直跟進城去。

到得傍晚，徐天宏回來稟告：「那人在湖上玩了半天，後來到巡撫衙門裏去了。」陳家洛說了剛才之事，兩人一琢磨，料想這東方耳必是官府中人，而且來頭一定極大，如非京中出來密察暗訪的欽差大臣，便是親王貝勒之類的皇親宗室，瞧他相貌不似旗人，恐怕多半是欽差。那枯瘦老者如此武功，居然甘爲他用，那麼此人必非庸官俗吏了。陳家洛道：「莫非此人之來，與四哥有關？我今晚想去親自探察一下。」徐天宏道：「是，最好請那一位哥哥同去，有個照應。」陳家洛道：「請趙三哥去吧，他也是浙江人，熟悉杭州情形。」

二更時分，陳家洛與趙半山收拾起行，施展輕功，向撫衙奔去。兩人在屋瓦上悄沒聲息的一掠而過。陳家洛心道：「久聞太極門武功深得內家秘奧，趙三哥的輕功果然了得，閒時倒要向他請教請教。」趙半山也暗暗佩服：「總舵主拳法精妙，與鐵膽周老英雄比武時已經見過，那知他輕功也如此不凡，不知他師父天池怪俠在十數年之間，如何調教得出來。」

不一刻將近撫台衙門，兩人同時發覺前面房上有人，當即伏低，但見兩個人影在屋頂來回巡邏。趙半山等他們背轉身，手一揚，一枚鐵蓮子向數丈外一株樹上打去。那兩人聽得樹枝響動，飛身過去查看。陳家洛和趙半山乘機矮身，竄進撫衙。當下躲在屋角暗處，過了一會沒見動靜，才慢慢探頭，一瞥之際，不由得大驚，原來下面明晃晃地，火把照耀，如同白晝。數百名兵丁弓上弦，刀出鞘，嚴密戒備，幾名武將繞著屋子走來走去。可是說也奇怪，這許多兵將卻大氣不出，走動時足尖輕輕落地，竟不發出腳步聲音。雖有數百人聚集，卻是靜悄悄地，只聽得牆角蟋蟀唧唧鳴叫，偶爾夾雜著一兩聲火把上竹片爆裂之聲。

陳家洛見無法進去，向趙半山打個手勢，一齊退了出來，避過屋頂巡哨，落在牆邊，低聲商量對策。陳家洛道：「咱們不必打草驚蛇，回去另想法子。」趙半山道：「是。」正要飛身上屋，忽然撫台衙門邊門呀的一聲開了，走出一名武官，後面跟著四名旗兵，那五人沿街走去，走了數十丈又折回來，原來也是在巡邏。兩人見這派勢，心中暗暗驚異。

等那五人又回頭向外，陳家洛低聲道：「打倒他們。」趙半山會意，竄出數步，發出三枚錢鏢，三名旗兵登時倒地。陳家洛跟著兩顆圍棋子，打中那武官和另一名旗兵穴道。兩人縱身過去，再出指點穴，將五人提到暗處，剝下旗兵號衣，自己換上了，將官兵抛在牆角。

兩人又乘屋頂巡哨轉身，跳入圍牆，在火把照耀下大模大樣走進院子，裏面成千名官兵來來往往，怎分辨得淸已有外敵混入？更進內院，只見院內來往巡衛的都是高職武官，不是總兵便是副將，只人數遠比外面爲少。兩人找到空隙，縮身竄入屋簷之下，攀住椽子，屏息不動，待得數名武官轉過身來，早已藏好。隔了半晌，陳家洛見行藏未被發覺，雙腳勾住屋樑，掛下身子，舐濕窗子，張眼內望。趙半山守在他身後衛護，眼觀六路，耳聽八方，以防敵人。他二人當眞是藝高人膽大，於如此戒備森嚴之下窺敵，實是險到了極處。

陳家洛見裏面是一座三開間的大廳，廳上站著五六個人，都是身穿公服的大官，一人背向而坐，看不見他相貌，只見這些大官神色恭敬，目不斜視。

這時外面又走進一個官員，向坐著那人三跪九叩首的行起大禮來。陳家洛大吃一驚，心想：「這是參見皇帝的儀節，難道皇帝微服到了杭州不成？」正疑惑間，只聽那官說道：「臣浙江布政使尹章垓叩見皇上。」陳家洛聽得淸淸楚楚，心道：「果然是當今乾隆皇帝，怪不得這般大勢派。」

只聽皇帝哼了一聲，沉聲說道：「你好大膽子！」尹章垓除下朝冠，放在地下，連連叩頭，不敢作聲。皇帝隔了半晌，說道：「我派兵征討回疆，聽說你很不以爲然。」

陳家洛又是一驚，心道：「怎麼這皇帝的聲音好熟？」

尹章垓一面叩頭，一面說道：「臣該死，臣不敢。」皇帝道：「我要浙江趕運糧米十萬石供應軍需，你爲甚麼膽敢違旨？」尹章垓道：「臣萬死不敢，實因今年浙江歉收，百姓很苦，一時之間徵調不及。」皇帝道：「百姓很苦，哼，你倒是個愛民的好官。」尹章垓又連連叩頭，連說：「臣該死。」皇帝道：「依你說怎麼辦？大軍糧食不足，急如星火，難道叫他們都餓死在回疆麼？」尹章垓叩頭道：「臣不敢說。」皇帝道：「有甚麼不敢說的，你說吧。」尹章垓道：「萬歲爺聖明，教化廣被，回疆夷狄小醜，其實也不勞王師遠征，只須派一名大臣宣之以德，邊民自然順化。」皇帝哼了一聲，並不說話。

尹章垓又道：「古人云兵者是兇器，聖人不得已而用之。聖上若罷了遠征之兵，天下皆感恩德。」皇帝冷冷的道：「我定要派兵征伐，那麼天下就是怨聲載道了。」尹章垓拚命叩頭，額角上都是鮮血。皇帝嘿嘿一笑，說道：「你倒有硬骨頭，竟敢對朕頂撞！」一轉身，陳家洛這一驚更是厲害。

原來這皇帝竟是今日在靈隱三竺遇見的東方耳。陳家洛雖然見多識廣，臨事鎭靜，這時也不禁出了一身冷汗。

只聽得乾隆皇帝道：「起去！你這頂帽兒，便留在這裏吧！」尹章垓又叩了幾個頭，站起身來，也不戴帽，倒退而出。乾隆向其餘大臣道：「尹某辦事必有情弊，督撫詳加查明參奏，不得徇私包庇，致干罪戾。」幾個大臣連聲答應。乾隆道：「出去吧，十萬石軍糧馬上徵集運去。」那幾名大臣諾諾連聲，叩頭退出。

乾隆道：「叫康兒來。」一名內侍掀簾出去，帶了一名少年進來。陳家洛見這人就是和自己形貌相似之人。他站在乾隆身旁，神態親密，不似其餘大臣那般畏縮。

乾隆道：「傳李可秀。」內侍傳旨出去，一名武將進來叩見，說道：「臣浙江水陸提督李可秀叩見聖駕。」乾隆道：「那紅花會姓文的匪首怎樣了？」陳家洛聽得提到文泰來，更加凝神傾聽，只聽李可秀道：「這匪首兇悍拒捕，受傷很重，臣正在延醫給他診治，要等他神智恢復之後才能審問。」乾隆道：「要小心在意。」李可秀道：「臣不敢絲毫怠忽。」乾隆道：「起去吧。」李可秀叩頭退出。

陳家洛輕聲道：「咱們跟他去。」兩人輕輕溜下，腳剛著地，只聽得廳內一人喝道：「有刺客！」陳家洛與趙半山奔至外院，混入士兵隊中。只聽得四下裏竹梆聲大作，日間陳家洛在天竺所見那枯瘦老者率領藍衣壯漢四處巡視。那老者目光炯炯，東張西望。

陳家洛早已背轉身去，慢慢走向門旁。那老者突然大喝：「你是誰？」伸手向趙半山抓來。趙半山雙掌「如封似閉」，將他一抓化開，疾向門邊衝去。那老者急追而至，揮掌向他背心劈落。這時趙半山已到門口，聽得背後拳風，矮身卸力，待要回手迎敵，陳家洛已將身上號衣脫下，反手摟頭向那老者蓋了下去。老者伸手拉住，兩人一扯，一件號衣斷成兩截。

陳家洛揮動半截號衣，運氣送勁，號衣啪的一聲大響，直向那枯瘦老者打去，腳下毫不停留，筆直向門外竄出。那老者也眞了得，伸手一抓，又在半截號衣上抓了五條裂縫，如影隨形，緊跟其後，剛跨出門，迎面一名兵士頭前腳後，平平的當胸飛至，卻是趙半山抓住擲過來的。老者左臂斜格，將那兵士撇在一旁，追了出去，就這麼受阻稍緩，眼見刺客已衝出撫衙。後面二三十名侍衛一窩蜂般趕出來。

老者喝道：「大家保護皇上要緊，你們五人跟我去追刺客。」向五名侍衛一指，施展輕功，追到街上。只見兩個黑影在前面屋上飛跑。

那老者縱身也上了屋，一口氣奔過了數十間屋，和敵人相距已近，正要喝問，忽然前面屋下數聲胡哨，敵人似乎來了接應。老者仍是鼓勁疾追，見前面兩人忽然下屋，站在街心。那老者也跳下屋來，雙掌一錯，迎面向陳家洛抓去。

陳家洛不退不格，哈哈笑道：「我是你主人好友，你這老兒膽敢無禮！」那老者在月光下看清楚了對方面貌，吃了一驚，縮手說道：「你這廝果然不是好人，快隨我去見聖駕。」陳家洛笑道：「你敢跟我來麼？」

老者稍一遲疑，後面五名侍衛也都趕到，陳家洛和趙半山向西退走。那老者叫道：「追！」西湖邊是旗營駐防之處，杭人俗稱旗下，老者自忖那是官府力量最厚的所在，敵人逃到湖畔，那是自入死地，於是放心趕來。

追到湖邊，見陳家洛等二人跳上一艘西湖船，船夫舉槳划船，離岸數丈，那老者喝道：「朋友，你究竟是那一路的人物，請留下萬兒來。」

趙半山亢聲說道：「在下溫州趙半山，閣下是嵩陽派的嗎？」那老者道：「啊，朋友可是江湖上人稱千臂如來的趙老師？」趙半山道：「不敢，那是好朋友鬧著玩送的一個外號，實在愧不敢當。請教閣下的萬兒？」那老者道：「在下姓白，單名一個振字。」此言一出，趙半山和陳家洛都矍然一驚。原來白振外號「金爪鐵鉤」，是嵩陽派中數一數二的好手，大力鷹爪功三十年前即已馳名武林，只不在江湖上行走已久，一向不知他落在何處，那知竟做了皇帝的貼身侍衛。

趙半山拱手道：「原來是金爪鐵鉤白老前輩，怪不得功力如此精妙。白老前輩如此苦苦相迫，不知有何見教？」白振道：「聽說趙老師是紅花會的三當家，那一位是誰？」突然心念一動，說道：「啊，莫不是貴會總舵主陳公子？」趙半山不答他的問話，說道：「白老前輩要待怎地？」

陳家洛摺扇一張，朗聲說道：「月白風清，如此良夜，白老前輩同來共飲一杯如何？」白振說道：「閣下夜闖撫台衙門，驚動官府，說不得，只好請你同去見見我家主人，否則在下回去沒法交待。我家主人對閣下甚好，也不致難爲於你。」陳家洛笑道：「你家主人倒也不是俗人，你回去對他說，湖上桂子飄香，素月分輝，如有雅興，請來聯句談心，共謀一醉。我在這裏等他便是。」

白振今日眼見皇上對這人十分眷顧，恩寵異常，如得罪了他，說不定皇上反會怪罪，可是他夜驚聖駕，不捕拿回去如何了結？只是附近沒有船隻，無法追入湖中，只得奔回去稟告乾隆。

乾隆沉吟了一下，說道：「他既然有此雅興，湖上賞月，倒也是件快事，你去對他說，我隨後就來。」白振道：「這批都是亡命之徒，皇上萬金之體，以臣愚見，最好不要涉險。」乾隆道：「快去。」白振不敢再說，忙騎馬奔到湖邊，見先前划槳的那人抱膝坐在船頭，似是在等他消息，便大聲道：「對你家主人說，我們主人就來和他賞月談話。你們預備接駕罷！」

白振回去覆命，走到半路，只見御林軍的驍騎營、護軍營、前鋒營各營軍士正開向湖邊，再走一會，杭州駐防的旗營、水師也都到了。白振心想：「皇上不知怎樣看中了這小子，爲了和他賞月，興師動衆的調遣這許多人。」忙趕回去，佈置侍衛護駕。

乾隆興致很高，正在說笑，浙江水陸提督李可秀在一旁伺候。乾隆問道：「都預備好了？去罷。」他已換了便裝，隨駕的侍衛官也都換上了平民服色，乘馬往西湖而來。

一行人來到湖邊，乾隆吩咐道：「他該當已知我是誰，但大家仍是裝作尋常百姓模樣。」這時西湖邊上每一處都隱伏了御林軍各營軍士，旗營、水師，李可秀的親兵又佈置在外，一層一層的將西湖圍了起來。只見燈光晃動，湖上划過來五艘湖船，當中船頭站著一人，長身玉立，器宇軒昂，叫道：「小人奉陸公子差遣，恭請東方先生到湖中賞月。」說罷跳上岸來，對乾隆作了一揖。這人正是衛春華。

乾隆微一點頭，說道：「甚好！」跨上湖船。李可秀、白振和三四十名侍衛分坐各船。侍衛中有十多人精通水性，白振吩咐他們小心在意，要拚命保護聖駕。

五艘船向湖心划去，只見湖中燈火輝煌，滿湖遊船上都點了燈，有如滿天繁星。再划近時，絲竹簫管之聲，不住在水面上飄來。一艘小艇如飛般划到，艇頭一人叫道：「東方先生到了嗎？陸公子久等了。」衛春華道：「來啦，來啦！」

那艘小艇轉過頭來當先領路，對面大隊船隻也緩緩靠近。白振和眾侍衛見對方如此派勢，雖然己方已調集大隊人馬，有恃無恐，卻也不由得暗暗吃驚，各自按住身上暗藏的兵刃。只聽得陳家洛在那邊船頭叫道：「東方先生果然好興致，快請過來。」

兩船靠近，乾隆、李可秀、白振、以及幾名職位較高的侍衛踏跳板過去。只見船中只陳家洛和書僮兩人，白振等人都放下了心。

那艘花艇船艙寬敞，畫壁彫欄，甚是精雅，艇中桌上擺了酒杯碗筷，水果酒菜滿桌都是。陳家洛道：「仁兄惠然肯來，幸何如之！」乾隆道：「兄台相招，豈能不來？」兩人攜手大笑，相對坐下。李可秀和白振等都站在乾隆之後。

陳家洛向白振微微一笑，也不說話，一瞥之間，忽見李可秀身後站著一個美貌少年，卻不是陸菲青的徒弟是誰？怎麼和朝廷官員混在一起，這倒奇了，心感詫異，不免多看了一眼。李沅芷向他嫣然一笑，眼睛一霎，要他不可相認。

心硯上來斟了酒，陳家洛怕乾隆疑慮，自己先乾了一杯，夾菜而食。乾隆只揀陳家洛吃過的菜下了幾筷，就停箸不食了。只聽得鄰船簫管聲起，吹的是一曲「迎嘉賓」。乾隆笑道：「兄台眞是雅人，倉卒之間，安排得如此週到。」

陳家洛遜謝，說道：「有酒不可無歌，聞道玉如意歌喉是錢塘一絕，請召來爲仁兄佐酒如何？」乾隆鼓掌稱好，轉頭問李可秀道：「玉如意是甚麼人？」李可秀道：「那是杭州名妓，聽說她生就一副驕傲脾氣，要是不中她意的，就是黃金十兩，也休想見她一面，更別說唱曲陪酒了。」乾隆笑道：「你見過她沒有？」李可秀十分惶恐，道：「小……小人不敢。」乾隆笑道：「今天讓你開開眼界。」

說話之間，衛春華已從那邊船上陪著玉如意過來。乾隆見這女子臉色白膩，嬌小玲瓏，相貌也非出衆美麗，只一雙眼靈活異常，一顧盼間，便和人人打了個親熱的招呼，風姿楚楚，嫵媚動人。她向陳家洛道個萬福，鶯鶯嚦嚦的說道：「陸公子今朝好興致啊。」一聲音嬌柔異常。陳家洛伸手掌向著乾隆，道：「這位是東方老爺。」玉如意向乾隆福了一福，偎倚著坐在陳家洛身旁。陳家洛道：「聽說你曲子唱得最好，可否讓我們一飽耳福？」

玉如意笑道：「陸公子要聽，我給你連唱三日三夜，就怕你聽膩了。」跟人送上琵琶來，玉如意輕輕一撥，唱了起來，唱的是個「一半兒」小曲：「碧紗窗外靜無人，跪在床前忙要親，罵了個負心回轉身。雖是我話兒嗔，一半兒推辭一半兒肯！」陳家洛拍手叫好。乾隆聽她吐音清脆，俊語連翩，風俏飛蕩，不由得胸中暖洋洋地。

玉如意轉眸一笑，纖指撥動琵琶。回頭過來望著乾隆，又唱道：「幾番的要打你，莫當是戲。咬咬牙，我眞個打，不敢欺！才待打，不由我，又沉吟了一會，打輕了你，你又不怕我；打重了，我又捨不得你。罷，冤家也，不如不打你。」

乾隆聽得忘了形，不禁叫道：「你要打就打罷！」陳家洛呵呵大笑。李沅芷躲在父親背後抿著嘴兒，只有李可秀、白振一干人綳緊了臉，不敢露出半絲笑意。玉如意見他們這般一副尷尬相，噗哧一聲，笑了出來。

乾隆生長深宮，宮中妃嬪歌女雖多，但個個是端莊呆板之人，連笑一下也不敢出聲，幾時見過這般江南名妓？見她眉梢眼角，風情萬種，歌聲婉轉，曲意纏綿，加之湖上陣陣花香，波光月影，如在夢中，漸漸忘卻是在和江洋大盜相會了。

玉如意替乾隆和陳家洛斟酒，兩人連乾三杯，玉如意也陪著喝了一杯。乾隆從手上脫下一個碧玉般指來賞了給她，說道：「再唱一個。」玉如意低頭一笑，露出兩個小小酒窩，當眞是嬌柔無那，風情萬種。乾隆的心先自酥了，只聽她輕聲一笑，說道：「我唱便唱了，東方老爺可不許生氣。」乾隆呵呵笑道：「你唱曲子，我歡喜還來不及，怎會生氣？」玉如意向他拋個媚眼，撥動琵琶，彈了起來，這次彈的曲調卻是輕快跳盪，俏皮諧謔，珠飛玉鳴，音節繁富。乾隆聽得琵琶，先喝了聲采，只聽她唱道：

「終日奔忙只爲飢，才得有食又思衣。置下綾羅身上穿，抬頭卻嫌房屋低。蓋了高樓並大廈，床前缺少美貌妻。嬌妻美妾都娶下，忽慮出門沒馬騎。買得高頭金鞍馬，馬前馬後少跟隨。招了家人數十個，有錢沒勢被人欺。時來運到做知縣，抱怨官小職位卑。做過尚書升閣老，朝思暮想要登基……」

乾隆一直笑吟吟的聽著，只覺曲詞甚是有趣，但當聽到「朝思暮想要登基」那一句時，不由得臉上微微變色，只聽玉如意繼續唱道：

「一朝南面做天子，東征西討打蠻夷。四海萬國都降服，想和神仙下象棋。洞賓陪他把棋下，吩咐快做上天梯。上天梯子未做起，閻王發牌鬼來催。若非此人大限到，升到天上還嫌低，玉皇大帝讓他做，定嫌天宮不華麗。」

陳家洛哈哈大笑。乾隆卻越聽臉色越是不善，心道：「這女子是否已知我身分，故意唱這曲兒來譏嘲於我？」玉如意一曲唱畢，緩緩擱下琵琶，笑道：「這曲子是取笑窮漢的，東方老爺和陸公子都是大富大貴之人，高樓大廈、嬌妻美妾都早已有了，自不會去想它。」

乾隆呵呵大笑，臉色頓和。眼睛瞟著玉如意，見她神情柔媚，心中很是喜愛，正自尋思，待會如何命李可秀將她送來行宮，怎樣把事做得隱秘，以免背後被人說聖天子好色，壞了盛德令名，忽聽陳家洛道：「漢皇重色思傾國，那唐玄宗是風流天子，天子風流不要緊，把花花江山送在胡人安祿山手裏，那可大大不對了。」乾隆道：「唐玄宗初期英明，晚年昏庸，可萬萬不及他祖宗唐太宗。」陳家洛道：「唐太宗雄才大略，仁兄定是很佩服的了？」乾隆生平最崇敬的就是漢武帝和唐太宗，兩帝開疆拓土，聲名播於異域，他登基以來，一心一意就想模仿，因此派兵遠征回疆，其意原在上承漢武唐皇的功業，聽得陳家洛問起，正中下懷，說道：「唐太宗神武英明，夷狄聞名喪膽，尊之為天可汗，文才武略，那都是曠世難逢的。」陳家洛道：「小弟讀到記述唐太宗言行的『貞觀政要』，頗覺書中有幾句話很有道理。」乾隆喜道：「不知是那幾句？」他自和陳家洛會面以來，雖對他甚是喜愛，但總是話不投機，這時聽他也尊崇唐太宗，不覺很是高興。

陳家洛道：「唐太宗道：『舟所以比人君，水所以比黎庶，水能載舟，亦能覆舟。』他又說：『天子者，有道則人推而爲主，無道則人棄而不用，誠可畏也。』」乾隆默然。陳家洛道：「這個比喩眞是再好不過。咱們坐在這艘船裏，要是順著水性，那就坐得平平穩穩，可是如果亂划亂動，異想天開，要划得比千里馬還快，又或者水勢洶湧奔騰，這船不免要翻。」他在湖上說這番話，明擺著是危言聳聽，不但是蔑視皇帝，說老百姓隨時可以傾覆皇室，而且語含威脅，大有當場要將皇帝翻下水去之勢。

乾隆一生除對祖父康熙、父親雍正心懷畏懼之外，幾時受過這般威嚇奚落的言語？不禁怒氣潮湧，當下強自抑制，暗想：「現下且由你稍逞口舌之利，待會把你擒住，看你是不是嚇得叩頭求饒。」他想御林軍與駐防旗營已將西湖四週圍住，手下侍衛又都是千中揀、萬中選、武功卓絕的好手，諒你小小江湖幫會，能作得甚麼怪？於是微微笑道：「荀子曰：『天地生君子，君子理天地。君子者，天地之參也，萬物之總也，民之父母也。』帝皇受命於天，率土之濱，莫非王臣。仁兄之論，未免有悖於先賢之教了。」

陳家洛舉壺倒了一杯酒，道：「我們浙江鄉賢黃梨洲先生有幾句話說道，皇帝未做成的時候，『荼毒天下之肝腦，離散天下之子女，以博我一人之產業。其旣得之也，敲剝天下之骨髓，離散天下之子女，以奉我一人之淫樂，視如當然，曰：此我產業之花息也。』這幾句話眞是說得再好也沒有！須當爲此浮一大白，仁兄請！」說罷舉杯一飲而盡。乾隆再也忍耐不住，揮手將杯往地下擲去，便要發作。

杯子擲下，剛要碰到船板，心硯斜刺裏俯身伸手，接住酒杯，只杯中酒水潑出大半，雙手捧住，一膝半跪，說道：「東方老爺，杯子沒摔著。」

乾隆給他這一來，倒怔住了，鐵青著臉，哼了一聲。李可秀接過杯子，看著皇帝眼色行事。乾隆一定神，哈哈一笑，說道：「陸仁兄，你這位小管家手腳倒眞靈便。」轉頭對一名侍衛道：「你和這位小管家玩玩，可別給小孩子比下去了，嘿嘿。」

那侍衛名叫范中恩，使一對判官筆，聽得皇上有旨，當即哈了哈腰，欺向心硯身邊，判官筆雙出手，分點他左右穴道。心硯反身急躍，竄出半丈，站在船頭，他年紀小，眞實功夫有限，一身輕功卻是向天池怪俠袁士霄學的，眼見范中恩判官筆來勢勁急，自忖武功不是他對手，只得先行逃開。范中恩雙筆如風，捲將過來。心硯提氣躍起，跳上船篷，笑道：「咱們捉捉迷藏吧！你捉到我算我輸，我再來捉你。」

范中恩兩擊不中，氣往上衝，雙足一點，也跳上船篷，他剛踏上船篷，心硯「一鶴沖天」，如一隻大鳥般撲向左邊小船，范中恩跟著追到。兩人此起彼落，在十多艘小船上來回盤旋。范中恩始終搶不近心硯身邊，心中焦躁，又盤了一圈。眼見前面三艘小船丁字形排著，心硯已跳上近身的一艘，他假意向左一撲，心硯嘻嘻一聲，跳上右邊小船。那知他往左一撲是虛勢，隨即也跳上了右邊小船，兩人面面相對，他左筆探出，點向心硯胸前。

心硯待要轉身閃避，已然不及，危急中向前一撲，發掌向范中恩小肚打去。范中恩左筆撩架，右筆急點對方後心，這一招又快又準，眼見他無法避過，忽聽得背後呼的一聲，似有件十分沉重的兵刃襲到。他不暇襲敵，先圖自救，扭腰轉身，右筆自上而下，朝來人兵器上猛砸下去，噹的一聲大響，火光四濺，來人兵器只稍稍一沉，又向他腰上橫掃過來。這時他已看清對方兵器是柄鐵槳，使槳之人竟是船尾的梢公，剛才一擊，已知對方力大異常，不敢硬架，拔起身來，輕輕向船舷落下，欺身直進，挺筆去點梢公的穴道。

蔣四根解了心硯之圍，見范中恩縱起身來，疾伸鐵槳入水一扳，船身轉了半個圈子，待范中恩落下來時，船身已不在原位。他「啊喲」一聲尚未喊畢，撲通一響，入水遊湖，湖水汩汩，灌入口來也。心硯拍手笑道：「捉迷藏捉到水裏去啦。」

乾隆船上兩名會水的侍衛趕緊入水去救，將要游近，蔣四根已將鐵槳送到范中恩面前，他在水中亂抓亂拉，碰到鐵槳，管他是甚麼東西，馬上緊緊抱住。蔣四根舉槳向乾隆船上一揮，喝道：「接著！」范中恩的師叔龍駿也是御前侍衛，忙搶上船頭，伸手接住。范中恩在皇上面前這般大大丟臉，說不定回去還要受處分，又是氣，又是急，濕淋淋的怔住了，站著不動，身上的西湖水不住滴在船頭。龍駿曾聽同伴說起心硯白天在三竺用泥塊打歪袖箭，讓御前侍衛丟臉，現今又作弄他的師姪，待他回到陳家洛身後，便站了出來，陰森森的道：「聽說這位小兄弟暗器高明之極，待在下請教幾招。」

陳家洛對乾隆道：「你我一見如故，別讓下人因口舌之爭，傷了和氣。這一位既是暗器名家，咱們請他在靶子上顯顯身手，以免我這小書僮接他不住，受了損傷，兄台你看如何？」乾隆聽他說得有理，只得應道：「自當如此，只是倉卒之間，沒有靶子。」

心硯縱身跳上楊成協坐船，在他耳邊低聲說了幾句。楊成協點點頭，向旁邊小船中的章進招了招手。章進跳了過來。楊成協道：「抓住那船船梢。」章進依言抓住自己原來坐船的船梢。這時楊成協也已拉過船頭木槓，喝一聲「起！」兩人竟將一艘小船舉了起來，兩人的坐船也沉下去一截。衆人見二人如此神力，不自禁的齊聲喝采。

駱冰看得有趣，也跳上船來，笑道：「眞是個好靶子！」盪起雙槳，將楊成協的坐船划向花艇。心硯叫道：「少爺，這做靶子成麼？請你用筆畫個靶心。」

陳家洛舉起酒杯，抬頭飲乾，手一揚，酒杯飛出，波的一聲，酒杯嵌入兩人高舉的小船船底，平平整整，毫沒破損，衆人又是拍手叫好。白振和龍駿等高手見楊成協和章進舉船，力氣固是奇大，但想一勇之夫，亦何足畏，待見陳家洛運內力將瓷杯嵌入船底，如發鋼鏢，這才暗皺眉頭，均覺此人難敵。

陳家洛笑道：「這杯就當靶心，請這位施展暗器吧。」駱冰將船划退數丈，叫道：「太遠了嗎？」龍駿更不打話，手中暗扣五枚毒蒺藜，連揮數揮，只聽得叮叮一陣亂響，瓷片四散飛揚，船底酒杯已被打得粉碎。心硯從船後鑽出，叫道：「果然好準頭！」龍駿忽起毒心，又是五枚毒蒺藜飛出，這次竟是對準心硯上下左右射去。

衆人在月光下看得分明，齊聲驚叫。那龍駿的暗器功夫當眞厲害，手剛揚動，暗器已到面前，衆人叫喊聲中，五枚毒蒺藜直奔心硯五處要害。心硯大驚，撲身滾倒，駱冰兩把飛刀也已射出，噹噹兩聲，飛刀和兩枚毒蒺藜墜入湖中。心硯一滾躲開兩枚，中間一枚卻說甚麼也躲不開了，正打在左肩之上。他也不覺得如何疼痛，只是肩頭一麻，站起身來，破口大罵。紅花會羣雄無不怒氣沖天，小船紛紛划攏，擁上來要和龍駿見個高下。

清宮衆侍衛也覺得這一手過於陰毒，在皇帝面前，衆目昭彰之下，以這卑鄙手段暗算對方一個小孩，未免太不漂亮，勢將爲人恥笑，但見紅花會羣雄聲勢洶洶，當即從長衣下取出兵刃，預備護駕迎戰。李可秀摸出胡笳，放在口邊就要吹動，調集兵士動手。

陳家洛叫道：「衆位哥哥，東方先生是我嘉賓，咱們不可無禮，大家退開。」羣雄聽得總舵主發令，衆小船當即划退數丈。

這時楊成協和章進已將舉起的小船放回水面。駱冰察看心硯的傷口。徐天宏也跳過來詢問。心硯道：「四奶奶，七爺，你們放心，我痛倒不痛，只是癢得厲害。」說著要用手去抓。駱冰和徐天宏聽了大驚，知道暗器上餵了極厲害的毒藥，忙抓住他雙手。心硯大叫：「我癢得要命，七爺，你放手。」說著用力掙扎。徐天宏心中焦急，臉上還是不動聲色，說道：「忍耐一會兒。」轉頭對駱冰道：「四嫂，你去請三哥來。」駱冰應聲去了。

駱冰剛走開，一艘小船如飛般划來，船頭上站著紅花會的杭州總頭目馬善均。他跳上徐天宏坐船，悄聲道：「七當家，西湖邊上佈滿了清兵，其中有御林軍各營。」徐天宏道：「有多少人？」馬善均道：「總有七八千人，外圍接應的旗營兵丁還不計在內。」徐天宏道：「你立刻去召集杭州城外的兄弟，集合湖邊候命，可千萬別給官府察覺，每人身上都藏一朵紅花。」馬善均點頭應命。徐天宏又問：「馬上可以召集多少人？」馬善均道：「連我機房中的工人，一起有兩千左右，再過一個時辰，等城外兄弟們趕到，還有一千多人。」徐天宏道：「咱們的兄弟至少以一當五，三千人抵得一萬五千名清兵，人數也夠了，況且綠營裏還有咱們的兄弟，你去安排吧。」馬善均接令去了。

趙半山坐船划到，看了心硯傷口，眉頭深皺，將他肩上的毒蒺藜輕輕起出，從囊中取出一顆藥丸，塞在他口裏，轉身對徐天宏淒然道：「七弟，沒救了。」徐天宏大驚，忙問：「怎麼？」趙半山低聲道：「暗器上毒藥厲害非常，除了暗器主兒，旁人無法解救。」徐天宏道：「他能支持多少時候？」趙半山道：「最多三個時辰。」徐天宏道：「三哥，咱們去把那傢伙拿來，逼他解救。」一言把趙半山提醒，他從囊中取出一隻鹿皮手套，戴在手上，縱身躍起，三個起伏，在三艘小船舷上一點，已縱到陳家洛和乾隆眼前，叫道：「陸公子，我想請教這位暗器名家的手段。」

陳家洛見龍駿打傷心硯，極是惱怒，見趙半山過來出頭，正合心意，對乾隆道：「我這位朋友打暗器的本領也還過得去，他們兩位比試，一定精采熱鬧，好看非凡。」皇帝聽說有好戲可看，當然贊成，越是比得凶險，越是高興，轉頭對龍駿道：「去吧，可別丟人。」

龍駿應了。白振低聲道：「那是千臂如來，龍賢弟小心了。」龍駿也久聞千臂如來的名頭，心中一驚，自忖暗器從未遇過敵手，今日再將名震江湖的千臂如來打敗，那更是大大的露臉了，越眾而前，抱拳說道：「在下龍駿，向千臂如來趙前輩討教幾手。」趙半山哼了一聲道：「果然是你，我本想旁人也不會使這等卑鄙手段，用這般陰損暗器。」

龍駿冷笑一聲，道：「我只有兩條臂膀，請千臂如來賜招。」他意含譏誚，說瞧你千條臂膀，又怎樣奈何我這兩條臂膀。趙半山反身竄出，低聲喝道：「來吧！」龍駿道：「我比暗器可只和你一人比。」趙半山怒道：「難道我們兄弟還會暗算你不成？」龍駿道：「好，就是要你這句話。」身形一晃，竄上一艘小船的船頭。他知道船上全是紅花會的扎手人物，雖然趙半山應允無人暗算，但自己以卑鄙手段傷了對方一個少年，究怕人家也下毒手報復，是以不敢在船梢有人處落腳。

趙半山等他踏上船頭，左手一揚，右手一揮，打出三隻金錢鏢、三枝袖箭，頭一低，背後又射出一枝背弩。龍駿萬料不到他一剎那間竟會同時打出七件暗器，嚇得心膽俱寒，當下無法躲避，已顧不得體面，縮身在船底一伏，只聽得啪、啪、啪一陣響，七件暗器全打在船板之上。船梢上那人罵道：「龜兒子，你先人板板，這般現世，鬥甚麼暗器？」

龍駿躍起身來，月光下趙半山的身形看得清楚，發出一枚菩提子向他打去。趙半山聽了破空之聲，知道不是毒蒺藜，側身讓開，身子剛讓到右邊，三枚毒蒺藜已迎面打到。

趙半山迎面一個「鐵板橋」，三枚毒蒺藜剛從鼻尖上擦過，叫了一聲「好！」剛要站起，又是三枚毒蒺藜向下盤打來。龍駿轉眼之間，也發出七件暗器，稱做「連環三擊」。趙半山人未仰起，左手一粒飛蝗石，右手一枚鐵蓮子，將兩枚毒蒺藜打在水中，待中間一枚飛到，伸手接住，放在懷裏，眼見他暗器手段果然不凡，暗忖此人陰險毒辣，定有詭計，可別上了他當，手一揚，三枚金錢鏢分打他上盤「神庭穴」、乳下「天池穴」、下盤「血海穴」。龍駿見他手動，已拔起身子，竄向另一條小船。

趙半山看準他落腳之處，一枝甩手箭甩出，龍駿舉手想接，忽然一樣奇形兵刃彎彎曲曲的旋飛而至，急忙低頭相避，說也奇怪，那兵刃竟又飛回趙半山手中。他伸手一抄，又擲了過來。龍駿從未接過他這獨門暗器「迴龍璧」，驚嚇之下，心神已亂，不提防迎面又是兩粒菩提子飛來，左眉尖「陽白穴」、左肩「缺盆穴」同時打中，身子一軟，癱跪船頭。

衆侍衛見他跌倒，無不大驚。與龍駿齊名大內的「一葦渡江」褚圓仗劍來救，劍護面門，縱身向龍駿躍去，人在半空，見對面也有一人挺劍跳來。

褚圓躍起在先，早一步落在船頭，左手揑個劍訣，右手劍挽個順勢大平花，横斬迎面縱來那人項頸，想將他逼下水去。不料那人身在半空，劍鋒直刺褚圓右腕，正所謂「善攻者攻敵之必守」，雖在黑夜，這一劍又準又快，霎時間攻守易勢。褚圓急忙縮手，劍鋒掠下挽個逆花，直刺敵足，這一招是達摩劍術中的「虛式分金」。那人左足虛晃一腳，右足直踢褚圓右腕。褚圓提手急避，未及變招，那人已站在船頭。月光下只見他身穿道裝，左手袖子束在腰帶之中。

褚圓原是和尚，法名智圓，後來犯了清規，被追繳度牒，逐出廟門，他索性還了俗，改名褚圓，仗著一手達摩劍精妙陰狠，竟做到皇帝的貼身侍衛。他原在空門，還俗後又長在禁城，江湖上之事不大熟悉，但見來敵劍法迅捷，生平未見，卻不知道那是七十二手追魂奪命劍獨步天下的無塵道人，當即喝問：「來者是誰？」無塵笑道：「虧你也學劍，不知道我麼？」褚圓一招「金剛伏虎」接著一招「九品蓮臺」，一劍下斬，一劍上挑。無塵笑道：「劍法倒也不錯，再來一記『金針度劫』！」話剛出口，褚圓果然搶向外門，使了一招「金針度劫」。他劍招使出，心中一怔：「怎麼他知道？」

無塵微微一笑，劍鋒分刺左右，喝道：「你使『浮丘挹袖』，再使『洪崖拍肩』！」話剛說完，褚圓果然依言使了這兩招。這那裏是性命相撲，就像是師父在指點徒弟。褚圓素來自負，兩招使後，退後兩步，凝視對方，又羞又怒，又是驚恐。其實無塵深知達摩劍法的精微，眼見褚圓造詣不凡，劍鋒所至，正是逼得他非出那一招不可之處，事先卻叫了招數的名頭。這一來先聲奪人，褚圓一時不敢再行進招。

駱冰在船梢掌槳，笑吟吟的把船划到陳家洛與乾隆面前，好教皇帝看清楚部屬如何出醜。其時趙半山已將龍駿擒住，徐天宏在低聲逼他交出解藥。龍駿閉目不語。徐天宏將刀架在他頸中威嚇，他仍是不理，心中盤算：「我寧死不屈，回去皇上定然有賞，只要稍有怯意，削了皇上顏面，我一生前程也就毀了。在皇上面前，諒這些土匪也不敢殺我。」

無塵喝道：「我這招是『仙人指路』，你用『回頭是岸』招架！」褚圓下定決心，偏不照他的話使劍。那知無塵劍鋒直戳他右頰，褚圓苦練達摩劍法二十餘年，心劍合一，勢成自然，已是根深蒂固，敵劍既然如此刺到，不得不左訣平指轉東，右劍橫劃，兩刃作天地向，正是一招「回頭是岸」。

無塵一招「仙人指路」逼褚圓以「回頭是岸」來招架，意存雙關，因道家求仙，釋家學佛，自己指點對方迷津，叫他認輸回頭。褚圓一招使出，見無塵縮回長劍，目光似電，盯住了自己，不由得進固不敢，退又不是，十分狼狽。無塵喝道：「我這招『當頭棒喝』，你快『橫江飛渡』！」說罷，長劍平挑，當頭劈下。褚圓身隨劍轉，迴劍橫掠，左手劍訣壓住右肘，這一招不是達摩劍術中的「橫江飛渡」是甚麼？

乾隆略懂武藝，雖身手平庸，但大內奇材異能之士甚多，他從小看慣，見識卻頗淵博，見無塵喊聲未絕，褚圓已照著他的指點應招，心中又好氣又好笑，卻又不禁寒心，暗忖：「褚圓在大內衆侍衛中已算一等高手，可是與這些匪徒一較量，竟然給人家耍猴兒般玩弄，一旦眞有緩急，這些人濟得甚事？」他可不知道無塵劍法海內無對，褚圓遇到他自是動彈不得。也是今晚適逢其會，讓乾隆見識到天下第一劍的劍法，他竟以爲「匪幫」中如此人材極夥，那也是想得左了。

乾隆又看幾招，再也難忍，對白振道：「叫他回來。」白振叫道：「褚兄，主人叫你回來。」褚圓巴不得有此一叫，只因滿清軍法嚴峻，臨陣退縮必有重刑，他進退兩難，正在萬般無奈之際，忽有皇命，如逢大赦，忙迴劍護身，便欲回跳。無塵喝道：「早叫你走，你不走，現今想走，嘿嘿，道爺可不放了！」長劍閃動，褚圓只見前後左右都是敵劍，全身立被裹於一團劍氣之中，那敢移動半步，只覺臉上身上涼颼颼地，似有一柄利刃周遊劃動。

白振見褚圓無法退出，縱身向兩人撲將過來，伸出雙爪，便來硬奪無塵長劍。無塵見他來得兇猛，劍鋒圈轉，反刺對方下盤。白振的武藝比之褚圓可高明得多了，左手兩根手指搭著劍鋒，右手一掌向對方左肩打去。無塵缺了左臂，不免吃虧，敵人攻向左側，只有退避，無法反擊，身子側避，右劍直刺敵人咽喉，這一劍當眞迅捷無倫。白振出手神速，竟然不輸無塵劍招，斜身避劍，右掌繼續追擊對方左肩，無塵向後退出一步，右手手腕已被白振抓住。趙半山、徐天宏、駱冰等等看得眞切，不由得齊聲呼叫。

劍光掌影中無塵左腳飛起，直踢對方右胯。白振向左一避，借勢仍奪長劍。無塵左腳未落，右腳跟著踢出。白振萬想不到他出腿有如電閃，生平從所未見，手爪鬆開，急忙後退。無塵右腿落空，左腿跟上，這一下白振再也躲避不了，右股上重重著了一腳，一個踉蹌，險些跌入湖中。他下盤穩實，隨即站定，身子傾斜，卻仍屹立船邊，雙手疾向無塵雙目抓到。無塵側頭避讓，肩頭已被他手掌擊中。無塵罵了一聲，連環迷蹤腿一腿快如一腿，連綿不斷，左腳甫起，右腳跟著飛出。白振立即變招，眼見對方一腿又到，忙拔身縱高。這兩位大高手武功均以快速見長，此刻兔起鶻落，星丸跳躍，連經數變，旁人看得眼也花了。

駱冰坐在後梢，見白振躍起，木槳抄起一大片水向他潑去。白振本擬落在船頭，空手和無塵的長劍拚鬥一場，忽見一片白晃晃的湖水迎頭澆來，情急之下，在空中打個觔斗，倒退落回花艇，總算他身手矯捷，饒是如此，下半身還是被澆得濕淋淋的十分狼狽。

豈知比起褚圓來，直是算不了甚麼。原來褚圓得他來援，逃出了無塵劍光籠罩，跳回花艇，驚魂甫定，正要站到乾隆背後，忽然玉如意嗤的一聲笑了出來，只見乾隆皺起眉頭，陳家洛似笑非笑，各人神色都甚爲奇特。他心中一愕，一陣微風吹來，頓感涼意，回顧自身，這一驚非同小可，原來全身衣服已被對手割成碎片，七零八落，不成模樣，頭上又是熱辣辣地，伸手去摸頭臉時，辮子、頭髮、眉毛均已給剃得乾乾淨淨，又驚又羞，忽然間褲子又向下溜去，原來褲帶也給割斷了，忙伸雙手去搶褲子，噗的一聲，手裏長劍跌入湖中。

乾隆眼見手下三名武藝最高的侍衛都被打得狼狽萬狀，知道再比下去也討不到便宜，對陳家洛道：「陸兄這幾位朋友果然藝業驚人，何不隨著陸兄爲朝廷出力？將來光祖耀宗，封妻蔭子，才不辜負了一副好身手。似這般淪落草莽，豈不可惜？」原來乾隆頗有才略，這時非但不怒，反生籠絡豪傑以爲己用之念。陳家洛笑道：「我這些朋友都和小弟一樣，寧可在江湖閒散適意。兄台好意，大家心領了。」乾隆道：「既然如此，今晚叨擾已久，就此告辭。」說罷望著尙在趙半山船中的龍駿。

陳家洛叫道：「趙三哥，把東方先生的從人放回吧！」駱冰叫道：「那不成！心硯中了他的毒蒺藜，他不肯給解藥。」說著又將船划近了些。乾隆向李可秀輕輕囑咐幾句，轉頭對龍駿道：「拿解藥給人家。」龍駿道：「小的該死，解藥留在北京沒帶出來。」

乾隆眉頭一皺便不言語了。陳家洛道：「趙三哥，放了他吧！」趙半山心想總舵主還不知道毒蒺藜的厲害，可是亦不便公然施刑，而且此人如此兇悍，只怕施刑也自無用，即使從他身邊搜出解藥，不明用法，也是枉然，此刻只要一放走，再要拿他便不容易，何況心硯命懸一線，又怎能耽擱？但總舵主之令又不能不遵，當下皺眉躊躇。

徐天宏道：「三哥，那兩枚毒蒺藜給我。」趙半山不明他用意，從懷裏將兩枚毒蒺藜掏出，一枚是從心硯肩上起下，一枚是比暗器時接過來的。徐天宏接過，左手一拉，嗤的一聲，將龍駿胸口衣服扯了一大片，露出毛茸茸的胸膛，右手一舉，噗噗噗，毒蒺藜在他胸口連戳三下，打了六個小洞。

龍駿「啊喲」一聲大叫，嚇得滿頭冷汗。徐天宏將毒蒺藜交還趙半山，高聲對陳家洛道：「陸公子，請你給幾杯酒。我們要和這位龍爺喝兩杯，交個朋友，馬上放他回來。」

陳家洛道：「好。」玉如意在三隻酒杯中斟滿了酒。陳家洛道：「三哥，酒來了。」拿起酒杯擲去，一隻酒杯平平穩穩的從花艇飛出。趙半山伸手輕輕接住，一滴酒也沒潑出。眾人喝采聲中，其餘兩杯酒也飛到了趙半山手裏。

徐天宏接過酒杯，說道：「龍爺，咱們乾一杯！」龍駿傷口早已麻癢難當，見到酒來更如見了蛇蠍，驚懼萬狀，緊閉嘴唇，死咬牙關。知道酒一入肚，血行更快，劇毒急發，立時斃命。徐天宏笑道：「喝吧，何必客氣？」小指與無名指箝緊他鼻孔，大拇指和食指在他兩頰用力一捏，龍駿只得張嘴，徐天宏將三杯酒灌了下去。

龍駿三杯酒落肚，片刻之間胸口麻木，大片肌肉變成青黑，性命已在呼吸之間，他自知毒蒺藜毒性可怖之至，那裏還敢倔強，性命要緊，功名富貴只好不理了，顫聲道：「放開我穴道，我……我……我……拿解藥出來。」趙半山一笑，一揉一拍，解開他閉住的穴道。龍駿咬緊牙關，從袋裏摸出三包藥來，說道：「紅色的內服，黑色的吸毒，白色的收口。」話剛說完，人已昏了過去。

趙半山忙將一撮紅色藥末在酒杯裏用湖水化了，給心硯服下，將黑藥敷上傷口，不一會，只見黑血汩汩從傷口流出。駱冰隨流隨拭，黑血漸漸變成紫色，又變成紅色，心硯「啊喲，啊喲」的叫了起來，趙半山再把白色藥末敷上，笑道：「小命拾回來啦！」

徐天宏恨龍駿歹毒，將三包藥都放入懷中，大聲道：「你的解藥既然留在北京，即刻回京去取解藥，也還來得及。」趙半山見到龍駿的慘狀，心有不忍，向徐天宏把藥要了過來，給他敷服。

陳家洛向乾隆道：「小弟這幾個朋友都是粗魯之輩，不懂禮數，仁兄幸勿見責。」乾隆乾笑幾聲，舉手說道：「今日確是大增見聞。就此別過。」

陳家洛叫道：「東方先生要回去了，船靠岸吧！」梢公答應了，花艇緩緩向岸邊划去。

數百艘小船前後左右擁衛，船上燈籠點點火光，天上一輪皓月，都倒映在湖水之中，湖水深綠，有若碧玉。陳家洛見此湖光月色，心想：「西湖方圓號稱千頃。昔賢有詩詠西湖夜月，云：『寒波拍岸金千頃，灝氣涵空玉一杯。』麗景如此，誠非過譽。」

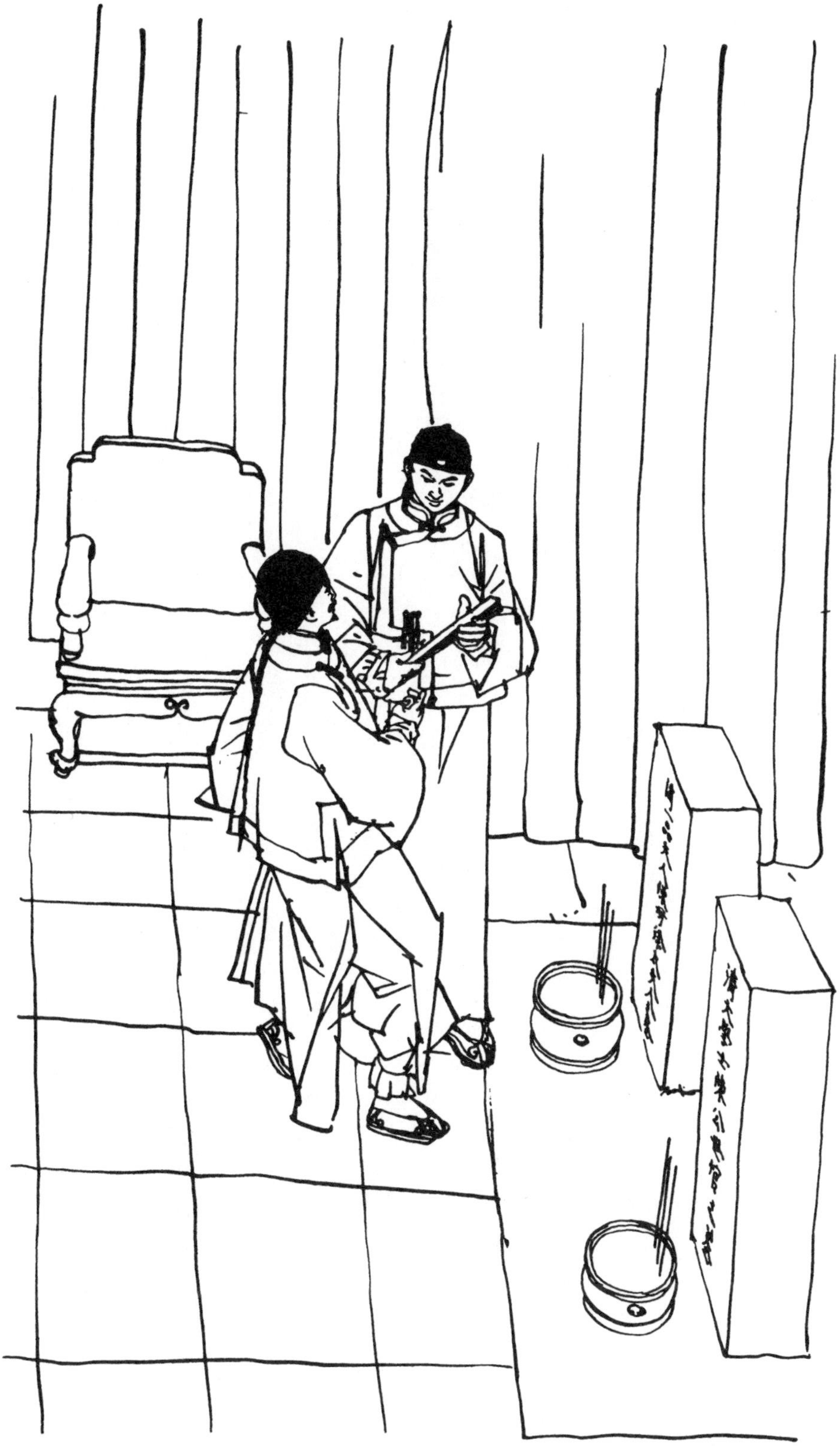

燈光下一朝相，兩人各自退後一步，原來在他父母墳前哭拜的，竟是當今滿清皇帝。乾隆驚問：「你……你怎麼深夜到這裏來？」

第八回　千軍嶽峙圍千頃　萬馬潮洶動萬乘

不一刻，羣船靠岸。李可秀先跳上岸，伸雙手扶掖乾隆上岸。衆侍衛圍成半圓，三面拱衛。陳家洛等也上了岸。李可秀摸出胡笳，「嘟——嘟——嘟——」的吹了三聲，數百名御林軍驍騎營軍士快步奔到。一名侍衛牽過一匹白馬，右腿屈膝，侍候乾隆上馬。四下軍士緩緩聚攏，將陳家洛一干人圍在垓心。乾隆向李可秀使個眼色，李可秀向紅花會羣豪大叫：「喂，大膽東西，見了皇上還不磕頭！」

徐天宏手一揮，馬善均、馬大挺父子取出火炮流星，嗤嗤數聲，射入天空，如數道彗星橫過湖面，落入水中。驀地裏四下喊聲大起。樹蔭下、屋角邊、橋洞底、山石旁，到處鑽出人來，一個個頭插紅花，手執兵刃。徐天宏高聲叫道：「弟兄們，紅花會總舵主到了，大家快來參見。」紅花會會衆歡聲雷動，紛紛擁將過來。

御林軍各營軍士箭在弦、刀出鞘，攔著不許衆人行近。雙方對峙，僵住不動。李可秀又吹起胡笳，只聽得蹄聲雜沓，人喧馬嘶，駐防杭州的旗營和綠營兵丁跟著趕到。李可秀騎上了馬，指揮兵馬，將紅花會羣豪團團圍住，只待乾隆下令，便即動手捉拿。

陳家洛不動聲色，緩步走到一名御林軍軍士身邊，伸手去接他握在手裏的馬韁。那軍士爲他目光所懾，不由自主的交上馬韁。陳家洛躍上馬背，從懷裏取出一朶紅花，佩在襟上。這朶紅花有大海碗大小，以金絲和紅絨繞成，花旁襯以綠葉，鑲以寶石，火把照耀下燦爛生光，那是紅花會總舵主的標誌，就如軍隊中的帥字旗一般。紅花會會衆從未見過本會大首領，登時人人振奮，呼聲雷動，俯身致敬。

旗營和綠營兵丁本來排得整整齊齊，忽然大批兵丁從隊伍中蜂擁而出，統兵官佐大聲吆喝，竟自約束不住。那些兵丁奔到陳家洛面前，雙手交叉胸前，俯身彎腰，施行紅花會中拜見總首領的大禮。陳家洛舉手還禮。那些兵丁行完禮後奔回隊伍，後面隊中又有兵丁奔出行禮，此去彼來，好一陣子才完。原來紅花會在江南勢力大張，旗營和綠營兵丁不少得人引薦入會，漢軍旗營和綠營中的漢人兵卒尤多。

乾隆見自己部隊中有這許多人出來向陳家洛行禮，這一驚非同小可，今晚若是動武，御林軍各營雖然從北京衛駕而來，忠誠可恃，營中亦無紅花會會衆，但無論如何難操必勝之算，自己又身在險地，自以善罷爲上，冷冷向李可秀說道：「你帶的好兵！」

李可秀本已驚得呆了，聽得乾隆申斥，忙翻身下馬，跪在地上不住叩頭，連稱：「臣該死，臣該死。」乾隆道：「叫他們退走！」李可秀道：「是，是！」起身大聲傳令，命眾兵將後退。

徐天宏見淸兵退去，叫道：「各位兄弟，大家辛苦了，請回去吧！」紅花會會眾叫道：「總舵主，各位當家，再見！」呼聲雷動，響徹湖上，只見人頭聳動，四面八方散了下去。

乾隆帝弘歷自幼受父親雍正訓誨，文才武略，在滿淸皇族中可說是一等一的人才。他深慕當年太祖太宗東征西討，攻城略地，都是身冒矢石，躬親前敵。滿洲兵例，八旗出戰，各旗統兵的和碩親王、多羅郡王、多羅貝勒、固山貝子都不得後退，否則本旗人丁馬匹即交其餘七旗均分，是以人人奮戰，所向克捷。乾隆登基以來，海內晏安，無地可逞英雄，一聽陳家洛在湖上招飲，想起太祖太宗當年在白山黑水間揮刀奔馳的雄風，這一點小小風險豈可不冒？豈知事到臨頭，處處爲人所制，幸而他頗識大體，知道小不忍則亂大謀，舉手向陳家洛道：「今晚湖上之遊，賞心悅目，良足暢懷，多謝賢主人隆情高誼。就此別過，後會有期。」在眾侍衛官員擁衛下回撫署去了。

陳家洛呵呵大笑，回到船上，與眾兄弟置酒豪飲。

紅花會羣雄將衆侍衛打得一敗塗地，最後一陣徐天宏與馬善均佈置有方，皇帝手擁重兵，竟不敢下令攻擊，陳家洛又探知了文泰來的下落，人人興高釆烈，歡呼暢飲。

徐天宏對馬善均道：「馬大哥，皇帝老兒今日吃了虧回去，定然不肯就此罷休。你吩咐杭州衆兄弟大家特別留神，尤其是旗營綠營裏的兄弟，別中了他暗算。要是他調大軍來動手，大夥就退入太湖。」馬善均點頭稱是，喝了一杯酒，先行告退，帶了兒子即去部署。

陳家洛滿飲一杯，長嘯數聲，見皓月斜照，在湖中殘荷菱葉間映成片片碎影，驀地心驚，問徐天宏道：「今兒是十幾，這幾天忙得日子也忘啦！」徐天宏道：「今兒十七，前天不是咱們一起過中秋的麼？」陳家洛微一沉吟，說道：「周老前輩、道長、衆位哥哥，今兒大家忙了一晚，總算沒失面子，文四哥的下落也有了消息。現下請大家回去休息。明日我有點私事，後天咱們就著手打救四哥。」徐天宏問道：「總舵主，要不要那一位兄弟陪你去？」陳家洛道：「不必了，這件事沒危險，我獨個兒在這裏靜一靜，要想想事情。」

衆人移船攏岸，與陳家洛別過，上岸回去。楊成協、衛春華、章進、蔣四根等都已喝得半醉，黑夜中挽臂高歌，在杭州街頭歡呼叫嚷，旁若無人。

陳家洛遠望衆人去遠，跳上一艘小船，撥動木槳，小船在明澄如鏡的湖面上輕輕滑了過去，船到湖心，收起木槳，呆望月亮，不禁流下淚來。原來次日八月十八是他生母徐氏的生辰。他離家十年，重回江南，母親卻已亡故，想起慈容笑貌，從此陰陽相隔，不由得悲從中來。適才聽徐天宏一說日子，已自忍耐不住，此刻衆人已去，忍不住放聲慟哭。

這邊哭聲正悲，那邊忽然傳來格格輕笑。陳家洛止哭回頭，見一艘小船緩緩划近，月光下見一人從船尾站起，身穿淺灰長袍，拱手行禮，叫道：「陳公子，獨個兒還在賞月嗎？」

陳家洛見那人風姿翩翩，便是陸菲青那徒弟，剛才站在乾隆身後，不知他一人重回又有何事，忙一拭眼淚，抱拳回禮，道：「李大哥，找我有甚麼事？」李沅芷輕輕縱起，落在陳家洛船頭，笑道：「你那金笛秀才兄弟的消息，可想知道嗎？」

陳家洛微微一怔，道：「請坐下細談。」李沅芷微笑坐下，伸手到湖中弄水。這時月亮倒影剛巧映在船邊，她撥弄湖水，水中月亮都給弄得碎亂了。陳家洛問道：「你見到我們余兄弟嗎？請問他在那裏？」李沅芷笑道：「我當然知道，可是偏不跟你說。」陳家洛又是一怔，心想這小子好生古怪，說話倒像個刁蠻姑娘。李沅芷那天摟著霍青桐肩膀細聲笑語的親熱神態，剎那間湧上心頭，對她忽感說不出的厭惡。

李沅芷玩了一陣水，右手濕淋淋的伸上來，不住向空中彈水，月光下見陳家洛眼圈紅紅的，淚痕未乾，奇道：「咦，你哭過了嗎？剛才我聽到一個人哭，原來是你。」陳家洛別過了頭，不去睬她。李沅芷心中一軟，柔聲道：「是不是牽記你四哥和十四弟呢？你別難過，我跟你說，他兩人都好好活著。」陳家洛本想細問，但聽她一副勸慰小孩子的語氣，甚感不快，心想：「就是不靠你報信，我們也查得出來。」仍是默不作聲。

李沅芷問道：「我師父呢？他也到杭州了嗎？」陳家洛道：「怎麼？陸老前輩沒跟你在一起嗎？」李沅芷道：「當然啦，那晚在黃河渡口一陣大亂，就沒再見到他。」陳家洛道：「陸老前輩武功卓絕，料無錯失，你放心好啦。」李沅芷道：「你們紅花會勢力這麼大，幹麼不派人去找找他？」陳家洛聽她言語無禮，更是不喜，但他究竟頗有涵養，道：「李大哥說的是，明兒我就派人去打聽。」

李沅芷隔了一會，說道：「我聽余師哥說你武功好得了不得。我不信，他說你做我師父都可以，難道你比我師父還強麼？」陳家洛聽她說話不知輕重，微微一笑，道：「陸老前輩是了不起的大高手，我就想拜他爲師，他老人家還不見得肯收呢。他要收徒弟，一定得收資質極好之人。」李沅芷笑道：「啊喲，別當面捧人家啦。我剛才見你拋了四隻酒杯，內勁好極啦。不過你們紅花會的人對你這麼服服貼貼，比見了老子還恭敬，我可有點不服氣。」

陳家洛哼了一聲，心道：「要人信服，又不是靠武功威嚇，這點你不懂，也懶得跟你多說。」見她又稚氣又無禮，覺得這小子很是莫名其妙，說道：「天快亮啦，我要上岸去，再見吧！」說罷舉起槳來，等她跳回自己船上。李沅芷大不高興，說道：「雖然別人都服你，對我，可不必這麼驕傲！」

陳家洛聽了這話，氣往上沖，便要發作，隨即轉念，自己領袖羣倫，爲紅花會衆豪傑之長，不能隨便動怒，這姓李的年紀比自己小，此時又無第三人在場，爭吵起來，被人說一句以大壓小，何況她師父對本會情義深長，瞧她師父臉面，不必跟她一般見識，當下強抑怒氣，舉槳划船。李沅芷自小給人順慣了的，見陳家洛臉色不善，對自己全不理睬，不由得氣往上衝，悶在船頭，一時下不了台。

小船將近划到三潭印月，李沅芷冷笑道：「你不必神氣。你要是眞狠，幹麼獨自偷偷的躲在這裏哭？」陳家洛仍是不理。李沅芷大聲道：「我跟你說話，難道你沒聽見？」

陳家洛呼了口氣，側目斜視，心想：「你這小子當眞不識好歹，連你師父都對我客客氣氣，你竟敢對我大呼小叫。」李沅芷冷冷的道：「我好心來向你報訊，你卻不理人家。沒我幫忙，看你救不救得出你的文四哥。」陳家洛秀眉微揚，撇嘴道：「憑你就有這般大本領？」李沅芷道：「怎麼？你瞧不起人？那麼咱們就比劃比劃。」手腕翻處，從腰間拔出長劍。

陳家洛瞧在陸菲青面上一再忍讓，見她忽然拔劍，心念一動，她剛才站在乾隆背後，和統兵的提督神態親熱，難道竟是敵人不成？這時心頭煩躁鬱悶，又覺奇怪，平素自己氣度雍容，不知怎樣對這人卻是說不出的厭憎，但見她容顏秀雅，俊目含嗔，一時捉摸不定她到底是何等樣人，說道：「你剛才站在皇帝背後，是假意投降呢，還是在朝廷做了甚麼官職？」李沅芷道：「全不是。」陳家洛道：「難道那些清廷走狗之中，有你親人在內？」

李沅芷一聽罵她父親是走狗，怒火大熾，挺劍便即刺出，罵道：「你這小子，怎地出口傷人？」陳家洛見她當眞動手，心想這人果然和淸廷官員有牽連瓜葛，那便不必客氣了，喝道：「好哇，我找你師父算帳去。」身子微偏，讓開來劍。李沅芷等他一站起身，立即挺劍當胸平刺。陳家洛不避不讓，待劍尖剛沾胸衣，突然吐氣，胸膛向後陷進三寸。其時李沅芷力已用足，雖只相差三寸，劍尖卻已刺他不到，大駭之下，怕他反擊，雙足急撐，反身跳到湖中三潭印月石墩之上。那石墩離船甚遠，頂上光滑，她居然穩穩站定。

陳家洛本想空手進招，眼見她施展武當派上乘輕功，他與張召重對敵過，深知武當派武功厲害，於是斜身縱起，從垂柳梢下穿了過去，站上另一個石墩，手中已執著一條柳枝。

李沅芷見他身法奇快，不由得暗暗吃驚，到此地步，也只得硬起頭皮一拚，嬌叱一聲：「看劍！」左掌護身，縱向陳家洛所站的石墩，劍走偏鋒，向他左肩刺去。

三潭印月是西湖中的三座小石墩，浮在湖水之上，中秋之夜，杭人習俗以五色彩紙將潭上小孔蒙住。此時中秋剛過，彩紙尚在，月光從墩孔中穿出，倒映湖中，繽紛奇麗。月光映潭，分塔爲三，空明朗碧，宛似湖下別有一湖。只見一個灰色人影如飛鳥般在湖面上掠過，劍光閃動，與湖中彩影交相輝映。

陳家洛身子略偏，柳枝向她後心揮去。李沅芷一擊不中，右腳在石墩上一點，「鳳點頭」讓過揮來柳枝，斜刺搶上另一個石墩，使招「玉帶圍腰」，長劍繞身揮動，連綿不盡，正是柔雲劍術的精要，跟著和身縱前，心想這一下非把你逼到左邊石墩去不可。陳家洛竟然不退，待她撲到，身子突然拔高，半空轉身，頭下腳上，柳枝當頭揮下。李沅芷舉劍上撩，那知柳枝順著劍身彎了下來，在她臉上一拂，登時吃了一記，雖不甚痛，卻熱辣辣的十分難受，不暇思索，低頭又竄上左邊石墩，待得站定，見陳家洛也已落下，衣襟當風，柳枝輕搖，顯得十分瀟洒。

李沅芷大怒，劍交左手，右手從囊中掏出一把芙蓉金針，接連三揮，三批金針分上中下三路向他打去。陳家洛在石墩上無處可避，雙腿外挺，身子臨空平臥湖面，左臂平伸，手掌按於石墩之頂，三批金針從他臂上掠過，嗤嗤聲響，落入湖中。他左掌使勁，人已躍起，身上居然沒濺著一點湖水，李沅芷三招沒將他逼離石墩，自知不是敵手，叫道：「後會有期，再見吧！」就要竄入小瀛洲亭中。

陳家洛叫道：「你也接我一招。」語聲甫畢，人已躍起，柳枝向她臉上拂來。李沅芷吃過苦頭，舉劍在面前挽個平花，想削斷他的柳枝。那知這柳枝待劍削到，已隨著變勢，裹住劍身，只感到一股大力要將她長劍奪去，同時對方左手也向自己胸部捺來，李沅芷又驚又羞，右手只得鬆開劍柄，左掌一擋，與他左掌相抵，借著他一捺之勁，跳上右邊石墩。她長劍飛上天空，落下來時，陳家洛伸手接住。李沅芷羞罵：「不要臉！使這般下流招數！」陳家洛一怔，說道：「胡說八道，甚麼下流了？」

李沅芷心想對方不知自己是女子，這一招出於無心，當下更不打話，提氣便縱向小瀛洲亭子。陳家洛身法更快，隨著縱去。李沅芷跳到時，已見陳家洛站在身前，雙手托住長劍遞了過來。李沅芷鼓起了腮幫，接過了劍插入劍鞘，掉頭便走。陳家洛過招大佔上風，極感快慰，忽地心頭掠過了霍青桐的俏麗身影。

其時天已微明，陳家洛將襟上紅花取下，放入袋中，緩步走向城東候潮門。到城邊時，城門已開，守門的清兵向陳家洛凝視一下，雙手交叉胸前，俯身致敬，原來他是紅花會中人。陳家洛點點頭，出了城門。那清兵道：「總舵主出城，可要一匹坐騎？」陳家洛道：「好吧！」那清兵歡天喜地的去了，不一刻牽來一匹好馬，後面跟著兩名小官，齊向陳家洛彎腰致敬。他們得有機會向總舵主效勞，都感甚是榮幸。

陳家洛上馬奔馳，八十多里地快馬兩個多時辰也就到了，巳牌時分已到達海寧城西門安戍門。他離家十年，此番重來，見景色依舊，自己幼時在上嬉遊的城牆也毫無變動，青草沙石，似乎均是昔日所曾撫弄。他怕撞見熟人，掉過馬頭向北郊走了五六里路，找一家農家歇了，吃過中飯，放頭便睡。折騰了一夜，此時睡得十分香甜。

那農家夫婦見他是公子打扮，說的又是本鄉土話，招呼得甚是殷勤，傍晚殺隻鷄款待。陳家洛問起近年情形，那農人說：「皇上最近下旨免了海寧全縣三年錢糧，那都是瞧著陳閣老的面子。」陳家洛心想父親逝世多年，實是猜不透皇帝何以對他家近年忽然特加恩寵。吃過晚飯，拿三兩銀子謝了農家，縱馬入城。

先到南門，坐在海塘上望海，回憶兒時母親多次攜了他的手在此觀潮，眼眶又不禁濕潤起來。在回疆十年，每日所見儘是無垠黃沙，此刻重見江水海波，心胸爽朗，披襟當風，望著大海。兒時舊事，一一湧上心來。眼見天色漸黑，海中白色泡沫都變成模糊一片，將馬匹繫上海塘上柳樹，向城西北自己家裏奔去。

陳家洛到得家門，大感詫異，他祖居本名「隅園」，這時原匾已除，換上了一個新匾，寫著「安瀾園」三字，筆致圓柔，認得是乾隆御筆親題。舊居之旁，又蓋著一大片新屋，亭台樓閣，不計其數。愕然不解，跳進圍牆。

一進去便見到一座亭子，亭中有塊大石碑。走進亭去，月光照在碑上，見碑文俱新，刻著六首五言律詩，題目是「御製駐陳氏安瀾園即事雜詠」，碑文字跡也是乾隆所書，心想：「原來皇帝到我家來過了。」月光下讀碑上御詩：

「名園陳氏業，題額曰安瀾。至止緣觀海，居停暫解鞍；金隄築籌固，沙渚漲希寬。總廑萬民戚，非尋一己歡。」

心想：「皇帝說甚麼『總廑萬民戚，非尋一己歡。』倘然這眞是心裏話，那麼他倒也關懷老百姓的安危苦樂。」又讀下去：

「兩世鳳池邊，高樓睿藻懸。渥恩賚耆碩，適性愜林泉。是日亭台景，秋遊角徵絃；觀瀾還返駕，供帳漫求妍。」

他知第二句是指樓中所懸雍正皇帝御書「林泉耆碩」匾額。見下面四首詩都是稱賞園中風物，對陳家功名勛業頗有美言，詩雖不佳，但對自己家裏很是客氣，自也不免高興。

由西折入長廊，經「滄波浴景之軒」而至環碧堂，見堂中懸了一塊新匾，寫著「愛日堂」三字，也是乾隆所書，尋思：「『愛日』二字是指兒子孝父母，出於『法言』：『事父母自知不足者，其舜乎？不可得而久者，事親之謂也。孝子愛日。』那是感歎奉事父母的日子不能長久，多一天和父母相聚，便好一天，因此對每一日都感眷戀。這兩個字由我來寫，才合道理，怎麼皇帝親筆寫在這裏？這個皇帝，學問未免欠通。」

出得堂來，經赤欄曲橋、天香塢，北轉至十二樓邊，過羣芳閣、竹深荷淨軒，過橋經竹蔭深處，便是母親的舊居筠香館。只見館前也換上了新匾，寫著「春暉堂」三字，也是乾隆御筆，心中一酸，坐在山石之上，心想：「孟郊詩：『慈母手中線，遊子身上衣。臨行密密縫，意恐遲遲歸。誰言寸草心，報得三春暉。』這一首詩，眞是爲我寫照了。」望著這三個字，想起母親的慈愛，又不禁掉下淚來。

突然之間，全身一震，跳了起來，心道：「『春暉』二字，是兒子感念母恩的典故，除此之外，更無他義。皇帝寫這匾掛在我姆媽樓上，是何用意？他再不通，也不會如此胡來。難道他料我必定歸來省墓，特意寫了這些匾額來籠絡我麼？」

沉吟良久，難解其意，當下輕輕上樓，閃在樓台邊一張，見房內無人，房內佈置宛若母親生時，紅木傢俬、雕花大床、描金衣箱，仍是放在他看了十多年的地方。桌上明晃晃的點著一枝紅燭。忽然隔房腳步聲響，有人走進房來。

他縮身躲在一隅，見進來的是個老媽媽。他一見背影，忍不住就要呼叫出聲，原來那是他母親的贈嫁丫環瑞芳。陳家洛從小由她撫育帶領，直到十五歲，是下人中最親近之人。

瑞芳進房後，拿了抹布，把各件家具慢慢的逐一揩抹，坐在椅上發了一陣呆，在床上枕頭底下摸出一頂小孩帽子，不住撫摸嘆氣。那是一頂大紅緞子的繡花帽，帽上釘著一塊綠玉，綠玉四周是八顆大珠，正是陳家洛兒時所戴。

陳家洛再也忍耐不住，一個箭步縱進房去，抱住了她。

瑞芳大驚，張嘴想叫，陳家洛伸手按住她嘴，低聲道：「別嚷，是我。」瑞芳望著他臉，嚇得說不出話來。原來陳家洛十五歲離家，十年之後，相貌神情均已大變，而五十多歲的老婆婆，十年間卻無多大改變。

陳家洛道：「瑞姑，我是三官呀，你不認得了嗎？」瑞芳兀自迷迷惘惘，道：「你……你是三官，你回……回來啦？」陳家洛微笑點頭。瑞芳神智漸定，依稀在他臉上看到了三官那淘氣孩子的容貌，突伸雙臂抱住了他，放聲哭了出來。

陳家洛連忙搖手，道：「別讓人知道我回來了，快別哭。」瑞芳道：「不礙事，他們都到新園子裏去啦，這裏沒人。」陳家洛道：「那新園子是怎麼回事？」瑞芳道：「今年上半年才造的，不知用了幾十萬兩銀子哪，也不知道有甚麼用。」

陳家洛知她這些事情不大明白，問道：「姆媽怎麼去世的？她生了甚麼病？」瑞芳掏出手帕來擦眼淚，說道：「小姐那天不知道爲甚麼，很不開心，一連三天沒好好吃飯，就得了病。拖了十多天就過去啦。」說到這裏，輕輕啜泣。原來江南大家富室小姐出嫁，例有幾名丫環陪嫁，小姐雖然做了太太、婆婆，陪嫁丫頭到老仍是叫她小姐。她又泣道：「小姐過去的時候老惦記你，說：『三官呢？他還沒來嗎？我要三官來呀！』這樣叫了兩天才死。」

陳家洛嗚咽道：「我眞是不孝，姆媽臨死時要見我一面也見不著。」又問：「姆媽的墳在那裏？」瑞芳道：「在新造的海神廟後面。」陳家洛問：「海神廟？」瑞芳道：「是啊，那也是今年春天剛造的。廟大極啦，在海塘邊上。」陳家洛道：「瑞姑，我去看看再說。」瑞芳忙道：「不，不能……」他已從窗中飛身出去。

從家裏到海塘是他最熟悉的道路，片刻間即已奔到。只見西首高樓臨空，是幾座兒時所未見之屋宇，想必是海神廟了，於是逕向廟門走去。

忽然廟左廟右同時響起輕微的腳步聲，他疾忙後退，縮身一棵柳樹之後，只見神廟左右分別竄出兩個黑衣人來，四人在廟門口舉手打個招呼，腳步不停，分向廟左廟右奔了下去。他甚覺奇怪，心想海寧是海隅小縣，看這四人武功均各不弱，到這裏來不知有甚圖謀，正想跟蹤過去查察，忽然腳步聲響起，又是四人從廟旁包抄過來，這四人身材模樣和先前四人並不相同。他更是驚詫，待這四人交叉而過，便提氣躍上廟門，橫躺牆頂，俯首下視。

黑影起處，又有四人盤繞過去，縱目數去，總共約有四十人之譜，個個繞著海神廟打圈子，全神貫注，默不作聲，武功均非泛泛。難道是甚麼教派奉行拜神儀典？還是大幫海盜在此聚會分贓，怕人搶奪，以致巡邏如此嚴密？若非自己輕功了得，見機又快，早就給他們查覺了。好奇心起，輕輕跳下，隱身牆邊，溜進大殿中查看。

東殿供的是建造海塘的吳越王錢鏐，西殿供的是潮神伍子胥和文種，再到中殿，殿上香煙繚繞，蠟燭點得晃亮，心想這裏供的不知是何神祇，抬頭看時，不禁驚得呆了。中間端坐的潮神面目清秀，下頷微髭，一如自己父親陳閣老生時。陳家洛奇異萬分，忍不住輕輕的「咦」了一聲。

只聽得殿外傳來腳步之聲，忙隱身一座大鐘之後。不一會，四個人走進殿來，這四人身穿一色黑衣，手中拿著兵刃，在殿中繞了一圈又走了出去。

他見左面有一扇門開著，悄悄走過去，向外張望，見是一條長長的白石甬道，直通出去，氣派宏偉。心想走上這條白石甬道難免爲人發覺，於是躍上甬道之頂，一溜煙般奔到甬道末端，眼見下面無人，輕輕躍下。過去又是一座神殿，殿外寫著「天后宮」三個大字，殿門並未關閉，便走進去瞻仰神像，這一下比適才驚訝更甚。

原來天后神像臉如滿月，雙目微揚，竟與自己生母徐氏的相貌一模一樣。

愈看愈奇，如入五里霧中，轉身奔出，去找尋母親的墳墓，只見天后宮之後搭著一排連綿不斷的黃布帳篷。當下隱身牆角往外注視，眼光到處，盡是身穿黑衣的壯漢，在黃布帳外來回巡視。今晚所見景象，俱非想像所及，雖見這些人戒備森嚴，但藝高人膽大，決心探個明白，在地下慢慢爬近帳篷，待兩名黑衣人一背轉身，便掀開帳篷鑽了進去。

先行伏地不動，細聽外面並無聲息，知道自己蹤跡未被發覺，回過頭來，只見帳篷中空空曠曠，一個人也沒有。地下整理得十分平整，草根都已剷得乾乾淨淨，帳篷一座接著一座，就如一條大甬道一般，直通向後。每座帳篷中都點著巨燭油燈，照得一片雪亮，一眼望去，兩排燈光就如兩條小火龍般伸展出去。

不由得一陣迷惘、一陣驚懼，百思不得其解，一步步向前走去，當眞如在夢中。四下裏靜悄悄地，只有蠟燭上的燈花偶然爆裂開來，發出輕微聲息。他屏息提氣，走了數十步，忽聽得前面有衣服響動之聲，忙向旁躲閃，隔了半晌，見無動靜，又向前走了幾步，燈光下只見前面隆起兩座並列的大墳，有一人面墳而坐。

墳前各有一碑，題著朱紅大字，一塊碑上寫的是「皇清太子太傅文淵閣大學士工部尚書陳文勤公諱世倌之墓」，另一塊碑上寫的是「皇清一品夫人陳母徐夫人之墓」。

陳家洛在燭光下看得明白，心中酸痛，原來自己父母親葬在此處，也顧不得危機四伏，就要撲上去哭拜，剛跨出一步，忽見坐在墳前那人站了起來。陳家洛忙站定身子，只見他站著向墳凝視片刻，突然跪倒，拜了幾拜，伏地不起，見他背心抽動，似在哭泣。

見此情形，陳家洛提防疑慮之心盡消，此人既在父母墳前哭拜，不是自己戚屬，也必是父親的門生故吏，見他哭泣甚悲，輕輕走上前去，在他肩頭輕拍，說道：「請起來吧！」

那人一驚，突然跳起，卻不轉身，厲聲喝問：「誰？」

陳家洛道：「我也是來拜墳的。」他不去理會那人，跪倒墳前，想起父母生前養育之恩，不禁淚如雨下，嗚咽著叫道：「姆媽、爸爸，三官來遲了，見不著你了。」站著的那人「啊」的一聲，腳步響動，急速向外奔出。陳家洛伸腰站起，向後連躍兩步，已攔在那人面前，燈光下一朝相，兩人各自驚得退後幾步。

原來在他父母墳前哭拜的，竟是當今滿清乾隆皇帝弘曆。

乾隆驚問：「你……你怎麼深夜到這裏來？」陳家洛道：「今日是我母親生辰，我來拜墳。你呢？」乾隆不答他問話，道：「你是陳……陳世倌的兒子？」陳家洛道：「不錯，江湖上許多人都知道。你也知道吧？」乾隆搖搖頭：「沒聽說過。」近年乾隆對海寧陳家榮寵殊甚，臣子中雖有人知道紅花會新首領是故陳閣老的少子，可是誰都不敢提起，皆知皇帝喜怒難測，一個多事說了出來，獎賞是一定沒有，說不定反落個殺身之禍。

這時陳家洛提防之心雖去，疑惑只有更甚，尋思：「外面如此戒備森嚴，原來是保護皇帝前來祭墓，可是非但時在深夜，而且墳墓與甬道全用黃布遮住，顯是不欲人知。然則皇帝何以前來偷祭大臣？皇帝縱然對大臣寵幸，於其死後仍有遺思，也決無在他墓前跪拜哀哭之理，當眞令人費解。」他驚疑不定，乾隆也在對他仔細打量，臉上神色變幻，過了半晌，說道：「坐下來談吧！」兩人並肩坐在墳前石上。

兩人今晚是第三次會面。首次在靈隱三竺邂逅相逢，互相猜疑中帶有結納之意；第二次在湖上明爭暗鬥，勢成敵對。此次見面，敵意大消，親近之心油然而生。

乾隆拉著陳家洛的手，說道：「你見我深夜來此祭墓，一定奇怪。令尊生前於我有恩，當年我皇兄與我爭位，陰謀加害，全仗令尊捨命保護，我所以能登大寶，令尊之功最鉅，乘著此番南巡，今夜特來拜謝。」陳家洛將信將疑，嗯了一聲。乾隆又道：「此事洩漏於外，十分不便，你能決不吐露麼？」

陳家洛見他尊崇自己父母，甚是感激，當即慨然道：「你儘管放心，我在父母墳前發誓，今晚之事，決不對任何人提及。」乾隆知他是武林中領袖人物，最重然諾，何況又在他父母墓前立誓，登時放心，面露喜色。

兩人手握著手，坐在墓前，一個是當今至尊皇帝，一個是江湖上第一大幫會的首領。兩人默默思索，一時都不說話。

過了良久，忽然極遠處似有一陣鬱雷之聲，陳家洛先聽見了，道：「潮來了，咱們到海塘邊看看吧，我有十年不見啦。」乾隆道：「好。」仍然攜著陳家洛的手，走出帳來。

陳家洛道：「八月十八，海潮最大。我母親恰好生於這一天，因此她……」說到這裏，住口不說了。乾隆似乎甚是關心，問道：「令堂怎樣？」陳家洛道：「因此我母親閨字『潮生』。」他說了這句話，微覺後悔，心想怎地我將姆媽的閨名也跟皇帝說了，但其時衝口而出，似是十分自然。乾隆臉上也有憮然之色，低低應了聲：「是！原來……」下面的話卻也忍住了，握著陳家洛的手微微顫抖。

在外巡邏的衆侍衛見皇帝出來，忙趨前侍候，忽見他身旁多了一人，均感驚異，卻也不敢作聲。白振、褚圓等首領侍衛更是慄慄危懼，怎麼帳篷中鑽了一個人進去居然沒有發覺，若是衝撞了聖駕，衆侍衛罪不可赦，待得走近，見他身旁那人竟是紅花會的總舵主，這一驚更是非同小可，人人全身冷汗。侍衛牽過御馬，乾隆對陳家洛道：「你騎我這匹馬。」侍衛忙又牽過一匹馬來。兩人上馬，向春熙門而去。

這時鬱雷之聲漸響，轟轟不絕。待出春熙門，耳中儘是浪濤之聲，眼望大海，卻是平靜一片，海水在塘下七八丈，月光淡淡，平鋪海上，映出點點銀光。

乾隆望著海水出了神，隔了一會，說道：「你我十分投緣。我明天回杭州，再住三天就回北京，你也跟我同去好嗎？最好以後常在我身邊。我見到你，就如同見到令尊一般。」

陳家洛萬想不到他會如此溫和親切的說出這番話來，一時倒怔住了難以回答。

乾隆道：「你文武全才，將來做到令尊的職位，也非難事，這比混跡江湖要高上萬倍了。」皇帝這話，便是允許將來升他為殿閣大學士。清代無宰相，大學士是一人之下萬人之上的高位，心想他必定喜出望外，叩頭謝恩。那知陳家洛道：「你一番好意，我十分感謝，但如我貪戀富貴，也不會身離閣老之家，孤身流落江湖了。」

乾隆道：「我正要問你，為甚麼好好的公子不做，卻到江湖上去廝混，難道是不容於父兄麼？」陳家洛道：「那倒不是，這是奉我母親之命。我父親、哥哥是不知道的。他們花了很多心力，到處找尋，直到這時，哥哥還在派人尋我。」乾隆道：「你母親叫你離家，那可真奇了，卻又幹麼？」陳家洛俯首不答，片刻之後，說道：「這是我母親的傷心事，我也不大明白。」

乾隆道：「你海寧陳家世代簪纓，科名之盛，海內無比。三百年來，進士二百數十人，位居宰輔者三人，官尚書、侍郎、巡撫、布政使者十一人，真是異數。令尊文勤公為官清正，常在皇考前為民請命，以至痛哭流涕。皇考退朝之後，有幾次哈哈大笑，說道：『陳世倌今天又為了百姓向我大哭一場，唉，只好答允了他。』」陳家洛聽他說起父親的政績，又是傷心，又是歡喜，心想：「爹爹爲百姓而向皇帝大哭，我爲百姓而搶皇帝軍糧。作爲不同，用意則一。」

這時潮聲愈響，兩人話聲漸被掩沒，只見遠處一條白線，在月光下緩緩移來。驀然間寒意迫人，白線越移越近，聲若雷震，大潮有如玉城雪嶺，自天際而來，聲勢雄偉已極。大潮越近，聲音越響，眞似百萬大軍衝鋒，於金鼓齊鳴中一往無前。

乾隆左手拉著陳家洛的手，站在塘邊，右手輕搖摺扇，驟見夜潮猛至，不由得一驚，右手一鬆，摺扇直向海塘下落去，跌至塘底石級之上，那正是陳家洛贈他的摺扇。乾隆叫了一聲「啊喲！」白振頭下腳上，突向塘底撲去，左手在塘石上一按，右手已拾起摺扇。

潮水愈近愈快，震撼激射，吞天沃月，一座巨大的水牆直向海塘壓來，眼見白振就要被捲入鯨波萬仞之中，衆侍衛齊聲驚呼起來。白振凝神提氣，施展輕功，沿著海塘石級向上攀越，可是未到塘頂，海潮已經捲到。陳家洛見情勢危急，脫下身上長袍，一撕爲二，打個結接起，飛快掛向白振頭頂。白振奮力躍起，伸手拉住長袍一端，浪花已經撲到了他腳上。陳家洛使勁一提，將他揮上石塘。

這時乾隆與衆侍衛見海潮勢大，都已退離塘邊數丈。白振剛到塘上，海潮已捲了上來。陳家洛自小在塘邊戲耍，熟識潮性，一將白振拉上，隨即向後連躍數躍。白振落下地時，海塘上已水深數尺，他右手一揮，將摺扇向褚圓擲去，雙手隨即緊緊抱住塘邊上一株柳樹。

月影銀濤，光搖噴雪，雲移玉岸，浪捲轟雷，海潮勢若萬馬奔騰，奮蹄疾馳，霎時之間已將白振全身淹沒波濤之下。他不識水性，只得屏住呼吸。

但潮來得快，退得也快，頃刻間，塘上潮水退得乾乾淨淨。白振閉嘴屏息，抱住柳樹，雙掌十指有如十枚鐵釘，深深嵌入樹身，待潮水退去，才拔出手指，向後退避。乾隆見他忠誠英勇，很是高興，從褚圓手中接過摺扇，對白振點頭道：「回去賞你一件黃馬褂。」白振全身濕透，忙跪下叩頭謝恩。

乾隆轉頭對陳家洛道：「古人說『十萬軍聲半夜潮』，看了這番情景，眞稱得上天下奇觀。」陳家洛道：「當年錢王以三千鐵弩強射海潮，海潮何曾有絲毫降低？可見自然之勢，是強逆不來的。」乾隆聽他說話，似乎又要涉及在西湖中談過的話題，知他是決計不肯到朝廷來做官了，便道：「人各有志，我也不能勉強。不過我要勸你一句話。」陳家洛道：「請教。」乾隆道：「你們紅花會的行徑已跡近叛逆。過往一切，我可不咎，以後可萬不能再幹這些無法無天之事。」陳家洛道：「我們爲國爲民，所作所爲，但求心之所安。」乾隆嘆道：「可惜，可惜！」隔了一會，說道：「憑著今晚相交一場，將來剿滅紅花會時，我可以免你一死。」陳家洛道：「既然如此，要是你落入紅花會手中，我們也不傷害於你。」

乾隆哈哈大笑，說道：「在皇帝面前，你也不肯吃半點虧。好吧，大丈夫一言既出，駟馬難追。咱倆擊掌爲誓，日後彼此不得傷害。」兩人伸手互拍三下。衆侍衛見皇上對陳家洛大逆不道之言居然不以爲忤，反與他擊掌立誓，都感奇怪之極。

乾隆說道：「潮水如此沖刷，海塘若不牢加修築，百姓田廬墳墓終究不免會給潮水捲去。我當撥發官帑，命有司大築海塘，以護生靈。」陳家洛站起身來，恭恭敬敬的道：「這是愛民大業，江南百姓感激不盡。」乾隆點了點頭，道：「令尊有功於國家，我決不忍他墳墓爲潮水所呑。」轉頭向白振道：「明日傳諭河道總督高晉、巡撫莊有恭，即刻到海寧來，全力施工。」白振躬身答應。

潮水漸平，海中翻翻滾滾，有若沸湯。乾隆拉著陳家洛的手，又走向塘邊，衆侍衛要跟過來，乾隆揮了一揮手，命他們停住。兩人沿著海塘走了數十步，乾隆道：「我見你神色，總有鬱鬱之意。除了追思父母、懷念良友之外，心上還有甚麼爲難麼？你既不願爲官，但有甚麼需求，儘管對我說好了。」陳家洛沉吟了一下道：「我想求你一件事，但怕你不肯答允。」乾隆道：「但有所求，無不允可。」陳家洛喜道：「當眞？」乾隆道：「君無戲言。」陳家洛道：「我就是求你釋放我的結義哥哥文泰來。」

乾隆心中一震，沒想到他竟會求這件事，一時不置可否。陳家洛道：「我這義兄到底甚麼地方得罪你了？」乾隆道：「這人是不能放的，不過既然答允了你，也不能失信。這樣吧，我不殺他就是。」陳家洛道：「那麼我們只好動手來救了。我求你釋放，不是說我們救不出，只是怕動刀動槍，傷了你我的和氣。」

乾隆昨天見過紅花會人馬的聲勢本領，知他這話倒也不是誇口，說道：「好意我心領了。老實對你說，這人決不容他離我掌握，你既決意要救，三天之後，只好殺了。」陳家洛熱血沸騰，說道：「要是你殺了我文四哥，只怕從此睡不安席，食不甘味。」乾隆冷冷的道：「如不殺他，更是食不甘味，睡不安席。」陳家洛道：「這樣說來，你貴為至尊，倒不如我這閒雲野鶴快活逍遙。」乾隆不願他再提文泰來之事，問道：「你今年幾歲？」陳家洛道：「二十五了。」乾隆嘆道：「我不羨你閒雲野鶴，卻羨你青春年少。唉，任人功業蓋世，壽數一到，終歸化為黃土罷了。」

兩人又漫步一會，乾隆問道：「你有幾位夫人？」不等他回答，從身上解下一塊佩玉，說道：「這塊寶玉也算得是希世之珍，你拿去贈給夫人吧。」陳家洛不接，道：「我未娶妻。」乾隆哈哈大笑，說道：「你總是眼界太高，是以至今未有當意之人。這塊寶玉，你將來贈給意中人，作為定情之物吧。」

玉色晶瑩，在月亮下發出淡淡柔光，陳家洛謝了接過，觸手生溫，原來是一塊異常珍貴的暖玉。玉上以金絲嵌著四行細篆銘文：「情深不壽，強極則辱。謙謙君子，溫潤如玉。」

乾隆見陳家洛神情冷漠，殊無半親近之意，溫言道：「我知你總是怪我們滿洲人佔了漢人的江山，以致心中懷恨，存有敵意。其實我和你雖族分滿漢，但大可情若兄弟，親如家人。聖祖皇帝遺訓，滿漢當為一家，不分畛域，他還立下重規，自今而後，決計不可加賦。今後我擔當國事，自當愛民如子，這點你大可放心。」說著伸出右手，握住了陳家洛的左手。

陳家洛道：「今後倘若眞能滿漢一家，自是求之不得。漢朝匈奴為大敵，唐朝突厥殘殺我漢人，今日豈不是都成一家人了？」乾隆欣然道：「這是我二人之願，自當永矢勿忘。」

陳家洛將溫玉放在懷裏，說道：「多謝厚貺，後會有期。」拱手作別。乾隆右手一擺，說道：「好自珍重！」陳家洛回過頭來向城裏走去。

白振走到陳家洛面前，說道：「剛才多承閣下救我性命，感激之至，只怕此恩不易報答。」陳家洛道：「白老前輩說那裏話來？咱們是武林同道，緩急之際，出一把力何足道哉！」

陳家洛又奔回閣老府，翻進牆去，尋到瑞芳，說道：「我哥哥此刻定在新園子中，忙碌不堪，我待會再去找他。瑞姑，你有甚麼心願沒有？跟我說，一定給你辦到。」瑞芳道：「我的心願只是求你平平安安，將來娶一房好媳婦，生好多乖乖的官官寶寶。」陳家洛笑道：「那怕不大容易。晴畫、雨詩兩個呢？你去叫來給我見見。」晴畫和雨詩是陳家洛小時服侍他的小丫頭。瑞芳道：「雨詩已在前年過世啦，晴畫還在這裏，我去叫她來。」她出去不一會，晴畫已先奔上樓來。

陳家洛見她亭亭玉立，已是個俊俏的大姑娘，但兒時憨態，尚依稀留存。她見了陳家洛臉一紅，叫了一聲「三官」，眼眶兒便紅了。

陳家洛道：「你長大啦。雨詩怎麼死的？」晴畫淒然道：「跳海死的。」陳家洛驚問：「幹麼跳海？」晴畫四下望了一下，低聲道：「二老爺要收她做小，她不肯。」陳家洛嗯了一聲。晴畫哭道：「我們姊妹的事也不能瞞你。雨詩和府裏的家人進忠很好，兩人盡力攢錢，想把雨詩的身價銀子積起來，求太太允許她贖身，就和進忠做夫妻。那知二老爺看中了她，一天喝醉了酒，把她叫進房去。第二天雨詩哭哭啼啼的對我說，她對不起進忠。我勸她，咱們命苦，給人蹧蹋了有甚麼法子，那知她想不開，夜裏偷偷的跳了海。進忠抱著她屍身哭了一場，在府門前的石獅子上一頭撞死啦。」

陳家洛聽得目眦欲裂，叫道：「想不到我哥哥是這樣的人，我本想見他一面，以慰手足之情，現下也不必再見他了。雨詩的墳在那裏？你帶我去看看。」晴畫道：「在宣德門邊，等天明了，我帶三官去。」陳家洛道：「現下就去。」晴畫道：「這時府門還沒開，怎麼出得去？」陳家洛微微一笑，伸左手摟住了她腰。

晴畫羞得滿臉通紅，正待說話，身子忽如騰雲駕霧般從窗子裏飛了出去，站在屋瓦之上。陳家洛帶著她在屋頂上奔馳，奔了一會，已無屋宇，才跳下地來行走，不一刻已到宣德門畔。晴畫隔了好半天才定了神，驚道：「三官，你學會了仙法？」陳家洛笑道：「你怕不怕？」晴畫微笑不答，將陳家洛領到雨詩墳邊。

一丘黃土，埋香掩玉，陳家洛想起舊時情誼，不禁淒然，在墳前作了三個揖。

晴畫哭了起來，說道：「三官，要是你在家裏，二老爺也不敢作這等壞事。」陳家洛默然點頭。抬頭見明月西沉，繁星閃爍，說道：「我們回去吧，我有要緊事要趕回杭州。」兩人再回陳府，陳家洛正待越窗而出。晴畫道：「三官，我求你一件事。」陳家洛道：「好，你說吧。」晴畫道：「讓我再服侍你一次，我給你梳頭。」陳家洛微一沉吟，笑道：「好吧！」坐了下來，晴畫喜孜孜的出去，不一會，捧了一個銀盤進來，盤上兩隻細瓷碗，一碗桂花白木耳百合湯，另一碗是四片糯米嵌糖藕，放在他面前。

陳家洛離家十年，日處大漠窮荒之中，這般江南富貴之家的滋味今日重嘗，恍如隔世。他用銀匙舀了一口百合湯喝，晴畫已將他辮子打開，抹上頭油，用梳子梳理。他把糖藕中的糯米球一顆顆用筷子頂出來，自己吃一顆，在晴畫嘴裏塞一顆。晴畫笑道：

「你還是這個老脾氣。」等辮子編好，他點心也已吃完。

晴畫道：「你怎麼長衣也不穿？著了涼怎麼辦？」陳家洛心裏暗笑：「難道我還是十年前那個弱不禁風的公子哥兒？」晴畫出去拿了一件天青色湖縐長衫，說道：「這是二老爺的，大著點兒，將就穿一穿吧。」幫著他把長衫套上身，伏下身去將長衫扣子一粒粒扣好。陳家洛見她眼淚一滴滴的落在長衫下擺，也覺心酸，將身邊幾錠金子都取出來，放在她手裏，說道：「你拿去給你爹爹，叫他把你贖身回去。你好好嫁頭人家。我去啦！」雙足一頓，從窗中跳了出去。

陳家洛收拾起柔情哀思，縱馬奔馳回杭，來到馬善均家裏，見大夥正圍著石雙英說話。石雙英忙過來行禮，說道：「我在京裏探知皇帝已來江南，連日連夜趕來，那知眾位哥哥已和皇帝見過面，動過手。」陳家洛道：「十二哥這次辛苦了。還打聽著甚麼消息麼？」石雙英道：「我一聽到皇帝老兒南來，知是大事，沒再能顧到別的。」陳家洛見他形容憔悴，料知他這幾日中一定連夜趕路，疲勞萬分，道：「快好好去睡一覺，咱們再談。」

石雙英答應了出去，回頭對駱冰道：「四嫂，你那匹白馬真快。你放心，一路我照料得很好。」駱冰笑道：「多謝你啦。」石雙英停步道：「啊，我在道上見到了這馬的舊主韓文沖。」駱冰道：「怎麼？他又想來奪馬？」石雙英道：「他沒見到我。我在揚州客店裏見到他和鎮遠鏢局的幾名鏢頭在一起，聽到他們在罵咱們紅花會，就去偷聽。他們罵咱們下作，使蒙汗藥，殺死了姓童的那小子。」徐天宏與周綺聽到這裏，相對一笑。周綺忍不住插嘴道：「那天饒了他們不殺，這幾個傢伙還在背地裏罵人，眞不知好歹。」

徐天宏問道：「這次鎭遠鏢局在幹甚麼了？」石雙英道：「我聽了半天，琢磨出來，他們是從北京護送一批御賜的珍物到海寧陳閣老府。」轉頭對陳家洛道：「那是總舵主府上的物事。我通知了江寧的易舵主，叫他們暗中保護。」陳家洛笑道：「多謝你，這次咱們可和鎭遠鏢局聯起手來啦。」石雙英道：「他們總鏢頭這次親自出馬，可見對這枝鏢看重得緊。」

陳家洛、無塵、趙半山、周仲英等聽得威震河朔王維揚也來了，不約而同的「啊」了一聲。周仲英道：「王老鏢頭十多年前就不親自走鏢了，這倒是件希罕事兒。總舵主，你府上的面子可眞不小。」石雙英道：「我也覺得奇怪，後來又聽得他們護送的，除了總舵主府上珍物之外，還有一對玉瓶。」陳家洛道：「玉瓶？」石雙英道：「是啊，那是回部的珍物。這次兆惠西征，回部雖然打了個勝仗，但淸兵勢大，久打下去總是不行的，因此還是送了這對玉瓶來求和。」大家聽得回部打了勝仗，都十分興奮，忙問端詳。

石雙英道：「聽說兆惠的大軍因爲軍糧給咱們劫了，連著幾天沒吃飽飯，只好退兵，半路上中了回兵的埋伏，折了二三千人。」羣雄鼓掌叫好。

周綺悄聲對徐天宏道：「要是霍青桐姊姊知道這是你的計策，一定感激你得很。」徐天宏笑著低聲道：「這是你叫我想的法兒！」

石雙英又道：「兆惠等得軍糧一到，又會再攻，這仗可沒打完。回部的求和使者到了北京，朝臣不敢作主，叫人送到江南來請皇帝發落。王維揚這老兒自己出馬，我想就是爲了這對玉瓶。」陳家洛道：「莫說一對玉瓶，就算再多奇珍異寶，皇帝也不會答允講和。」石雙英道：「我聽鏢局的人說，要是答允求和，當然是把玉瓶收下了，否則就得交還，因此玉瓶可不能有半點損傷。」

陳家洛向徐天宏使了個眼色，兩人相偕走入西首偏廳。陳家洛道：「七哥，昨晚我見到了皇帝。他說三天之後就回北京，回京之前，定要把四哥殺了。」徐天宏吃了一驚，道：「咱們既知四哥給監在提督李可秀的內衙，現下情勢危急，那便馬上動手。」陳家洛道：「料想皇帝還未回到杭州，高手侍衛都跟著他，咱們救人較爲容易。」徐天宏道：「皇帝不在杭州？」陳家洛說起乾隆在海寧觀潮，要修海塘，卻不提祭墳之事。

徐天宏將桌上的筆硯紙張搬來搬去，東放一件，西擺一件，沉思不語。陳家洛知他是在籌劃救人方略，靜坐一旁，不去打亂他的思路。過了半晌，徐天宏道：「總舵主，咱們力強，對方力弱，可以強攻。」陳家洛點頭稱是。兩人商量已定，回到廳上召集羣雄發令。

陳家洛雙掌一擊，朗聲說道：「咱們馬上動手，去救文四當家。」羣雄俱各大喜。陳家洛道：「十三哥，你率領三百名會水的弟兄，預備船隻，咱們一得手，大夥坐船退入太湖。」蔣四根接令去了。陳家洛道：「馬大挺馬兄弟，你收拾細軟，將心硯和這裏弟兄們的家眷先送上船。」馬大挺也接令去了。陳家洛道：「十二哥，你太過累了，也上船去休息。其餘衆位哥哥隨我去攻打提督府，相救文四哥。現下請七哥布置進攻，大夥兒聽他分派。」

徐天宏道：「四嫂，你於巳時正，到提督府東首的興隆炮仗店放火，然後趕到提督府西門，會齊大夥進攻。」駱冰接令去了。徐天宏道：「馬大哥，你派人把興隆炮仗店的老闆夥計全都請來，不必跟他說甚麼原因，事完之後，加倍補還他店裏損失。再招齊全城各街坊水龍隊，召集四百名得力弟兄，另外三百名綠營中的弟兄，辰時正在此聽令。」馬善均接令，立即派人召集會衆。

徐天宏道：「八弟，你率二百名弟兄，一百名用手車裝滿稻草，一百名各挑硬柴木炭，扮作賣柴的農夫樵子。九弟，你率領水龍隊，假扮是救火的街坊。綺妹妹，你率一百名弟兄，扮作難民，每人挑一百斤油，背一口大鑊。」周綺笑道：「又用鑊子又用油，炒菜麼？」徐天宏道：「我自有用處。十弟，你率領一百名弟兄扮作泥水木匠，各推一輛手車，車中裝滿石灰。」羣雄聽徐天宏分派，都覺好笑，但各應令。

徐天宏又道：「馬大哥，你扮作清兵軍官，率領三百名綠營弟兄在外巡邏，不許閒雜人等走近，不許提督府的人出外報訊。義父帶同孟大哥、安大哥從南牆攻進去。總舵主、道長與我從西牆攻入，三哥、五哥、六哥從北牆攻入。」他分派已定，將預定的計謀詳細說了，羣雄俱讚妙計。

馬善均立刻分頭派人拿了銀子出去採辦用品，招集人馬。紅花會在杭州勢力甚大，一時三刻之間都預備好了。羣雄趕著吃飯，摩拳擦掌，只待廝殺。

飽餐已畢，各人喬裝改扮，暗藏兵刃，分批向提督府進發。陳家洛對徐天宏道：「孫子兵法說：『以火佐攻者明，以水佐攻者強。』你既用火攻、水攻，還有油攻、石灰攻，瞧這李可秀還能抵擋？」正說話間，只聽得噼啪轟隆之聲大作，紅光沖天而起，炮仗店起火了。

駱冰在炮仗店一放火，硫磺硝石爆炸開來，附近居民紛紛逃竄，登時大亂，看提督府時卻毫無動靜。她站在牆邊等候，不一會，只見提督府高牆邊數百名兵士一排站開，彎弓搭箭，戒備森嚴，另有數十名兵丁拿了水桶在牆頭守候，竟不出來救火。駱冰心想那李可秀倒也頗有謀略，他怕中了調虎離山之計，外面儘管騷亂，他卻以逸待勞。

混亂中只見數百名賣柴鄉民擁將過來，似乎見到火頭甚是驚慌，把挑著的稻草一擔擔亂丟在地。提督府中奔出一名軍官，大罵：「混蛋，柴草丟在這裏豈不危險，快挑走！」舉起馬鞭亂打，眾鄉民四散奔逃。忙亂中鑼聲大作，數十輛水龍陸續趕到，這時提督府外稻草已經燒著，漸次延燒過來。叫喊聲中周綺所率領的一百名假難民也都到了，便在地上支起大鑊，將油倒在鑊裏，用硬柴生火，煮了起來。

李可秀站在牆頭觀看火勢，見外面人眾來得古怪，派參將曾圖南出去查看。曾圖南走到難民身旁，喝問：「你們幹甚麼？」周綺笑道：「我們炒菜吃，你不見麼？」曾圖南罵道：「混帳忘八羔子，快滾，快滾！」

正爭吵間，馬善均已率領綠營兵丁趕到，四下裏把提督府團團圍住，驅散閒雜人眾。曾圖南叫道：「帶兵的是那一位大人，快請過來，轟走這些奸民……」話未說完，周綺已用木杓舀起一杓滾油，向他臉上澆去。曾圖南頭臉一陣劇痛，摔倒在地，隨從兵丁大驚，忙扶起了向府內逃去。牆頭清兵看得明白，亂箭射了下來。

紅花會眾兄弟躲在柴草手車之後，弩箭一枝也射他們不到。這時油已煮滾，衛春華督率水龍隊，將熱油倒入水龍，向牆頭射去。清兵出乎不意，不及閃避，慘聲號叫，紛紛從牆頭跌下。

李可秀知是紅花會聚衆劫獄，忙派人出外求救，親率兵將在牆頭抵禦。那知派出去的人都被馬善均帶領的綠營弟兄截住。李可秀眼見火頭越燒越近，只急得雙腳亂跳。

其實徐天宏只燒稻草，旨在虛張聲勢，他怕眞的燒了提督府，那時如果文泰來不及救出，豈不糟極？這時滾油已經澆完，改澆冷水。章進督率人衆，把生石灰一包包一塊塊的抛進署內，水龍噴上冷水一淋，石灰燒得沸騰翻滾，淸兵東逃西竄。陳家洛大呼：「衝啊！」衆兄弟一鼓作氣，四面湧進府去。一百名假難民卻仍在府外燒水。

淸兵各挺刀槍迎戰。章進揮動狼牙棒，橫掃直砸。兩旁楊成協與衞春華各率會衆猛衝過來。淸兵且戰且退，成千官兵擠在演武場上，紅花會會衆將之隔成一堆堆的圍攻。

徐天宏以紅花會切口高聲傳令，會衆突然四下散開，人叢中推出數十架水龍，沸滾的熱水大股射出。淸兵燙得四散奔逃，有的滾地哭喊，有的朝人叢中亂擠。徐天宏叫道：「水龍暫停！」向淸兵喝道：「要性命的快抛下兵器，伏在地下。」不讓淸兵稍有猶豫，隨即叫道：「放水！」數十股沸水又向淸兵陣中沖去。淸兵慌亂無主，都伏下地來。

李可秀正惶急間，忽見一名少年從外挺劍奔進，拉住他手便走，叫道：「爹爹快走！」正是穿了男裝的李沅芷。

陳家洛、無塵等人已在提督府內內外外尋了一遍。駱冰不見丈夫影蹤，隨手抓住一名清兵，用刀背在他肩上亂打喝問，那清兵只是求饒，看樣子真的不知文泰來監禁之所。

忽然一個蒙面人斜刺裏躍出，挺劍向駱冰刺來。駱冰右手短刀格開，左手長刀還了他一刀。那人舉劍一擋，啞著嗓子道：「要見你丈夫，就跟我來！」駱冰一怔，那人回頭就走。駱冰叫道：「你說甚麼？」跟著追去。章進、周綺怕她有失，隨後趕去。

那蒙面人轉彎抹角，直向後院奔去。駱冰、周綺、章進在後緊跟。駱冰不住叫道：「你是誰？」蒙面人不應，穿過幾個月洞門，已奔進了花園，沿路儘是死屍，想是無塵等來找尋時所殺。那人跑到一座花壇之旁，繞壇轉了一圈，連拍四下手掌，叫道：「在花壇下面……」一言未畢，忽見李可秀父女奔進園來，後面常氏雙俠緊追不捨。

那蒙面人躍到常氏雙俠面前，舉劍一擋，李氏父女乘機躍上牆頭。常伯志飛抓揮出，蒙面人挺劍擋過飛抓，身子後躍。常氏兄弟接戰時素來互相呼應，兄弟兩人四掌四腿，就如一人一般。常伯志飛抓出手，常赫志早料到敵人退路，那人向後一退，剛被常赫志左掌反手一掃，掃中肩頭，登時跌出數步，駱冰大叫：「五哥、六哥，那是自己人，別傷了他。」

常氏雙俠一怔，那人已從花園門中穿了出去。駱冰把此人的奇怪舉動向常氏雙俠簡略一說。雙俠看那花壇，見無特異之處，正在思索，章進早已不耐，大叫大嚷：「四哥，四哥，你在那裏，咱們救你來啦！」揮動點鋼狼牙棒，把花壇上的花盆乒乒乓乓一陣亂打。

常赫志一瞥間，見一隻碎花盆底下似有古怪，跳過去看時，見是一個鐵環，用力提拉，只聽得軋軋聲響，花壇慢慢移開，露出一塊大石板來。周綺知道下面必有機關，忙奔出去把徐天宏、陳家洛等人都叫了進來。

常氏雙俠、章進、駱冰四人合力抬那石板，但竟如生鐵鑄成一般，紋絲不動。駱冰大叫：「大哥，大哥，你在下面麼？」她伏耳在石板上靜聽，下面聲息全無。徐天宏看那石板並無異狀，退後數步，想再看那花壇，日光微斜，忽見那石板右上角隱隱繪著一個太極八卦圖，忙跳上石板，用單拐頭在太極圖中心一掀，並無動靜，又使力按落，忽覺腳下晃動，急忙跳開。

石板突然陷落，駱冰喜極，大叫一聲，正待跳下，常伯志叫道：「且慢！」一把拉住，就在此時，下面颼颼颼的射上三箭。駱冰暗暗吃驚。石板落完，露出一道石級，陳家洛道：「五哥、六哥，你們守在洞口。我們下去！」這時無塵、趙半山、周仲英、楊成協、孟健雄等都已得訊趕到，紛紛湧入。章進揮動狼牙棒，當先開路。

石級走完是一條長長的甬通，羣雄直奔進去，甬道盡頭現出一扇鐵門。

徐天宏取出火絨火石，打亮了往鐵門上照去，果然又找到一個太極八卦圖，挺單拐在太極圖中連按兩按，叫道：「大家讓在一旁。」羣雄縮在甬道兩側，提防鐵門中又有暗器射出來，這次暗器倒沒有，但聽得軋軋連聲，鐵門緩緩上升。等鐵門離地數尺，羣雄已看得明白，這鐵門厚達兩尺，少說也有千斤之重，駱冰不等鐵門升停，矮身從鐵門下鑽入。徐天宏叫道：「四嫂且慢！」叫聲剛出口，她已鑽了進去。章進、周綺接著進去。

羣雄正要跟入，衛春華從外面奔進來，對陳家洛道：「總舵主，那將軍已被他溜了出去，弟兄們沒截住。咱們快動手，怕他就會調救兵來。」陳家洛道：「你去幫助馬大哥，多備弓箭，別讓救兵進來。」衛春華接令去了。陳家洛與無塵等也都從鐵門下進去，只見裏面又是一條甬道，衆人這時救人之心愈急，顧不到甚麼機關暗器，一股勁兒往內衝去。

奔得數丈，甬道似又到了盡頭。章進罵道：「王八羔子，這麼多機關！」待趕到盡頭，原來甬道忽然轉了個彎。羣雄轉過彎來，眼前是扇小門。章進挺棒撞去，小門應手而開，突然眼前一亮，門後是間小室，室中明晃晃的點著數枝巨燭，中間椅上一人按劍獨坐。

仇人相見，分外眼明，正是火手判官張召重。

張召重身後是張床，駱冰看得明白，床上睡著的正是她日思夜想的丈夫。文泰來聽得腳步響，回頭看時，見愛妻奔了進來，宛如夢中。他手腳上都是銬鐐，移動不得，只「啊」了一聲。駱冰三把飛刀朝張召重飛去，也不理他如何迎戰躲避，直向床前撲去。張召重左手自右向左橫掠，將三把飛刀都抄在手中，右手在坐椅的機括上掀落，一張鐵網突然從空降下，將文泰來那張床恰好罩在裏面，夫妻兩人眼睜睜的無法親近。

陳家洛叫道：「大夥兒齊上，先結果這奸賊。」語聲未畢，腕底匕首翻轉，猱身直上，向張召重當胸刺去。無塵、趙半山、周仲英都知張召重武功高強，這時事在緊急，也談不上單打獨鬥的好漢行徑，三人各出兵器，把他圍在垓心。

火手判官凝神接戰，和四人拆了數招，百忙中凝碧劍還遞出招去。陳家洛將匕首往懷裏一揣，雙手施開擒拿法，直撲張召重的前胸。他想敵人攻勢自有無塵等人代他接住，雙掌有攻無守，連環進擊。張召重武藝再高，怎抵得住這四人合力進攻，又退了兩步，斗室本小，此時背心已然靠在牆上。無塵大喜，劍走中宮，當胸直刺，同時周仲英、陳家洛與趙半山也同時攻到。

張召重左手按牆，右手挺劍拒敵。無塵一劍快似一劍，奮威疾刺，眼見便要把他釘在牆上，那知噗的一聲，牆上突然出現一扇小門，張召重快如閃電般鑽了進去，小門又倏然關上。四人吃了一驚，無塵頓足大罵。陳家洛縱到文泰來面前，這時章進、周綺、駱冰各舉兵刃，猛砍猛砸罩著文泰來的鐵網。

突然頭頂聲音響動，一塊鐵板落了下來，剛把文泰來隔在裏面。陳家洛雙手疾把駱冰和周綺向後拉扯，兩人才沒給鐵板砸著。章進舉起狼牙棒往鐵板上猛打，錚錚連聲，火花四濺。徐天宏細察牆上有無開啓鐵板的機關，尋到了一個太極八卦圖形，用力按動，但顯然張召重已在內裏做了手腳，連揿十幾下，全無動靜。

楊成協站在最後，守在甬通轉角，以防外敵，忽聽得外面軋軋連聲，鐵索絞動，叫聲：「不好！」猛然竄出。徐天宏等人仍不死心，在斗室中找尋開啓鐵板的機關。駱冰撫著鐵板哀叫：「大哥，大哥！」

忽聽楊成協在甬通中連聲猛吼，聲甚惶急，趙半山與周仲英忙奔出。不一會只聽得趙半山大叫：「大家快出來，快出來。」衆人疾忙奔出，只有駱冰仍是戀戀不捨，手扶鐵板不肯離去。周綺走到轉角，見駱冰不走，回頭用力將她拉著出來。

只見楊成協雙手托住那重達千斤的鐵閘，已是滿頭大汗。周仲英拋去大刀，擠過身去，蹲下用力向上托住。陳家洛見情勢危急，叫道：「咱們先出去，再想辦法。」羣雄從閘下鑽出。楊周兩人使盡全力，那鐵閘仍是一寸一寸的緩緩下落。章進弓身奔到閘下，說道：「我來頂住！」挺駝背駝住千斤閘，楊成協與周仲英向外竄出。楊成協拾起他丟在地下的鋼鞭，豎在閘下，叫道：「十弟快出來！」章進往地下一伏，鐵閘往下便落，仗著鋼鞭一支，落勢稍挫，楊成協已揪住章進的肩膀提了出來。喀喇一聲，鋼鞭已被鐵閘壓斷，又是嘭的一聲大響，鐵閘打在地上，灰塵揚起，勢極猛惡。楊成協與章進都已氣盡力竭，坐倒在地。

甬道中腳步急速，常赫志奔了進來，說道：「總舵主，外面御林軍到了，咱們要不要接仗？」徐天宏道：「打硬仗不利，咱們退吧。」陳家洛道：「好，大家退出去。」

趙半山與周仲英在鐵閘機關上又撳又拉，弄了半天，始終紋絲不動，聽得陳家洛下令，只得向外奔出。在花園中忽見一個艷裝少婦，神色倉皇，正自東躲西閃。陳家洛道：「拿下！」周綺一把拖住，拉了出去。

到得提督府外，只見人頭聳動，亂成一團，官兵與會衆擠在一起。陳家洛以紅花會切口叫道：「馬上退卻，大夥到武林門外聚集。」衆人齊聲應令，各路人馬向北退去。官兵一時摸不著頭腦，也不追趕。羣雄功敗垂成，在路上紛紛議論。出得城來，陳家洛叫道：「到城北山裏煮飯吃了，再商善策。」

周綺所率會衆正帶有大批鑊子，另有數十名會衆採辦米糧菜肴，在樹林中煮起飯來。趙半山安慰駱冰：「四弟妹你儘管放心，不把四弟平安救出，咱們誓不爲人。」衆人大罵張召重十惡不赦，兩次相救都給他壞事。大家又猜那蒙面人不知是誰，他指點監禁文泰來的所在，明明是朋友，怎地不肯露面，又助李可秀逃走，實是費解。

正談論間，忽然林外傳來「我武——維揚——」「我武——維揚——」的趟子聲。楊成協道：「鎮遠鏢局的鏢到了。」駱冰罵道：「鎮遠鏢局罪大惡極，那姓童的雖給七哥殺了，仍不能消我心頭之恨。這次算他運氣，保了總舵主家裏的東西，否則不去奪來才怪呢。」

徐天宏把陳家洛拉在一旁，說道：「咱們今天這一鬧，說不定皇帝心慌，提早害了四哥。」陳家洛皺眉道：「這一著實不可不防。」徐天宏道：「目前別無他法，只能搶他的玉瓶。」陳家洛不解，說道：「玉瓶？」徐天宏道：「不錯，剛才十二弟說，回部送了一對玉瓶來求和，就由鎮遠鏢局護送。皇帝既已派出大軍西征，講和是一定不肯的，不講和就得還他們的玉瓶，否則豈不失信於天下？皇帝老兒最愛戴高帽，要面子，這種事情是很有顧忌的。」陳家洛道：「咱們拿到玉瓶，就去對他說，你動四哥一根毫毛，咱們就打碎玉瓶。」徐天宏道：「正是！就算不能用玉瓶換四哥，至少也可多拖得幾日，這對回部木老英雄也有好處。」陳家洛喜道：「好，咱們就鬥鬥這威震河朔王維揚。」

威震河朔王維揚今年六十九歲，自三十歲起出來闖道走鏢，以一把八卦刀、一對八卦掌打遍江北綠林無敵手。他手創的「鎮遠鏢局」在北方紅了三十多年，經過不少大風大浪，始終屹立不倒。綠林中有言道：「寧見閻王，莫碰老王。」見到他的鏢旗，膽子大的，也不過遠遠瞧上一眼而已。他本想到明年七十大壽時封刀收山，得個福壽全歸，那知今年奉兆惠將軍之命護送回部聖物可蘭經卻出了亂子，不但聖物被劫，還死傷多名得力鏢頭。這次奉命護送玉瓶，兵部指名要他親自出馬。王維揚年紀雖老，功夫可沒擱下，知道這次差使事關重大，不敢輕忽，從各處鏢局調來六名好手，朝廷還派了四名大內侍衛、二十名御林軍護送，連同回人使者南來，一路上戒備森嚴，倒也平安無事。

這天快到午牌時分，到了一座大鎮。離杭州城已不過十里路。大夥走進一家大飯鋪，點了菜。此去人煙稠密，已保得定沒有亂子，衆人興高采烈，都在談論到了杭州之後，如何好好的玩樂。

正說得口沫橫飛，忽然門外一聲馬嘶，聲音清越。韓文沖聽得特別刺耳，忙搶出門去，只見自己那匹愛馬從門外緩緩走過，馬上卻堆滿了硬柴，良駒竟被屈作負柴的牲口。韓文沖又疼又氣，又是歡喜，急躍而出，伸手便拉馬韁。馬後跟著一個鄉下人，在馬臀上打了一鞭，隨即跳上馬背，坐在柴上。韓文沖一下沒拉住，那馬已躍出數丈。馬背那人叫了聲「啊喲！」似乎坐得不穩，搖搖欲墜。韓文沖不捨，發步急追，那馬轉了個彎，奔入林中去了。韓文沖那裏還管甚麼「遇林莫入」的戒條，直追入林去。

衆鏢頭見他追趕一個鄉民，也不在意。鏢頭汪浩天笑道：「韓大哥想他那匹白馬想瘋啦，路上一見到毛色稍微白淨的馬匹就要追上去瞧個明白。明兒回家見到韓大嫂一身細皮白肉，怕也會疑心是他的馬，一跳就這麼跨上去……」眾人樂得哈哈大笑。

正取笑間，店小二一連聲的招呼：「張大爺，你這邊請坐，今兒怎麼有空出來散心？」一個富商模樣的人走了進來，身穿藍長衫紗馬褂，後面跟著四個家人，有的捧水煙袋，有的挽食盒，氣派豪闊。那張老爺坐定，店小二連忙泡茶，說道：「張老爺，這是虎跑的泉水，昨兒去挑來的，你嘗嘗這明前的龍井。」張老爺嗯了一聲，一口杭州官話，道：「你給來幾塊件兒肉，一碗蝦爆鱔，三斤陳紹。」店小二應了下去，一會兒酒香撲鼻，端了出來。

王維揚道：「韓老弟怎麼去了這麼久還不回來？」趟子手孫老三正要回答，忽然門外踢躂踢躂拖鞋皮響，走進一個矮小漢子，後面跟著一個大姑娘，一個壯年漢子，三人都是走江湖的打扮。那矮子作了個四方揖，說道：「常言道，在家靠父母，出外靠朋友。在下流落江湖，有一點小玩藝兒供各位酒後一笑。玩得好，請各位隨意賞賜。玩得不好，多多包涵。」拿起一隻茶杯在桌面一頓，取下頭上的破氈帽往上一蓋，喝聲：「變！」氈帽揭起，茶杯竟然不見，他揚了揚氈帽，帽中並無茶杯。眾人明知戲法都是假，可是竟看不出他的手法門道。

那張老爺看得有趣，站起身來，走近去看。那矮子笑道：「這位老爺的鼻煙壺，可不可以借來一用？」張老爺笑嘻嘻的把手中鼻煙壺遞給了他。矮子把鼻煙壺在氈帽下一放，揭開時又已不見。張老爺的一個家人笑道：「這鼻煙壺貴重得很，可別砸壞哪。」那矮子笑道：「請管家摸摸你的口袋。」那家人伸手一摸，那鼻煙壺竟從他袋裏掏了出來。

這一來，不但張老爺與他的家人大感驚訝，衆鏢師與御前侍衛也覺出奇，紛紛圍攏來看他變戲法。張老爺脫下左手食指一個翡翠般指，遞給矮子，笑道：「你倒再變變看。」矮子接過放在桌上，蓋上氈帽，吹一口氣，喝道：「東變西變，亂七八糟，閻王不怕，性命難逃！」手一指，揭開氈帽，那般指果然不見了，衆人嘩然叫好。矮子道：「老爺，你摸摸你袋裏。」張老爺一伸手，竟從自己袋裏摸了出來，目瞪口呆，連叫：「好戲法！好戲法！」

這時店門外陸陸續續走進幾十個人來，有的是行旅商人，有的是公差打扮，有的是統兵軍官，見一羣人圍著看變戲法，也走近來。

一個軍官罵道：「他媽的，江湖上的人騙錢，有狗屁希奇，老子這東西你敢不敢變？」隨手在桌上一拍，衆人見是一角文書，封皮上寫著「急呈北京兵部王大人」的字樣，下面寫的是「浙江水陸提督李」的官銜。那矮子陪笑道：「總爺莫見怪，小人胡亂混口飯吃，官府的要緊文書，小人有天大的膽子也不敢動。」

張老爺看不過那軍官的氣燄，說道：「變戲法玩玩，又有甚麼大不了，你就變他一變。」轉頭對家人道：「拿五兩銀子出來。」家人從行囊裏取出一錠銀子，張老爺接過放在桌上，對矮子道：「你變得好，這銀子就是你的。」

矮子見了銀子，轉身與那大姑娘咬了幾句耳朵，對軍官道：「小人大了膽子，變個戲法，請總爺多多包涵。」舉氈帽往文書上一蓋，喝道：「快變，快變，玉皇大帝到，太白金星哇哇叫！」胡言亂語，東指西指，突然指著盛放玉瓶的皮盒喝道：「進去進去，孫悟空一根毫毛，鑽進盒去不見了！」揭開氈帽，那文書果然不見。那軍官罵道：「龜兒子，倒眞有一下子。」那矮子向張老爺請了個安，笑道：「多謝老爺賞賜。」取了那錠銀子，交給站在他身後的大姑娘。衆人不住喝采叫好。

那軍官道：「好啦，把文書拿來。」矮子笑道：「在這皮盒之中，請總爺打開一看。」此言一出，鏢行衆人都嚇了一跳，那隻皮盒上貼著皇宮內府的封條，誰敢揭開。那軍官走過去，伸手便要摸那皮盒。

鏢頭汪浩天道：「喂，總爺，這是皇宮的寶物哪，可不能動。」那軍官道：「開甚麼玩笑？」仍是伸手過去。御前侍衛馬敬俠道：「誰跟你開玩笑？走開些！」那軍官見他穿著侍衛服色，官階比他大得多，不敢挺撞，躬身道：「是，是！請大人把文書還我。」馬敬俠向矮子喝道：「你別玩鬼花樣啦，快把文書還他。」矮子道：「文書眞的在這盒子裏哪，大人要是不信，請打開來一瞧便知。」

那軍官惱了，一拳打在矮子肩頭，喝道：「別囉唆，快拿出來。」那大姑娘怒道：「有話好說，幹麼打人？」軍官罵道：「混帳王八蛋，老子的公文你也敢拿來開玩笑！」張老爺看不過了，說道：「總爺，別動粗。」對矮子道：「你快把文書變還給這位總爺。」矮子愁眉苦臉的道：「我不敢騙你老爺，那文書眞的是在這皮盒子裏，小人變不回來啦！」

張老爺走過兩步，對馬敬俠道：「大人貴姓？」馬敬俠道：「姓馬。」張老爺道：「市井小人做事沒分寸，馬大人高抬貴手，把文書還了給他吧！」馬敬俠道：「這是皇家的御封，不是皇上有旨，誰敢打開？」張老爺皺起眉頭，很感爲難。那軍官道：「你不把文書還我，躭誤了要緊公事，就是殺頭的罪名。喂，弟兄們，你倒給我評評這個道理看？」

飯店中散散落落坐著十多個軍官兵丁，服色和那送文書的軍官相同，看模樣都是和他同一營的，這時都圍攏來，七張八嘴的幫那軍官，聲勢洶洶，定要馬敬俠交還文書。

王維揚是數十年的老江湖了，見今天的事透著古怪，心想這事情的關鍵是在那矮子，伸手向矮子左膀抓去。矮子身子一縮，躲了開去，大叫：「達官爺，饒了我吧！」王維揚見他身手便捷，更是犯疑，正要追過去，數十名軍官士兵已和衆鏢頭及御前侍衛吵成一團。汪浩天把皮盒抱在懷裏，兩名鏢頭站在他身旁衛護。馬敬俠拔出腰刀，在桌上一砍，喝道：「誰敢囉唆？快退開。」那軍官也拔出刀來，叫道：「你不還我，反正我也沒命，今兒跟你拚啦！弟兄們，大夥兒上呀！」撲了上去，與馬敬俠交起手來。王維揚連聲喝止，卻那裏喝得住？其餘的軍官士兵也抄起兵刃，擁了過來，勢成羣毆。馬敬俠是御前侍衛中的一流好手，跟這小軍官拆了數招，竟然大落下風，只見對方刀法精奇，武功深湛，不禁又驚又怒，再鬥數招，肩頭險險吃了一刀。

正混亂間，門外又湧進一批人來，有人大叫：「甚麼人在這裏搗亂，都給我拿下！」那些官兵給他話聲中威勢所懾，都停了手。馬敬俠喘了一口氣，見數十名官兵擁著一位青年大官走了進來，他認得那是皇上第一寵愛的福康安，現任滿洲正白旗滿洲都統、北京九門提督兼御林軍統領，忙上前去請安，其餘幾名御前侍衛也都過來行禮。

那大官道：「你們在這裏亂甚麼？」馬敬俠道：「回統領大人，是他們在這裏無理取鬧。」把經過情形說了一遍。那大官道：「變戲法的人呢？」那矮子本來躲得遠遠的，這時過來叩頭。那大官道：「這件事倒也古怪，你們都跟我到杭州去，我要好好查一查。」馬敬俠道：「是，是，任憑統領大人英斷。」那大官回頭道：「走吧！」出門上馬。他手下的官兵把鏢行人衆與鬧事軍官連同那回人使者都帶了去。

王維揚本來見有蹊蹺，鋼刀出鞘，要先以武力壓服鬧事的軍官，再來說理，忽見御林軍統領福康安到來，心中大喜。馬敬俠對那大官道：「福大人，這是鎮遠鏢局的總鏢頭王維揚。」王維揚過去請了一個安。大官從頭至腳打量了他一番，哼了一聲，道：「走吧！」

一行人到得杭州城內，王維揚等跟著御林軍官兵，來到裏西湖孤山一座大公館裏。王維揚暗忖：「這定是統領大人歇馬之處了。他是皇上跟前第一得寵的紅人，怪不得有這般大的勢派。」衆人走進內廳。那大官對馬敬俠道：「各位稍坐一會。」馬敬俠道：「大人請便。」那大官逕自進內去了。

過了半晌，一名御林軍的軍官出來，把鬧事的軍官、變戲法的、張老爺和他的家人都傳了進去。汪浩天道：「剛才鬧事的時候倒眞有點擔心，只怕這些軍官弄壞了玉瓶，我瞧他們路道不正。」馬敬俠道：「嗯，這幾個人武功好得出奇，不像是尋常軍官。幸虧遇上了福大人，否則說不定還得出點岔子。」王維揚道：「這福大人內功深湛，一位貴冑公子能有這般功力，眞不容易。」馬敬俠道：「怎麼？福大人武功好？你怎知道？」王維揚道：「從他眼神看來，他武功一定甚爲了得。不過皇家宗親的爺們武功好的很多，也不算希奇。」正說話間，一個軍官出來道：「傳鎭遠鏢局王維揚。」王維揚站起身來，跟著他進去。

穿過了兩個院子，來到後廳，只見福康安坐在中間，改穿全身公服，罩著一件黃馬褂，帽垂花翎，更具威勢，面前放了一張公案，兩旁許多御林軍人員侍候著，變戲法的矮子、張老爺等跪在左邊。

王維揚一進去，兩旁公差軍官一齊大喝：「跪下！」到此地步，王維揚不得不跪。福康安喝道：「你便是王維揚麼？」王維揚道：「小人王維揚。」福康安道：「聽說你有個外號叫威震河朔。」王維揚道：「那是江湖上朋友們胡亂說的。」福康安冷冷的道：「皇上和我都在北京，那麼你的威把皇上和我都震倒了？」王維揚陡然一驚，連連叩頭說：「小人不敢，小人馬上把這外號廢了。」福康安喝道：「好大的膽子，拿下。」兩旁官兵擁上來，把他上了手銬，帶了下去。王維揚空有一身武藝，不敢反抗。

接著馬敬俠、汪浩天等侍衛、鏢頭一個個傳進來，一個個的拿下，最後連趟子手等也都拿下了，分別上了手銬監禁起來。一名軍官雙手捧著皮盒，走到福康安案前，一膝半跪，舉盒過項，笑道：「回福統領，玉瓶帶到。」福康安哈哈大笑，走下座來。

跪在地下的張老爺、矮子等一干人衆，也都站了起來，大笑不已。福康安向矮子道：「七哥，你眞不枉了『武諸葛』三字！」

原來扮變戲法的是徐天宏，跟在其後的是周綺和安健剛，扮張老爺的是馬善均，扮福康安的是陳家洛，扮鬧事軍官的是常赫志和孟健雄等一干人，扮張老爺家人與店小二的都是馬善均的手下。徐天宏定下了計策後，想到鏢師中的韓文沖識得紅花會人衆，於是由趙半山扮作鄉農，騎了駱冰的白馬，將他引到松林中，常伯志出來一幫手，兩人登時將他拿住。

徐天宏變戲法全是串通好了的假把戲，那氈帽共有一模一樣的兩頂，一頂將茶杯等物一罩拿起，反手交給周綺，待得眾人目光都注視桌上，徐天宏早已取過另一頂氈帽來東翻西弄，其中自然空空如也，張老爺和家人身上所藏鼻煙壺和般指都各有一對，徐天宏拿去一隻，他們自己袋裏又拿出一隻來，別人那裏知道？至於皮盒之中自然沒有文書變進去，只是這麼一鬧，陳家洛進來時，眾鏢頭和侍衛已給攪得頭昏眼花，已無餘裕再起疑心。徐天宏預定計策，只教陳家洛扮個大官，那知陰差陽錯，他相貌竟和福康安十分相似，幾個侍衛自行上來請安行禮，這計策更加天衣無縫。

陳家洛撕去封皮，打開皮盒，一陣寶光耀眼，只見盒中一對一尺二寸高的羊脂白玉瓶，晶瑩柔和，光潔無比，瓶上繪著一個美人。這美人長辮小帽，作回人少女裝束，腰間掛著一柄短劍，美艷無匹，光采逼人，秋波流慧，櫻口欲動，便如要從畫中走下來一般。

眾人圍觀玉瓶，無不嘖嘖讚賞。衛春華道：「西域回疆，竟有如此高明的畫師。」駱冰道：「我見到霍青桐妹妹，只道她這人材已是天下無雙，那知瓶上畫的這人更美。」周綺道：「那是畫出來的，你道眞的有這般美女？」徐天宏道：「我們請那位回人使者前來一問便知。」

回人使者見到陳家洛，只道是貴冑重臣，恭恭敬敬的行了禮。陳家洛道：「貴使遠來辛苦。請問尊姓大名。」使者會說漢話，答道：「下使凱別興。不知官人是何稱呼？」徐天宏插嘴道：「這位是浙江水陸提督李軍門。」陳家洛和羣雄一楞，不知他是何用意。

陳家洛道：「木卓倫木老英雄可好？」凱別興道：「多謝軍門相詢，我們族長好。」陳家洛道：「請問貴使，瓶上所繪美人是何等樣人。不知是古人今人？還是出於畫師的意象？」凱別興道：「那是五百年前敝族最出名的畫師斯英所繪。瓶上美女是敝族古時傳說中的女英雄瑪米兒，她得眞主安拉護佑，捨身爲族人立下大功。敝族有許多玉器、帛畫、地氈上都有她的肖像。這對玉瓶本屬木老英雄的三小姐喀絲麗所有。喀絲麗就像瑪米兒這樣美！」周綺不禁插嘴：「她是霍青桐姑娘的妹妹？」凱別興一驚，問道：「這姑娘識得翠羽黃衫？」周綺道：「有過一面之緣。」

陳家洛想問霍青桐的近況，臉上微微一紅，正要開口，忽然馬善均從外面匆匆進來，低聲道：「李可秀領了三千官兵過這邊來，恐怕是來對付咱們的。」陳家洛點點頭，對凱別興道：「貴使請下去休息，咱們再談。」凱別興打了一躬，道：「請問軍門，這對玉瓶如何處置？」陳家洛道：「另有安排。」孟健雄把凱別興領了下去。

註：

一、《清史稿・陳世倌傳》：「世倌治宋五子之學，廉儉純篤，入對及民間水旱疾苦，必反覆具陳，或繼以泣，上輒霽顏聽之，曰：『陳世倌又來爲百姓哭矣。』」

二、清高宗（乾隆帝）南巡，至海寧共四次，均駐於陳氏安瀾園，每次均作詩。第二次有詩云：「鹽官誰最名？陳氏世傳清。詎以簪纓赫，惟敦孝友情。春朝尋勝重，聖藻賜褒明。來日尖山詣，祈麻盡我誠。」第三次有詩云：「安瀾易舊名，重駐蹕之清。御苑近傳蹟（圓明園曾仿此爲之，即以安瀾名之，並有記），海疆遙繫情。來念自親切，指示慚分明。行水緬神禹，惟云盡我誠。」第四次有詩云：「塔山已近邊，踏勘慰心懸。竹篓喜增漲，蟻坯惕漏泉。隅園且停憩，比戶有歌絃。自是文章邑，然當戒藻妍。」又云：「去來三日駐，新舊五言留。六度南巡止，他年夢寐遊。」

三、北京故宮存有安瀾園圖，據海寧州志所載安瀾園記：樓觀台榭三十餘所，高宗南巡復增設池台，從大門進去有亭，碑上滿刻高宗之題詩，入內爲長甬道，兩旁夾植大榆樹，經長廊三折，至滄波浴景之軒，臨池有橋。軒後有樓房九座。橋西植紫藤，其內爲環碧堂，堂後有大樓，「幽房邃室，長廊複道，入其內者恆迷所向」。樓前有湖，湖上有和風皎月亭，其南有赤欄曲橋、澂瀾館、桐藻樓、古藤水榭、天香塢（有桂樹數千株）、羣芳閣、洞月軒、十二樓（分南樓、東樓、北樓等）。經環橋而至竹深荷淨軒，轉東至筠香館。其後是山丘，左右皆高嶺，過山而至賜閒堂，即乾隆所居寢宮，共樓房三座，每座皆三層，其東爲梅林，有凌空飛樓相通。寢宮之後有大湖，沿堤有碕石磯等。園林之勝，似不輸於曹雪芹筆下之大觀園。咸豐十一年，太平天國蔡允隆軍攻入海寧，安瀾園全部被毀。作者幼時在海寧，當地尚有「安瀾小學」，有友人在該校肄業。

王維揚背插大刀，抖擻精神，來到獅子峯絕頂。只見對面走來一人，身材魁梧，穿著武官服色，神色倨傲，說道：「你便是王維揚了？」

第九回　虎穴輕身開鐵銬　獅峯重氣擲金針

陳家洛道：「各位哥哥，咱們只好先退出杭州。眼下四哥尙未救出，跟淸兵接硬仗沒好處。」駱冰恨恨不已，叫道：「李可秀關住大哥，咱們先殺了他小老婆。總舵主，你許不許？」陳家洛不解，問道：「小老婆？」駱冰道：「是啊，咱們在提督府拿住那個妖嬈女人，就是李可秀的小老婆。她一直又哭又鬧，已給我幾個耳括子打得服服貼貼了。」羣雄知她想念丈夫，心頭煩躁，拿這女人出氣，都不禁微笑。

徐天宏道：「總舵主，你寫封信給李可秀，好不好？」陳家洛會意，道：「好極！」提起筆來，寫了封信道：

「李軍門勛鑒：今晨遊湖，邂逅令寵，知爲軍門眷愛，謹邀駕敝處，恭加款待。專此奉聞。紅花會會主　陳家洛拜上」

陳家洛道：「九哥，請你送去給李可秀。八哥，請你跟隨九哥之後接應。」楊衛兩人接令去了。

陳家洛道：「李可秀如寵愛他這小妾，或許不致輕舉妄動。但是若有皇命，他即使心有所忌，也不得不遵旨而行。七哥你瞧怎麼辦？」徐天宏道：「咱們本來想劫了玉瓶，跟皇帝講講買賣，那知這對玉瓶如此珍貴美麗，料想皇帝見了定然愛不釋手，那麼他答應回部的和議也大有可能。咱們取了玉瓶，豈不是誤了木老英雄的大事？倘若因此而兵連禍結，生靈塗炭，也是不妥。」陳家洛皺眉道：「話是不錯，可是咱們辛辛苦苦得來的玉瓶，就此送還他不成？」徐天宏道：「我盤算得一條計策，總舵主你瞧成不成？」當下把計謀說了出來。周綺當即叫道：「太不光明正大，我不喜歡。」周仲英道：「聽總舵主吩咐，女孩子家莫多嘴。」周綺不響了，低聲嘮叨：「這不缺德麼？」

陳家洛沉思了片刻，道：「既要不誤回部和議，又要相救四哥，七哥你這條計策兩者兼顧，大可用得。七哥你去跟那使者說吧。」轉頭向周綺笑道：「七哥對待好朋友，可決無半分缺德，周姑娘不必擔心。」周綺一笑，心道：「我才不擔這心呢。」

徐天宏去見凱別興，說道：「我引你去見皇上。」孟健雄捧了皮盒，盒中玉瓶已取出了一個，貼還封條，凱別興並不知情。三人來到巡撫府前，孟健雄將皮盒交給使者，向巡撫府一指，道：「你自己去吧。」兩人逕回孤山馬家，途中遇見楊成協和衛春華，說李可秀接到信後，又驚又怒，收兵回去了。

申牌時分，門房遞進一張帖子來，說有個武官來拜會總舵主，帖上寫的是「後學曾圖南頓首」。馬善均笑道：「七當家，你的計謀多半成了，這曾參將是李可秀的親信。」陳家洛道：「九哥，請你去見他吧。」

衛春華來到客廳，見椅上坐著一個身材魁梧的武官，滿臉被滾油燙起的傷泡，認得今天在提督府曾經交過手的。衛春華道：「曾將軍要見敝當家，不知有何見教？」曾圖南道：「我奉李軍門差遣，想見貴會陳總舵主商量一件要事。」衛春華道：「敝當家現下沒空，曾將軍對我說也是一樣。」曾圖南心想我是朝廷命官，來見你們這些江湖草莽已是屈尊，居然他還搭架子不見，心頭火冒，但既然是有求而來，只得強抑怒氣，道：「軍門剛才收到陳總舵主的信，得知他如夫人在貴會這裏，盼望陳總舵主放她回去，軍門自然另有一番心意。」衛春華道：「這個好辦，我想我們陳當家無有不允。」

曾圖南道：「還有第二件事，那是關於回部玉瓶的。」衛春華嗯了一聲，並不答腔。曾圖南道：「回部派人送了一對玉瓶求和，皇上打開皮盒，卻見少了一個，天顏震怒，一問使者，說曾有一位青年軍官問過他話，那人自稱是浙江水陸提督李可秀。皇上把李軍門叫去詢問，李軍門自然莫名其妙。幸得皇上聖明，知道李軍門決不會做這等事，其中必有別情，因此倒也沒有怪罪。」

衛春華輕描淡寫的道：「那很好呀。」曾圖南道：「然而皇上說，這事要著落在李軍門身上，限他三天之內，將失去的玉瓶找回呈上，這個就很爲難了。」衛春華道：「找不到怕要革職查辦吧？其實呢，不做官也很淸閒呀。不過若要滿門抄斬，就苦惱些了。」

曾圖南只得不理他的嘲諷，道：「咱們眞人面前不說假話，兄弟今日特地來求貴會交還玉瓶。」衛春華仍是不動聲色，淡淡地道：「玉瓶甚麼的，我們倒沒聽說過。不過李軍門既然遇上了這個難題，曾將軍又親自光降，咱們幫忙找找，也無不可。過得一年半載，或許會有點頭緒也說不定。」曾圖南武藝雖不甚高，但精明幹練，很會辦事，知道跟這些江湖漢子打交道，越爽快越有結果，便道：「李軍門說，他對貴會陳總舵主慕名已久，只可惜一直沒機會結交親近，今日貿然來求兩件大事，無功不受祿，心中也是過意不去。因此陳總舵主有甚麼意思，請不客氣的吩咐下來。」

衛春華道：「曾將軍十分爽快，那再好沒有。我們陳總當家的意思，第一件，紅花會今日滋擾了提督府，要請李軍門寬宏大量，既往不咎。」曾圖南道：「這是理所當然的。兄弟可以拍胸膛擔保，軍門以後決不致因這件事跟貴會爲難。第二件呢？」衛春華道：「我們四當家文泰來關在提督府，曾將軍是知道的了？」曾圖南嗯了一聲。衛春華道：「他是欽犯，料想李軍門便有天大膽子，也不敢將他釋放，這個我們是明白的，可是陳總當家的想念他得緊，今晚想見他一見。」曾圖南沉吟半晌，道：「這件事甚為重大，兄弟不敢作主，要回去請示軍門再來回話。陳總舵主可還有甚麼吩咐麼？」衛春華道：「沒有了。」

曾圖南告辭回去，過了一個時辰，又來求見，仍是衛春華接見。曾圖南道：「軍門說道，文四爺所犯的案子重大之極，本來是決不能讓人探監的。」衛春華道：「本來嘛！」曾圖南道：「不過陳總舵主既然答允交還玉瓶，軍門也只得拚著腦袋不要，讓陳總舵主一見。但是有兩件小事，要請陳總舵主俯允才好。」衛春華道：「請曾將軍說出來聽聽。」

曾圖南道：「第一，這是軍門為了結交朋友才捨命答應的事，要是給人知道了，那可是天大禍事……」衛春華道：「李軍門要陳總當家答允，此事決不可洩露一字半句，是不是？」曾圖南道：「正是。」衛春華道：「這件事我代我們當家答允了。」曾圖南道：「第二件，探監只能陳總舵主一個人去。」衛春華笑道：「李軍門當然怕我們乘機劫牢。好吧，這件事我也答允了。探監是陳總當家一個人去，我可沒答允不劫牢。」曾圖南道：「衛大哥是英雄好漢，千金一諾。兄弟這就去回報。稍遲請陳總舵主駕臨提督府便是。」衛春華道：「陳總當家跟文四當家見面，那張召重倘若在旁，這件事自然瞞不住了，於李軍門只怕大大的不便。」曾圖南道：「衛大哥此言有理，讓軍門借故請開他便是。」衛春華道：「我們在江湖上混飯吃，信義爲先，只要李軍門遵守今日所約之事，他的如夫人和玉瓶著落在我們身上送還。」曾圖南起身一揖，道：「兄弟先此謝過！」

羣雄待曾圖南走後，聚在大廳中等候陳家洛調兵遣將，相救文泰來。陳家洛道：「七哥，仍是請你分派吧。」徐天宏只是沉吟不語，過了半晌，說道：「現下把張召重那扎手傢伙調開了，總舵主又可到裏面相機行事，劫牢當然容易得多。可是李可秀定也防到了這一著。須得先推算他怎樣應付，然後給他來個出其不意。」陳家洛道：「正是。」

楊成協道：「我想他定要調集重兵，包圍地牢出口，說不定再請大內的高手侍衛協助，只放總舵主一人進去，也只放總舵主一人出來。」常赫志道：「咱們在提督府外接應，以防龜兒們對總舵主不利。」徐天宏道：「接應當然是要的，只是我想李可秀不敢對總舵主怎樣，他的小老婆和玉瓶還在咱們這裏。」

大家談了一會，都覺眼前局面已比今日上午有利，一則已知道地牢的地形和機關，再則陳家洛可在牢內裏應外合，只是李可秀的防備卻也定比上午周到，單憑硬攻，只怕把握不大。無塵叫道：「今日就決生死存亡，這口氣再也憋不住啦。」

陳家洛忽道：「有了。七哥，我去見四哥時穿上寬大的披風，頭戴風帽面罩，只裝作不願給人發現面目……」徐天宏已知他意思，道：「那是得一人，失一人，決非善策。」無塵道：「總舵主，你把話說完。」陳家洛道：「我進了地牢之後，和四哥換過裝束，讓他出來，看守的人只道是我。你們在外接應，一舉把四哥救出去。」無塵道：「那麼你呢？」陳家洛道：「皇帝和我特別有緣，等他們發現已經調包，自然會放我出來。」

衛春華道：「總舵主這法子確是一條妙計，但你是一會之主，決不能輕易涉險，這件事讓我去做。」一時之間，羣雄紛紛自薦。

陳家洛道：「各位哥哥，不是我自逞剛勇，實在只是我最適合。你們不論那一位去，雖把四哥救出，自己卻失陷在內，咱們是一樣的兄弟之情，不見得四哥就比那一位哥哥更為親近。」楊成協道：「總舵主去做此事，總是不妥。」陳家洛道：「各位有所不知，皇帝曾和我擊掌為誓，我們兩人決不互相加害。」於是把昨晚在海塘邊兩人起誓的情形說了。徐天宏道：「皇帝老兒陰險狠毒，說話多半不能算數。」陳家洛執意要這麼辦。徐天宏道：「既然如此，咱們來個兩全之計。」

駱冰見羣雄都欲以身代文泰來出來，心裏又是感激，又是難受，怔怔的說不出話來。周仲英站在一旁，見衆人義氣深重，不禁暗暗佩服，心想：「紅花會名聞江湖，會中人物確是非同小可。」見駱冰神色有異，走近她身邊，說道：「文四奶奶，你寬心。

咱們且聽天宏說說看。」

徐天宏道：「總舵主這條金蟬脫殼之計，本來十分高明，只是稍微冒險了一點。我想咱們還是照做，不過等四哥一救出，咱們立即進攻地牢，接應總舵主出來。」羣雄均覺首領涉險，心中不安，但實在也別無他法，只得都同意了。

駱冰走到陳家洛面前，施下禮去，說道：「總舵主你這番情意，我們夫妻粉身碎骨也難以報答……」說到這裏，眼圈兒又紅了。陳家洛還了一揖，道：「四嫂快別這樣，咱們兄弟情同骨肉，怎說得上『報答』兩字？」

當下布置已畢，陳家洛披上黑色大氅，領子翻起，一頂風帽低低垂下，與衛春華兩人逕投提督府來。此時已近黃昏，天邊明星初現。到得提督府外，一人迎過來低聲道：「是陳總舵主？」衛春華點點頭。那人道：「請跟我來，這位請留步。」

衛春華站定了，望著陳家洛跟那人進了提督府。暮色蒼茫茫中，羣鴉歸巢，喧噪不已，衛春華心中怦怦亂跳，不知總舵主此去吉凶如何。不一會，紅花會衆兄弟都已喬裝改扮，疏疏落落的到來，散在提督府四周，待機而動。

陳家洛進入府門，只見滿府都是兵將，手執兵刃，嚴陣以待。經過了三個院子，那人將他引到一間廂房之中，說道：「請稍寬坐。」走了出去。不一會，李可秀走了進來，拱手說道：「幸會。」陳家洛揭開大氅，露出臉來，笑道：「前日湖上一會，不意今日再逢。」李可秀認清是陳家洛，說道：「現在就請去見那犯人，請隨我來。」

兩人剛走到門口，忽見一名親隨氣極敗壞的奔了過來，說道：「皇上駕到，將軍快出去接駕。」李可秀吃了一驚，對陳家洛道：「只好請閣下在此稍候。」陳家洛見他神色不似作偽，點了點頭，回身坐下。

李可秀急奔出去，只見滿衙門都是御前侍衛，乾隆已走了進來。李可秀忙跪下叩見。

乾隆道：「你預備一間密室，我要親審文泰來。」李可秀迎接乾隆進了自己書房。御前侍衛在書房前後左右各間房中部署得密密層層，屋頂上也都有侍衛守望。乾隆對白振道：「我有機密大事要問這犯人，不許有人聽見。」白振道：「是，是！」退了出去。

不一會，四名侍衛抬了一個擔架進來。文泰來戴著手銬足鐐，睡在擔架之上。侍衛躬身退出，書房中只剩下文泰來與乾隆兩人，一時靜寂無聲。

文泰來此時外傷未愈，神智卻極清醒，躺著對誰也不加理會。

乾隆問道：「你身上的傷全好了吧？」文泰來睜眼一看，吃了一驚，坐起身來。他隨老當家于萬亭進宮之時，曾和乾隆見過一面，此時忽在杭州相遇，自是大出意外，哼了一聲，冷冷的道：「還死不了。」乾隆道：「我要他們請你去北京，本來是有點事情和你商量，那知起了誤會，我已責罰過他們了，你不必再介意。」文泰來聽他言語說得漂亮，怒氣上升，又哼了一聲。

乾隆道：「那次你與你們姓于的首領來見我，咱們本要計議大事，那知他回去之後竟一病不起，可惜，可惜。」文泰來道：「要是于老當家不死，恐怕他今日也給鎖在這裏了。」乾隆哈哈大笑，道：「你們江湖漢子，性子耿直，肚裏有甚麼話就說甚麼。我問你一句話，你老實答了，我馬上放你回去。」文泰來說：「你放我？哈哈，你當我是三歲小孩？我知道你不殺我，天天吃不下飯、睡不著覺，到今天還不下手，就是想問問我。」

乾隆笑道：「那你也未免太多疑了。」站起身來，走近兩步，問道：「你那姓于的首領後來和我說的話，都跟你說了麼？」文泰來問道：「甚麼話？」乾隆瞪眼望他，文泰來雙目回視，毫不退避。過了半晌，乾隆轉開了頭，低聲道：「關於我身世的事。」

文泰來心中盤算，自己既落入他手，總是有死無生，不過紅花會大夥已到杭州，如能拖延一些時候，他們可以設法劫牢相救，便道：「他沒說。你是皇帝，是前朝皇帝和皇太后的兒子。你的身世誰人不知，有甚麼好說的？」

乾隆吁了口氣，道：「那天他深夜來見我，你可知是爲了甚麼？」文泰來道：「于老當家說，他曾經幫過你一個大忙，最近我們紅花會經費短缺，他來問你要三百萬兩銀子。那知你非但不給，反而把我捉拿在此。有朝一日我脫卻災難，定要把你這忘恩負義之事全部抖了出去。」乾隆哈哈大笑，心中一寬，斜眼看他臉色，見他怒容滿面，當似不是作僞，心下半信半疑，說道：「旣然如此，我只好把你殺了，否則放了你出去，不免敗壞我的聲名。」文泰來道：「誰教你不早殺呀？你殺了我，飯也吃得下，覺也睡得著，見到皇太后也不用心裏懷著鬼胎啦。」乾隆倏然變色，問道：「皇太后怎麼啦？」

文泰來道：「你自己明白。」乾隆陰森森的道：「那麼你全知道了？」文泰來道：「全知道，那也不見得。于老當家說，皇太后知道他幫過你的忙，曾要你好好報答，可是你卻捨不得三百萬兩銀子。你有金山銀山，三百萬兩銀子只不過是拔根寒毛，可偏偏這麼小氣。」乾隆心裏又是一寬，嘿嘿的笑了幾聲，摸出手帕來擦去額上汗珠。

他在室中來回踱步，心神稍定，笑道：「你在皇帝面前絲毫不懼，居然不怕死在眼前，倒眞是一條硬漢子。你有甚麼放不下的事，不妨說給我聽。等你死了後，我差人去辦。」文泰來道：「我怕甚麼？諒你也不敢馬上殺我。」乾隆道：「不敢？」文泰來道：「你要殺我，不過是怕你的秘密洩露。可是你一殺我，哈哈，你的秘密就保不住了。」乾隆道：「難道死人會說話？」文泰來不理，自言自語：「我一死，就有人打開那封信，就會拿證物公布於天下，那時候皇帝就要大糟而特糟了。」

乾隆急問：「甚麼信？」文泰來道：「于老當家當時先把你的事情，詳詳細細的寫在一封信裏，用火漆密封了，連帶兩件極重要的證物，放在一位朋友那裏，然後我們兩人才進宮來見你。」乾隆道：「你們怕有甚麼不測？」文泰來道：「當然啦，我們怎信得過你？于老當家對他朋友說，要是我們兩人忽然死了，就請他拆開那信，照著信中吩咐去辦。若是我們之中還有一人活在世上，千萬不可拆開。現下于老當家已經去世，只怕你不敢殺我吧。」

乾隆不禁連連搓手，焦急之情，見於顏色。文泰來道：「這信和那兩件證物，你用三百萬兩銀子去收買，多半還值得吧？」乾隆道：「銀子？我本來是要給的，我還要放你出去。那麼你寫一封信給你朋友，要他拿那封信和那兩件東西來，我馬上放人支銀子。」文泰來道：「哈哈，我把這朋友的名字告訴了你，好讓你又派侍衛去殺他捉他。老實說，在這裏我很舒服，這生這世我是不想出去啦，吃定了你一世。咱們倆是同歸於盡的命，要是我先死，你也活不長久。」

乾隆咬著嘴唇皮，一聲不響，凝思應付之策，過了一會，說道：「你不肯寫信，那也好。給你兩天期限，後天晚上再來問你，要是仍然這般倔強，只好殺你。我殺你不會讓人知道，你朋友只道你仍然活著。退一步說，就算不殺你，難道不會剜去你的眼睛，割掉你的舌頭，斬斷你的雙手……你在這兩天中好好想一想。」說完，推門走出書房，大踏步向外走出。衆侍衛在後面跟隨保護，李可秀跟到府外，跪下相送。

乾隆一走，文泰來由提督府親兵抬入地牢，沿路來去，都由張召重仗劍護送。剛回地牢，一名親兵對張召重道：「李將軍有封信給張大人。」張召重接信一看，出地牢去了。

文泰來躺在床上，想念嬌妻良友此時必仍在窮智竭力營救，然而朝廷勢大，皇帝親臨，實在非同小可，別要朋友們因救自己而有損折，那麼即使獲救，也是此心終生難安了。

正自思潮起伏，忽聞鬧門響動，不一會，進來一人，文泰來只道他是張召重，一眼都不去望他。那人走到床前，輕聲道：「四哥，我瞧你來啦。」

文泰來一驚，睜眼一看，竟是總舵主陳家洛。黃河渡頭陳家洛率眾來救，他未得相會，今日上午才親見丰采，危急之中只是隔著鐵網看了幾眼，見他義氣深重，臨事鎮定，早已心折，此刻牢中重會，不由得驚喜交集，忙挺腰坐起，叫道：「總舵主！」

陳家洛微笑點頭，從懷中拿出兩把鋼銼，就來銼他手上手銬，用力銼了幾銼，手銬上只起了幾條紋路，鋼銼卻磨損了。原來這手銬是用西洋的紅毛鋼鑄成，尋常鋼銼奈何它不得。這一著大出陳家洛意料之外，心中一急，手勁加大，再銼得幾銼，啪的一聲，鋼銼竟自折斷，忙換過一把鋼銼再銼。銼了半天，兩人滿頭大汗，手銬卻仍是紋絲不動。陳家洛又從懷裏撈出鑽子、起子、錘子諸般鐵器，可是不論如何對付，手銬總是解脫不開。文泰來道：「總舵主，這副腳鐐手銬只有寶刀寶劍才削得斷。」

陳家洛想起黃河渡口夜鬥張召重，他一把凝碧劍將自己鉤劍盾牌與無塵長劍全部削斷，忙問：「張召重是不是整天都守著你？」文泰來道：「他和我寸步不離，剛才不知有甚麼要緊事才出去。」陳家洛道：「好，咱們等他回來，奪他寶劍。」把鋼銼等物丟在床底。

文泰來道：「我能否出去，難以逆料，皇帝要殺我滅口，怕我洩漏秘密。總舵主，我把秘密跟你說了，那麼不論我是死是活，都不會耽擱咱們的大事。」陳家洛道：「好，四哥你說。」文泰來道：「那天晚上我隨于老當家進宮，見了皇帝，乾隆當然大感驚詫。于老當家說：『浙江海寧陳家一位老太太叫我來的。』他拿了一封信出來，皇帝看後臉色大變，叫我在寢宮外等候。他們兩個密談了大約一個時辰，于老當家才出來。他在路上告訴我，皇帝是漢人，是你的哥哥。」

陳家洛大吃一驚，說不出話來，半晌才道：「那決不能夠，我哥哥還在海寧。」

文泰來道：「于老當家說，當年前朝的雍正皇帝生了個女兒，恰好令堂老太太同一天生了個兒子。雍正命人將孩子抱去瞧瞧，還出來時，卻已掉成個女孩。那個男孩子，便是當今的乾隆皇帝……」

話未說完，忽然甬道中傳來腳步之聲，陳家洛忙在床角一隱，進來的是一名親兵。他不見陳家洛，很是詫異，問道：「紅花會的陳當家呢？」陳家洛從隱身處出來，道：「甚麼事？」那親兵道：「張召重大人回來了，李將軍留他不住，請你快出去。」

陳家洛道：「好！」左手一探，已點中他「通谷穴」。那親兵一聲不出，倒在地下。陳家洛隨手將他拖入床底。

文泰來道：「張召重就要來到，詳情已不及細說。于老當家知道皇帝是漢人，就去勸他反滿復漢，恢復漢家山河，把滿人盡都趕出關去，他仍然做他的皇帝。皇帝似乎頗有點動心，不過他說這事是眞是假，還不能全然確定，要于老當家把那兩件證物拿給他看看，再定大計。那知于老當家回去就一病不起。他遺命要你做總舵主，他對我說，這是咱們漢家光復的良機。皇帝是你哥哥，要是他不肯反滿復漢，大家就擁你爲主。」

這一番話把陳家洛聽得怔怔的說不出話來，回想在湖上初見乾隆，後來又見他在自己父母墓前哭拜，再想到他對自己的情誼，其中確有不少特異而耐人尋味之處，難道皇帝眞是自己父母所生？也只有如此，他手題「春暉」、「愛日」的匾額才說得通。

文泰來又道：「雍正怎樣用女孩掉換了你的哥哥，經過情形，據說你令堂老太太詳詳細細寫在一封信裏，此外還有幾件重要證物，于老當家都交給令師天池怪俠袁老前輩保管。」陳家洛道：「啊，今年春天常氏雙俠來看我師父，就是奉義父之命，送這些東西來的？」

文泰來道：「不錯，這是最機密的大事，因此連你也不讓知道。袁老前輩也只知是要緊異常的物事，到底是甚麼他並不清楚。于老當家臨終時遺命，等你就任總舵主後，開啓信件，共圖大舉。那知我失手就擒，險些耽誤了要事。總舵主，今日如果救我不出，你趕快到回疆去見你師父，千萬不可因我一人的生死安危，而誤光復大業。」文泰來說完這番話，欣慰之情，溢於言表。

他正想續說，忽聽得甬道中又有腳步聲，忙做個手勢。陳家洛躲入了床底。文泰來上身倚出床外，半個身子跌在地上，一動不動。

張召重走進室來，地牢內一燈如豆，朦朧中見文泰來上半身跌在地上，似乎已死，大吃一驚，縱上前來，在他背上輕輕一推，文泰來全然不動。張召重更驚，一把將他拉起，伸手要探他鼻息，文泰來突然縱起，向他撲去，雙手連銬橫掃而至。張召重出其不意，正待倒退，忽然小腹上「氣海穴」一麻，知道床底伏有敵人，已中暗算，怒吼一聲，竄出兩步，雙掌一錯，護身迎敵，一面竭力凝定呼吸，閉住穴道。陳家洛見他被點中穴道，居然不倒，也自駭然，疾從床底躍出，雙拳如風，霎時之間已向他面門連打了七八拳。

張召重不敢還手，惟恐一動手鬆了勁，穴道登時阻塞，他臉上連中了七八拳，腳下不住倒退。陳家洛飛起右腳，向他左腰踢去。張召重向右一避，只覺「神庭穴」一陣酸痛，又給對方打中了穴道，這時再也支持不住，全身癱軟，跌倒在地。

陳家洛在他身上一摸，那知竟無凝碧劍，十分失望，搜他身邊，從衣袋裏摸出一張紙來，燈下展視，見是李可秀寫給他的一個便條，請他攜凝碧劍出去，有一位貴官要借來一觀。陳家洛知道是李可秀把他調開的藉口，不料他放心不下，走出去一會，又回來監視，想是觀劍未畢，是以沒有帶來。

陳家洛再搜他身上，觸手之間，高興得跳了起來，文泰來見他喜容滿面，忙問：「怎麼？」陳家洛手一揚，抛起一串鑰匙，在銬鐐上一試，應手而開。

文泰來頓失羈絆，雙手雙腳活動了一會，陳家洛已把身上大氅和風帽除下，說道：「你快穿上出去！」文泰來道：「你呢？」陳家洛道：「我在這裏耽擱一下，你快出去。」文泰來明白了他的意思，說道：「總舵主，你的好意我萬分感激，可是決不能這樣。」陳家洛道：「四哥你有所不知，我留在這裏並無危險。」於是他把和乾隆擊掌為誓的經過約略說了。文泰來道：「此事萬萬不可。」

陳家洛眉頭一皺，道：「我是總舵主，紅花會大小人衆都聽我號令，是不是？」文泰來道：「那當然。」陳家洛道：「好吧，這是我的號令，你快穿上這個出去，外面有兄弟們接應。」文泰來道：「這次只好違抗你的號令，寧可將來再受懲處。」陳家洛道：「四嫂對你日夜想念，各位哥哥都盼你早日脫險，現下有這大好良機，你怎地如此無情無義？」任憑他說之再三，文泰來只是不允。

僵持了一會，陳家洛知道他決不會答允，靈機一動，道：「那麼咱們兩人冒險出去，你穿他的衣服。」說著向張召重一指。文泰來喜道：「妙極，你怎不早說？」

兩人把張召重的衣服剝下，和文泰來換過，又把腳鐐手銬套在張召重身上鎖住。陳家洛把鎖匙放在袋裏，笑道：「任你有通天本領，這次再不能跟咱們為難了吧？」張召重急怒欲狂，眼中似要噴血，苦於說不出話。

兩人輕輕走了出來，過了閘門，穿過甬道，從石級上來，突然眼前大亮，只見滿園中都是火把，數十名兵士手執長矛，亮晃晃的矛頭對準地牢出口。遠處又有數百名兵士彎弓搭箭，向著地牢口瞄準。李可秀右手高舉，雙目凝視，祇要他右手向下一揮，矛箭齊發，陳家洛與文泰來武藝再高，卻也無法逃得性命。

陳家洛退後一步，低聲問文泰來道：「你傷勢怎樣？能衝出去嗎？」文泰來微微苦笑道：「不成，我腿上不靈便。總舵主你一人走吧，別管我。」陳家洛道：「那麼你冒充一下張召重試試看。」文泰來把帽子拉低，壓在眉簷，大模大樣的走了出去。李可秀見張召重和陳家洛一齊出來，心中暗暗叫苦，只道張召重已將陳家洛擒住，轉頭對李沅芷道：「你去把劍還給張召重，和他東拉西扯說幾句話，讓紅花會的總舵主逃走。」

李沅芷雙手托著凝碧劍，走到地牢出口，把劍托到文泰來跟前，故意處身兩人之間，說道：「張師叔，你的寶劍。」手肘輕輕在陳家洛身上一推。文泰來哼了一聲，伸手接劍。李沅芷在火光下看得清楚，失聲驚叫：「文泰來，你想逃！」雙手回縮，右手握住劍柄，拔劍出鞘，向他當胸刺到。

文泰來一側身，左掌翻出，伸食中兩指夾住劍身，右手快如閃電，向她「太陽穴」猛擊過去。李沅芷一驚，急退向後，那知劍身被他雙指夾住，竟自動彈不得，急忙鬆手，直竄出去，左肩上已被文泰來五指拂中，只感奇痛徹骨，大叫一聲：「媽呀！」蹲了下來。

陳家洛向外奔得兩步，回頭看時，文泰來已被眾親兵團團圍住，只見凝碧劍白光飛舞，矛頭紛紛落地。李可秀大叫：「你再不住手，要放箭了。」

文泰來一使力，腿上舊傷忽又迸裂，流血如注，知道無力衝出重圍，喊道：「總舵主，接住劍，你快出去。」把凝碧劍向陳家洛擲去，忽然肩頭劇痛，手一軟，那柄劍只抛出數尺，便落在地下，原來肩頭已中了一箭。

陳家洛竄出數步，向李可秀喝道：「快別放箭！」李可秀手一揮，眾親兵不再射箭，十餘把長矛分別指住了陳家洛和文泰來。陳家洛道：「快請醫生給文四當家醫傷。我去了！」昂然向外走出。眾親兵事先受了李可秀之命，假意吶喊追逐，並不眞的阻攔。陳家洛躍上牆頭，只見內外又是三層弓箭手和長矛手，心中暗暗發愁，對方如此戒備，今後相救文泰來那是更加難了。

剛出提督府，衛春華和駱冰已迎了上來，陳家洛苦苦笑著搖搖頭。此時東方已現微明，羣雄心懷鬱憤，齊回孤山馬宅休息。

睡不到兩個時辰，各人均懷心事，那裏再睡得著，又集在廳上商議。陳家洛向衛春華道：「九哥，你把玉瓶和李可秀的小老婆給他送去，咱們不可失信於人。」衛春華答應了出去，馬大挺走進廳來說道：「總舵主，張召重有封信給你。」

陳家洛道：「張召重寫信給我？這倒奇了，不知他說些甚麼？」拆信一看，但見滿紙激憤之言，責他行詭暗算，非英雄好漢之所爲，約他單打獨鬥，分個勝負，時地由他決定。

陳家洛道：「那傢伙想報昨晚之仇，哼，單打獨鬥，難道懼了你不成？」提起筆來，覆了一信，便說謹如所約，明日午時在葛嶺初陽台相見，如約一人助拳，不是英雄。正要差人送去，徐天宏道：「咱們須得在兩天內救出四哥。張召重之約，延遲數日如何？不要因此而誤了正事。」陳家洛道：「甚是。今日是二十，那就約定廿三午時。」當下另寫一信，命人送去提督府。

趙半山道：「這傢伙寶劍鋒利，總舵主別和他比兵刃，在拳腳上總不致於輸他。」無塵道：「就怕他要比劍，這賊子……」想起黃河渡口削劍之仇，恨恨不已。

周仲英道：「總舵主你別見怪，我有句話要說。」陳家洛道：「周老前輩儘管指教，怎麼跟小姪客氣起來啦？」周仲英道：「總舵主的武功我是領教過的，那確是高明之極，不過那張召重功力深厚，咱們都鬥過他。不是我長他人志氣，滅自己威風，總舵主雖不致輸給他，但要勝他恐也不易，咱們須得籌個必勝之策。」陳家洛道：「周老前輩說得不錯，要勝他確是沒有把握。不過他既約我決鬥，如不赴約，豈不為人恥笑？只好竭力一拚，勝負在所不計了。」常伯志道：「這龜兒子，咱們先去把他的劍盜來，殺殺他的威風。」章進叫道：「咱們一個一個先去找他打架，就算勝他不了，也教他這兩天中累得上氣不接下氣。總舵主好好休息兩天，精神力氣就勝過他了。」羣雄大笑，覺得他這主意倒也頗有道理。

正議論間，馬家一名莊丁過來對馬善均道：「老爺，那王維揚老頭子仍舊不肯吃飯，只是大罵。」馬善均問：「他罵甚麼？」那莊丁道：「他罵御林軍做事沒道理。他說在江湖上行走幾十年，人人敬重於他。那知這次給朝廷保鏢，反給不明不白的扣在這裏。」無塵笑道：「他威震河朔，到咱們江南來，嘿嘿，威風可就沒有了，只好吃點苦頭！」

徐天宏心念一動，說道：「我這裏有條『卞莊刺虎』之計，便是從十弟的念頭中化出來的，各位瞧著是否使得？」把計策一說，衆人無不拊掌大笑。無塵連說：「妙計，妙計！」周綺笑著不住搖頭，對徐天宏扁扁嘴。

陳家洛笑道：「周姑娘又在笑七哥不夠光明磊落了。不過對付小人，也不必儘用君子之道。孟大哥，你去跟那威震河朔說去吧。」

王維揚在齊魯燕趙之地縱橫四十年，無往而不利，那知一到江南，就遭此挫折。他大叫大嚷，定要見御林軍統領評理。正自吵鬧，室門開處，進來一個中年漢子，身穿御林軍軍官服色，卻是孟健雄。

他精明幹練不讓衛春華，走進室來，漫不爲禮，大剌剌地往椅上一坐，說道：「你就是威震河朔嗎？」

王維揚見他傲慢無禮，心中有氣，說道：「不錯，這外號是江湖朋友送的，既然福統領聽著不順耳，趕明兒我遍告江湖朋友，把這外號撤了就是。」孟健雄冷冷的道：「福統領是皇親國戚，才不來理你們江湖上這一套呢。」王維揚道：「那麼我好好給朝廷保鏢，護送寶物來杭，路上沒出一點岔子，幹麼把我老頭子不明不白的扣在這裏？」孟健雄道：「你眞的要知道？」王維揚道：「當然哪！」孟健雄道：「只怕你年紀老了，受不起這個驚嚇。」

王維揚最恨別人說他年紀大不中用，這時手銬已除，當下潛運內力，伸掌在桌子角上一拍，木屑紛飛，桌角竟被他拍了下來，怒道：「王維揚年紀雖老，雄心猶在，上刀山下油鍋，皺一皺眉頭的不算好漢。怕甚麼驚嚇？」

孟健雄道：「王老頭兒倒眞還有兩下子。嘿嘿，江湖上有兩句話，說甚麼『寧見閻王，莫碰老王；寧挨三槍，莫遇一張。』是麼？」王維揚道：「那是黑道上給我老頭子臉上貼金的話。」孟健雄道：「幹麼『老王』要放在『一張』上面？難道老王的武功本領，要蓋過那位姓張的不成？」

王維揚恍然大悟，霍地站起，跨上一步，大聲道：「啊，是火手判官要伸量老夫斤兩來著！我老胡塗啦，沒想到這一層。」

孟健雄道：「張大人是我上司，你總知道吧？」王維揚道：「我知道張大人是在御林軍。」孟健雄道：「你認識他老人家吧？」王維揚道：「我們雖然同在北京，武林一脈，但他是官，我是民，我久仰他英名，可惜沒福氣相識。」孟健雄道：「我們張大人對你的名字，也是聽得多了。現今他也在杭州。他說，在北京的時候，天子腳下，爲了一點虛名而傷和氣，鬧出來不好看，眼前既然都在外鄉，張大人有三件事要和王老英雄相商。只要你金言一諾，馬上就可以出去。」王維揚道：「我是給你們御林軍扣著，有甚麼事，還不是憑你們說，何必要我答允？」孟健雄道：「這些事很容易辦哪，老鏢頭何必動怒？」

王維揚道：「火手判官要我怎樣？」孟健雄道：「第一件，請老鏢頭把『威震河朔』的外號撤了。」王維揚道：「哼，第二件呢？」孟健雄道：「請你把鎮遠鏢局收了。」王維揚怒道：「我這鎮遠鏢局開了三十多年，沒毀在黑道朋友手裏，張大人卻要我收山。好！第三件呢？」孟健雄道：「第三件哪，請王老鏢頭遍請武林同道，宣告『寧見閻王，莫碰老王；寧挨三槍，莫遇一張』這句話，可得倒過來說。張大人還說，王老頭年紀大了，這把紫金八卦刀已無多大用處，不如獻了給御林軍。」

王維揚一聽，怒氣沖天，叫道：「我跟張召重素不相識，無冤無仇，他何以如此欺人？」孟健雄笑道：「你享名四十年，見好也該收了。一山不能藏二虎，難道這道理你也不懂？」王維揚道：「原來他是要折辱我這老頭，好叫他四海揚名。哼，要是我不答應呢？他是不是把我扣在這裏不放？好，我認了命。他假公濟私，只怕難逃天下悠悠之口。」

孟健雄道：「張大人是英雄豪傑，豈肯做這等事？他約你今日午時，在獅子峯上拳劍相會，要是老王厲害，三個條款不必再提。否則的話，就請王老鏢頭答應這三件事。」王維揚道：「就是這麼辦，我老頭兒四十年的名兒賣在火手判官手裏，也不枉了。」孟健雄道：「張大人說，這件事給皇上知道了可不大穩便。王老鏢頭要是敢呢，那就單刀赴會。倘若心虛膽怯，要請朋友助拳幫陣，張大人說也就不必比了。」

王維揚氣得哇哇大叫，說道：「我老頭兒就是埋骨荒山，也是單刀雙掌，前來領教。」孟健雄道：「那麼你寫封信，我好帶去回覆張大人。」說罷拿過紙墨筆硯。

王維揚氣得雙手發抖，寫了一通短信：

「張召重大人英鑒：你之所言所爲，實在欺人太甚。今日午時，便在獅子峯相會，如我敗於你手，由你處置便了。王維揚啓」

他是一介武夫，文理本不甚通，盛怒之下，寫得更是草草。孟健雄一笑，將信收起。

王維揚道：「請教老哥尊姓大名，待會也要領教。」他是連孟健雄也遷怒在內了。孟健雄道：「我是後生晚輩，賤名不足掛齒。說過單打獨鬥，待會我也不去獅子峯。若講人多，鎮遠鏢局可不能跟御林軍比呢。嘿嘿，嘿嘿！」連聲冷笑，轉身走出，帶上了門。紅花會知道王維揚畏懼官府，不敢擅逃，因此只隨便把門帶上，否則憑他一身武功，身上又無銬鐐，幾扇木門怎關得他住？

鐵琵琶韓文沖那日追馬中伏，給扣了起來。這天上午，被人帶到另一間小室中監禁，自忖這番落入紅花會之手，只怕再無倖免，正在胡思亂想，忽聽得隔室有人大叫大罵，一聽聲音，竟是總鏢頭王維揚，但聽他大罵張召重後生小子，目中無人。韓文沖大爲奇怪，正待叫問，室門開處，進來兩人，說道：「請韓大爺到廳上說話。」

進得廳來，見左邊椅上坐著三人，上首紅花會總舵主陳家洛，其次一人白鬚飄然，一人身材矮小，都是在甘涼道上見過的。韓文沖羞愧無已，一言不發，作了一揖，坐在椅上。

陳家洛道：「韓大哥，咱們在甘肅一會，不料今日又在此地相遇。哈哈，可說是十分有緣了。」韓文沖隔了半晌，道：「在下那時答應從此封刀歸隱，可是王總鏢頭非要我走這一趟鏢不可。一則是上司之命難違，再則知道這是公子府上的珍寶，想來公子不會責怪，所以……」徐天宏厲聲道：「韓朋友，咱們在江湖上講究的是信義兩字，你言而無信，自己瞧著怎麼辦？」韓文沖一橫心，答道：「我既落入你們之手，還有甚麼說的，要殺要剮……」

陳家洛道：「韓大哥，快別這樣說。王總鏢頭這一次可給張召重欺侮得狠了。這姓張的狐假虎威！王老英雄威震河朔，從來沒受過這麼大的侮辱，說甚麼也要鬥一鬥這火手判官。咱們武林一脈，大家都很氣憤，何況王總鏢頭還保了舍下的鏢，兄弟可不能袖手不理。韓大哥跟張召重交情怎樣？」韓文沖道：「在北京見過幾次，咱們貴賤有別，他又自恃武功高強，不大瞧得起我們，談不上甚麼交情。」陳家洛道：「照啊，你看看這信。」把王維揚所寫那信遞給他看。

韓文沖本想總鏢頭向來敬畏官府，絕不致和張召重翻臉，只是他成名已久，性子剛烈，張召重當眞仗勢欺人，這口氣也是嚥不下去，剛才親耳聽得他破口大罵，又見這信，認得是王維揚的筆跡，再不懷疑，說道：「既然如此，我想見總鏢頭商量一下對付的方策。」陳家洛道：「現下時候不早，這信想請韓大哥先送去給張召重，回來再見王老英雄如何？」他雖是商量的口吻，韓文沖也只得答應。

陳家洛高聲叫道：「十二哥，你出來。」石雙英從內堂出來，陳家洛給他與韓文沖引見了，道：「這位石兄弟陪你去見張召重。韓大哥，你不明白張召重如何削了王老英雄的面子，這事說來話長，現在不及細談。見了張召重後，你可說這位石兄弟是貴局鏢師，一切由他來說。」韓文沖疑心又起，躊躇不應。陳家洛道：「韓大哥覺得有甚麼不對麼？」韓文沖忙道：「沒有，我遵照公子吩咐就是。」

徐天宏知他懷疑，只怕壞事，說道：「請等片刻。」轉身入內，拿了一壺酒一隻酒杯出來，斟了酒，送到韓文沖面前，說道：「剛才小弟言語多有沖撞，這裏給韓大哥陪罪，請乾此杯，就算不再見怪。」韓文沖道：「好說，好說。」舉杯一飲而盡，說道：「陳公子，我去了。」陳家洛拱拱手道：「偏勞了。」韓文沖拿了信，轉身下堂。徐天宏突然驚道：「啊喲，不好了！韓大哥，我弄錯啦，剛才那杯酒裏有毒。」

眾人全都吃了一驚，韓文沖臉上變色，轉過頭來。徐天宏道：「眞是對不起，這酒裏下了毒，本來是浸暗器用的，下人不知道拿了給我。剛才我一聞氣味才知道。韓大哥已喝了一杯，糟糕，糟糕，快拿解藥來。」一名莊丁道：「解藥在東城宅子裏。」徐天宏罵道：「胡塗東西，快騎馬去拿。」那莊丁答應了出去。徐天宏對韓文沖道：「小弟疏忽，實在該死。請韓大哥先送這信去，只要一切聽我們石兄弟的話行事，回來服了解藥，一點沒事。」韓文沖知道他是故意下毒，逼自己就範，如果遵照紅花會吩咐，回來就有解藥可服，否則這條命就算送了，向徐天宏狠狠瞪了一眼，一語不發，轉身就走。石雙英跟了出去。

等兩人走出，周仲英皺眉道：「我瞧韓文沖爲人也不是極壞，宏兒你下毒這一著，做得太不光明。」徐天宏笑道：「義父，這酒裏沒毒。」周仲英道：「沒有毒？」徐天宏道：「是呀！」隨手倒了杯酒喝下，笑道：「我怕他在張召重面前壞咱們的事，因此嚇嚇他，回頭再給他喝一杯酒，他就當沒事了。」眾人大笑。

張召重接到陳家洛覆信，約他在葛嶺比武，心頭怒氣漸平，他和陳家洛交過幾次手，知道十九可以取勝，一雪昨日之恥，他正坐在文泰來身旁監視，牢門開處，進來一名親兵，說道：「張大人，有客。」遞上一張名帖。張召重一看，大紅帖子上寫的是

「威震河朔王維揚頓首」九字，登時有氣：「拜客名帖之上，那有把自己外號也寫上之理？」對那親兵道：「你去對客人說，我有公務在身，不能見客。請他留下地址，改日回拜。」那親兵去了一會，又道：「客人不肯走，有封信在這裏。」張召重拆開一看，又是生氣，又是納罕，心想自己和這老頭兒素無糾葛，爲甚麼約我比武？對親兵道：「你對李軍門說，我要會客，請他派人來替我看守。」

等看守文泰來的四名待衛來到，張召重換上長袍，來到客廳。他認識韓文沖，舉手招呼，說道：「王總鏢頭沒來麼？」韓文沖道：「張大人，我給你引見，這是咱們鏢局子的石鏢頭。王總鏢頭有幾句話要他對你說。」張召重把王維揚那信在桌上一擲，說道：「王總鏢頭的威名我是久仰的了。我和他素來沒有牽連，怎說得上『欺人太甚』四個字？恐怕其中有甚麼誤會，倒要請兩位指教。」

石雙英冷冷的道：「王總鏢頭是武林領袖。武林中出了敗類，不管和他有沒有牽連，他都得伸手管上一管。否則叫甚麼威震河朔呢？」張召重大怒，站起身來，說道：「王維揚說我是武林敗類？」石雙英板起一張滿是疤痕的臉，一言不發，給他來個默認。張召重怒氣更熾，說道：「我甚麼地方丟了武林的臉，倒要領教。」

石雙英道：「王總鏢頭有幾件事要問張大人。第一件，咱們學武之人，不論那一家那一派，最痛恨的是欺尊滅長。張大人是武當派高手，聽說不但和同門師兄翻了臉，還想貪功去捉拿師兄，可有這件事？」張召重怒道：「我們師兄弟的事，用不著外人來管。」

石雙英道：「第二件，咱們在江湖上混，不論白道黑道，官府綠林，講究的是信義爲先。你和紅花會無冤無仇，爲了升官發財，去捉拿奔雷手文泰來，欺騙鐵膽莊的小孩，將他害死。你問心可安？」張召重大怒，說道：「我食君之祿，忠君之事，這跟你們鎭遠鏢局又有甚麼干係？」石雙英道：「你打不過紅花會，自己逃走，也就是了，何以陷害別人，施用金蟬脫殼之計，叫鎭遠鏢局頂缸，害得我們死傷了不少鏢頭夥計？」

張召重和韓文沖都怦然心動：「原來王維揚最氣不過的是這件事。」甘涼道上鎭遠鏢局閻氏兄弟、戴永明等人被殺，錢正倫傷手之事，韓文沖都是知道的，這時忍不住接口道：「張大人這件事你確是做得不對，也難怪王總鏢頭生氣。」石雙英冷冷的道：「其餘的事我們也不問了，這三件事你說怎麼辦？」說著雙目一翻，凜然生威。

張召重被他如審犯人般問了一通，再也按捺不住，搶上一步，叫道：「好小子，你活得不耐煩了，到太歲頭上動土！」當場就要動武。

石雙英站起身來，退後一步，說道：「怎麼？威震河朔找你比武，你怕了不敢，想跟我動手是不是？」

張召重喝道：「誰說不敢？他要今天午時在獅子峯分個高下，不去的不是好漢。」

石雙英道：「你要是不去，今後也別想在武林混了。王總鏢頭說，你如果還有一點骨氣，那麼就一個人去，我們鏢局子裏決不會有第二個人在場。倘若你驚動官府，調兵遣將，我們是老百姓，可不敢奉陪。」張召重道：「王維揚浪得虛名，這糟老頭子難道我還怕他，用得著甚麼幫手？」石雙英道：「我們王總鏢頭不善說話，待會相見，是拳腳刀槍上見功夫。你要張口罵人，不妨現在罵個痛快。」張召重是個拙於言辭之人，給他氣得說不出話來。

石雙英道：「好，就這樣，怕你還得騰點功夫出來操練一下武藝，料理一些後事。」張召重雙眼冒火，反手一掌，快如閃電。石雙英身子急閃，竟沒避開，給他打中左肩，跌出數步。張召重出手迅捷已極，一掌把石雙英打跌，跟著縱了過去，左拳猛擊他胸膛。石雙英施展太極拳中的「攬雀尾」，將他這一拳黏至外門。張召重見他也是內家功夫，怔了一怔。就在這一瞬之間，石雙英又退出數步，喝道：「好，你不敢會王總鏢頭，那麼咱們就在這裏見過高下。」雙掌一錯，只覺右臂隱隱酸麻，幾乎提不起來。張召重喝道：「你不是我對手。你去對王維揚說，我午時準到。」石雙英冷笑一聲，轉身就走，韓文沖跟了出去。

當兩人口角相爭之時，韓文沖總是惦記自己服了毒酒，只覺混身上下滿不舒服，只盼石雙英快些說完，好回去服藥解毒，等到兩人動手，他已急得臉色蒼白，滿頭大汗。

好容易趕回孤山馬宅，石雙英道：「他答應午時準到。」韓文沖似乎腹痛如絞，坐倒在椅。徐天宏倒了杯酒，說道：「這是解藥，韓大哥請喝吧。」韓文沖忙伸手去接。

周仲英夾手奪過，仰脖子喝了下去。韓文沖愕然不解。周仲英笑道：「這玩笑開得夠了，韓大哥，你壓根兒就沒喝毒酒，他是跟你鬧著玩的。宏兒，快過來賠罪。」徐天宏笑嘻嘻的過來作了一揖，說道：「請韓大哥不要見怪。」跟著解釋明白。韓文沖雖然不高興，但懷恨之念已經釋然。

孟健雄又進去見王維揚，雙手叉腰，氣燄囂張，戟指冷笑，說道：「張大人答允了，你這就去吧。喂！張大人不愛別人婆婆媽媽的。你有甚麼話，現下快說。待會在獅子峯，只是拳腳兵刃上分高下，你多囉唆，張大人是不聽的。哀求討饒，也未必管用。你要是懊悔害怕，現下說還來得及。」

王維揚霍地站起，叫道：「我這條老命今日不想要了。」大踏步走了出去。孟健雄手一揮，一名莊丁把王維揚的紫金八卦刀和鏢囊捧了上來。他伸手接了，氣呼呼的一把白鬚子吹得筆直揚起。

韓文沖站在門口，說道：「王總鏢頭此去，還請加意小心。」王維揚道：「你都知道了？」韓文沖點點頭道：「我見過了張召重。」王維揚道：「他罵我甚麼？」韓文沖道：「小人之言，王總鏢頭不必計較。」王維揚道：「你說不妨。」韓文沖道：「他罵你……糟老頭子，浪得虛名！」王維揚哼了一聲道：「是不是浪得虛名，現在還不知道呢。我如有不測，韓老弟，鏢局子和我家裏的事，都要請你料理了。」他頓了一頓，又道：「叫劍英、劍傑不忙報仇，他兄弟倆武功還不成，沒的枉自送了性命。」王劍英、王劍傑是王維揚的兩個兒子，學的是家傳八卦門武藝。韓文沖道：「總鏢頭武功精湛，諒那張召重不是敵手，我在這裏靜候好音。」王維揚隨著帶路的莊丁，往獅子峯單刀赴會去了。

獅子峯盛產茶葉，「獅峯」龍井乃天下絕品。山峯既高且陡，絕頂處遊客罕至。王維揚背插大刀，上得峯來。最高處空曠曠的一塊平地，四周皆是茶樹。只見前面走來一人。那人短裝結束，身材魁梧，向王維揚凝視了一下，說道：「你就是王維揚？」

王維揚聽他直呼己名，心頭火起，但他年近七十，少年時的盛氣已大半消磨，又知張召重是現職武官，多少有些敬畏，說道：「不錯，就是在下，你是火手判官張大人？」這人便是張召重，說道：「正是，咱們比拳腳還是比兵刃？」他做事把細，提早上峯，先行四下查察，果見對方並無幫手埋伏，心想王維揚雖然狂傲，他區區一個鏢頭，總不成眞與官府對陣廝殺，是以坦然上峯應戰。

王維揚心想：「我跟他並無深仇大怨，何必在兵刃上傷他？一個失手殺了命官，也難免後患無窮。用八卦掌一挫他的驕氣，教他知道我老頭子並非浪得虛名，也就是了。」說道：「我領教領教張大人天下知名的無極玄功拳。」

張召重道：「好。」左拳右掌，合抱一拱。他雖心高氣傲，但所學是武當派內家拳法，講究以逸待勞，以靜制動，當下凝神歛氣，待敵進攻。

王維揚知他不會先行出手，說聲：「有僭了。」語聲未畢，左掌向外一穿，右掌「遊空探爪」斜劈他右肩，左掌同時翻上，「猛虎伏樁」，橫切對方右臂，跟著右掌變拳，直擊他前胸，轉眼之間，連發三招。張召重連退三步，以無極玄功拳化開。

兩人合而復分，盤旋一週，均是暗暗驚佩。張召重心想：「這三招迅捷沉猛，眞是勁敵。」王維揚心想：「他化解我這三招柔中帶剛，火手判官名不虛傳。」兩人不敢輕敵，又盤旋一週。張召重搶進一步，左腿橫掃。王維揚躍起避過，雙掌向他面門按去。張召重左腳踢出，已暗伏「空擊蒼鷹」、「樹梢擒猴」兩招。王維揚雙掌按處，將這二招消於無形。

兩人棋逢敵手，各展絕學，攻合拚鬥，轉瞬間已拆了三四十招。其時紅日當空，兩個影子在地下飛舞，倏分倏合。王維揚見鬥他不下，心知自己年老，不如對方壯盛，久戰之下，氣力精神定然不如，突然間招式一變，掌不離肘，肘不離胸，一掌護身，一掌應敵，右掌往左臂一貼，腳下按著先天八卦圖式，繞著張召重疾奔，正是他平生絕技

「遊身八卦掌」。

這一路掌法施展時腳下一步不停，繞著敵人身子左盤右旋，兜圈急轉，乘隙發招，當眞是「瞻之在前，忽焉在後」。對方剛一應招，已然繞到他身後，對方轉過身來，又已繞到他身後，如此繞得幾圈，武藝再高之人，也必給纏得頭暈眼花。但若對方站住不動，只要停得一停，後心要害立中拳掌。

王維揚只繞得兩個圈子，張召重便知此拳厲害，不等他再轉到身後，斜步横搶，向他奔來方向迎了上去，劈面一掌。王維揚早已回身。張召重見他腳下踏著九宮八卦，知他是走坎宮奔離位，雙掌揮動，搶進乾位。兩人這般轉了七八個圈，點到即收，手掌不交。這路掌法是王維揚熟練了數十年的功夫，越跑越快，腳步手掌隨收隨發，已到絲毫不加思索的地步。

張召重見招拆招，起初還打個平手，時刻一長，不免跟不上對方的迅捷，心念一動，如此對轉，勢落下風，當下運起無極玄功拳以柔克剛要訣，凝步不動，抱元歸一，靜待來敵。他腳步剛停，王維揚早欺到身後，「金龍抓爪」，發掌向他後心擊去。張召重待他掌到，左手反轉迴扣，向他手腕抓落。王維揚疾忙縮手，一擊不中，腳下已然移位，暗暗佩服：「此人當眞了得，居然能閉目換掌。」

原來張召重知道跟著對方轉身，敵主己客，定然不如他熟練自然，眼見他白髮如銀，雖然矯健，長力一定不如自己，於是使出「閉目換掌」功夫，來接他的遊身八卦掌。練這門武功之時以黑巾蒙住雙目，全仗耳力和肌膚感應，以察知敵人襲來方向。臨敵時主取守勢，手掌吞吐，只在一尺內外，但著著奇快，敵人收拳稍慢，立被勾住手腕，折斷關節。這路掌法原本用於夜鬥，或在岩洞暗室中猝遇強敵，伸手不見五指，便以此法護身。掌法變化精妙，決不攻擊對方身體，卻善於奪人兵刃，折人手腳。

其時一個的溜溜亂轉，一個身子微弓，凝立不動。一到欺近，閃電般換了一招兩式，王維揚又立即奔開。兩人轉瞬間又拆了數十招。王維揚漸覺焦躁，心想如此耗下去如何了局，突然撲到他身後，左掌虛擊，右掌又是虛擊。張召重反手兩把沒抓住他手腕，王維揚左手又連發兩記虛招，欺他背後不生眼睛，右手猛向他肩頭疾劈。張召重全神貫注對付他連續四下虛招，突然間掌力襲肩，心中一驚，閃避招架都已不及，右手反腕，向他右掌手背上按落，左拳猛擊他右臂手肘，這一招「仙劍斬龍」，對方手掌只要一被按住，手臂非斷不可。他想肩頭不是致命所在，拚著身強力壯，挨他一掌，對方這條胳臂這一下可就是廢了。

王維揚一掌蓬的一聲打在他肩頭，正自大喜，忽覺手掌被按，縮不回來，卻見對方左拳已向自己右肘猛擊而下，知道這一下要糟，情急之下，右臂急轉，手掌翻上，同時左掌向對方肩頭擊去。張召重左拳打下，王維揚手肘已經轉過，臂彎雖然中拳，順著拳勢一曲，向下彎落，並沒受傷，只是「曲池穴」中隱隱發麻。

兩人一換掌法，各自跳開，這一下張召重吃虧較大，拳法上已算輸了一招。張召重喝道：「掌法果然高明，咱們來比比兵刃。」唰的一聲，凝碧劍已握在手中。

王維揚也從背上拔出紫金八卦刀，這時兩人站得臨近，看得清楚，只見他口鼻俱腫，右眼圈上一大塊烏青，不禁暗自納罕，心想他一身武功，難道還有勝過他的人物，竟將他打成這個樣子。殊不知昨晚張召重中了陳家洛的拳擊，頭臉受傷不輕，今日掌法上輸了一招，也未始不是受這傷勢所累。

張召重存心在兵刃上挽回面子，凝碧劍出手，連綿不斷，俱是進手招數，攻勢凌厲已極。王維揚見他劍光如一泓秋水，知道是口寶劍，如被削上，自己兵刃怕要吃虧，不敢招架，展開八卦刀法，硬砍硬削。

兩人酣鬥良久，張召重精神愈長，但見對方門戶封閉嚴密，急切間攻不進去，驟見他一招「鐵牛耕地」橫砍過來，招術用得稍老，立即使招「天紳倒懸」，寶劍刃口已搭上八卦刀的刀頭。王維揚縮刀不及，左手駢食中兩指向他面門戳去。張召重側頭讓過，嗆啷一聲，八卦刀刀頭已被削斷。

王維揚讚道：「好劍！」跳開一步，說道：「咱們各勝一場。張大人還要比下去嗎？」他是想借此收篷，各人都不失面子，那知壞就壞在喝了一聲「好劍」。張召重心想，你譏我這場得勝，不過是靠了劍利，勝得並不光采，左手一擺，道：「不見輸贏，今日之事不能算完！」劍走偏鋒，刺了過去。

翻翻滾滾又鬥七八十招，王維揚頭上見汗，知道長打久鬥，於己不利，暗摸金鏢在手，刀交左手，喝道：「看鏢！」刀法陡變，變成左手刀術，三枝金鏢隨著刀勢發了出去。這套「刀中夾鏢」也是他的絕技。他左手刀法與尋常刀法相反，敵人招架已然爲難，再加金鏢順著刀勢發出，敵人避開了鏢，避不開刀，避開了刀，避不開鏢，端的厲害非常。只見他一刀斜砍向右，一鏢隨著向敵人右側擲去，張召重向右避讓，伸手接住來鏢，王維揚金刀跟著砍到，張召重剛低頭避過，對方一鏢又向下盤擲來，忙將手中之鏢對準擲去。雙鏢相迎，激出火花，齊齊落下，插入土中。王維揚一刀快似一刀，一鏢急似一鏢，眼看二十四枝鏢將要發完，兀自奈何對方不得。

這時他手中只剩下三枝鏢，左腳向右踏上一步，身子微挫，左手刀向下斜劈，跟著右手一揚。張召重見他發了二十一枝金鏢，知道這一刀砍下，必有一鏢相隨，只是他金鏢越發越快，自己架刀避鏢，已有點手忙腳亂，更無餘裕掏芙蓉金針還敬，當下急忙轉身，凝視看他右手。那知這下竟是虛招，張召重手一動，卻接了個空。王維揚已踏進震位，「力劈華山」迎面砍到。張召重見刀沉勢重，不敢硬架，滑出一步，凝碧劍「橫雲斷峯」斜掃敵腰。王維揚沉刀封架，只聽噹啷一聲，八卦刀已被截成兩段。王維揚大吼一聲，半截刀向他擲去。張召重一低頭，王維揚三鏢齊發，只聽得張召重「啊喲」一聲，凝碧劍落地，向後便倒。

原來王維揚故意引他轉身，使他陽光耀眼，視線不明，同時干冒奇險，讓他削斷大刀，待他得意之際，三鏢齊發，果然一擊成功。

王維揚叫道：「張大人，得罪了！我這裏有金創藥。」隔了半晌，見他一聲不響，不由得驚慌起來，莫要鏢傷要害，竟將他打死，他是朝廷命官，自己有家有業，可不是好耍的事，走上前去俯身察看，剛彎下腰，只聽得一聲大喝，眼前金光閃動，暗叫不好，一個「鐵板橋」向後便跌，卻已遲了一步，左胸左肩陣陣劇痛，已然身中暗器。王維揚大怒，虎吼一聲，縱起身來，要和他拚個同歸於盡，但一使力，胸口肩痛奇痛徹骨，哼了一聲，又跌在地下。張召重哈哈大笑，拔出右腕金鏢，撕下衣襟，縛住傷口，站了起來。

王維揚罵道：「張召重，我若非好心來看你傷勢，你怎能傷我？你使這等卑鄙手段，算得甚麼英雄豪傑？看你有何面目見江湖上的好漢。」張召重笑道：「這裏就是你我兩人，又有誰知道了？你活到這一把年紀，早就該歸天了。明年今日，就是你的週年忌。」

王維揚一聽此言，知他要殺人滅口，更是破口大罵。張召重縱將過來，伸手在他脅下一戳，點了啞穴。王維揚登時罵不出聲，雙目冒火，臉上筋肉抽動，幾乎氣得胸膛都要炸了。

張召重撿起半截八卦刀，在地下挖了個大坑，左手提起他身子，往坑裏一擲，罵道：「你威震河朔，震你個奶奶！」右腳踢土入坑，便要把他活埋。

剛踢了幾腳土，忽聽得身後遠處冷冷一聲長笑，張召重吃了一驚，回過身來，只見一人手執奇形兵器，站在紅日之下，樹叢之側，正是鐵琵琶手韓文沖。張召重怒喝：「好哇，說好單打獨鬥，你鎮遠鏢局原來暗中另有埋伏。你們要不要臉哪？」韓文沖道：「要臉的也不使這卑鄙手段啦。」

張召重道：「好，今日領教領教你的鐵琵琶手。」施展輕身功夫，「八卦趕蟾」，只三個起落，已躍近身來，挺劍直刺。韓文沖退後兩步，樹叢中一柄鋼刀飛出，橫掃而來。張召重寶劍豎立，那人這刀發得快也收得快，不等刀劍相碰，早已收回。張召重看此人時，正是適才言語無理的姓石鏢師，怒道：「你們兩人齊上，火手判官也不放在心上。」

正待追擊，忽聞背後有聲，心知有異，立即躍開，回頭望去，只見上來了八九人，當先正是紅花會總舵主陳家洛。他記起昨晚被擊之辱，怒火上沖，但見對方人多，看來均非庸手，又不免膽寒，驚怒中轉頭四顧，看好了退路。

陳家洛對韓文沖道：「韓大哥，你先去救了王總鏢頭。」韓文沖奔到坑邊，抱了王維揚過來。張召重也不阻攔。陳家洛在王維揚穴道上拿捏幾下，解開了他的啞穴。王維揚年近古稀，遭此巨創，委頓之餘，一時說不出話來。

張召重叫道：「王維揚這老兒要和我比武，說好單打獨鬥，不得有旁人助拳，現今勝負已決。陳當家的，咱們三日後葛嶺再會。」雙手一拱，轉身就要下山。

陳家洛道：「在下與衆位兄弟到此賞玩風景，剛好碰上兩位較量拳掌兵刃暗器，果然藝業驚人，非同小可，令人大開眼界。可是張大人，你勝得未免不大光明啊！」張召重道：「自來兵不厭詐，咱們鬥力鬥智，出奇制勝，有何不可？」陳家洛微微一笑，道：「張大人識見果然高明。常言道揀日不如撞日，張大人約我比試，既然碰巧遇上了，也不必另約日子，不妨今日就來領教。但張大人右腕已傷，敝人不想乘人之危。你這傷非一朝一夕所能痊可，咱們之約，延遲三月如何？」張召重心想，你故示大方，我樂得不吃這虧，說道：「好吧，那麼三個月後的今日，咱們再在葛嶺初陽台相會。」

陳家洛慢慢走近，說道：「我們要救奔雷手文四當家，你是知道的了？」張召重道：「怎麼？」陳家洛道：「他身上的銬鐐都是精鋼鑄成，銼鑿對之，無可奈何，只好借閣下寶劍一用。大家武林一脈，義氣爲重，張大人想來定是樂於相借的了。」

張召重哼了一聲，眼見對方人多，今日已難輕易脫身，說道：「要借我劍，只要有本事來取。」語聲未畢，已倒竄出數丈，轉身往山下奔去。

剛要提氣下山，忽然迎面撲到兩把飛抓，一取左胸，一取右腿，上下齊到，勢勁力疾。他伸劍在胸前挽個平花，擋開上盤飛抓，向上躍起，左足彈出，又向山下疾竄。常赫志飛抓盤打，張召重身子一矮，向右讓開，常伯志已撇下飛抓，欺近身來，呼的一聲，黑沙掌「浪搏江礁」，迎面劈到。張召重和常氏雙俠曾在烏鞘嶺上力鬥，知他兩兄弟厲害，一動上手，數十招內難以脫身，突然飛身後退，逕向南奔。常氏兄弟守住北路，並不追趕。

此時太陽南移，張召重迎著日光，繞開陳家洛等一行，向南疾奔，剛走到下山路口，颼颼兩聲，兩枚飛燕銀梭打將過來。他吃過此梭苦頭，當即臥倒，兩個翻身，滾了開去，只聽得錚錚聲響，銀梭中包藏的子梭電射而出。他凝碧劍橫掠頭頂，將銀梭削爲兩段，順勢縱出，當下不再向南，一個「鳳凰展翅」，寶劍圈揮，向東猛撲，只聽得身後暗器聲響連綿不斷，腳下絲毫不停，一擰頭，啪啪啪啪，揮劍將三枝袖箭、兩枚菩提子打落，羣雄見他向西擊打暗器，身子卻繼續向東奔跑，腳步迅速已極，都不由得佩服。

張召重心知東邊必定也有埋伏，腳下雖然極快，眼觀四面，不敢稍懈，奔不數步，果然斜刺裏一人躍出，手執大刀，攔在當路。那人白髮飄動，威風凜凜，正是老英雄鐵膽周仲英。張召重心中一寒，不敢迎戰，轉身返西。

他連闖三路都未闖過，心想這些人一合圍，今日我命休矣，西路上不論何人把守，都要立下殺手方能脫圍，左手暗握一把芙蓉金針，揮劍西衝。迎面一人獨臂單劍，不是追魂奪命劍無塵道人是誰？張召重和他交過手，知道紅花會中以此人武功最高，自己尚遜他一籌，不由得暗暗叫苦，情急智生，直衝而前，「白虹貫日」、「銀河橫空」，兩記急攻，仗著劍利，乘對方避而不架，已然搶到無塵西首。

無塵剛一側身讓劍，右手長劍「無常抖索」、「煞神當道」，兩記厲害招數已經遞出，兩招緊接，便似一招。張召重雖然轉到下山路口，竟是無法脫身，揮劍解開兩招，猛喝一聲，左手揚處，兩把芙蓉金針分打無塵左右。他想這獨臂道人武功精純，金針傷他不到，但他不是用劍擊擋，就得後躍躲過，但教緩得一緩，自己就可逃開，只須擺脫了此人，拚命下衝，別人再也阻擋不住。

無塵猜到他用意，竟走險招，和身下撲，既避金針，又挺劍直刺，點向他右腳，這一記是罕用之招，稱爲「怨魂纏足」，專攻敵人下三路。張召重大驚，寶劍「流星墮地」，直立向下擋架。無塵不待招老，劍尖著地一撐，只聽得背後一陣沙沙輕響，金針落地，身子縱起，躍至張召重頭頂，長劍「庸醫下藥」，向下揮削。張召重右肩側過，「彩虹經天」，寶劍上撩。無塵早已收劍落地，嚓嚓兩聲，「判官翻簿」、「弔客臨門」，兩招攻了過來。這一來，他又已佔到西首，將張召重逼在內側。

這時張召重但求擋過敵劍，更無餘暇思索脫身之計，只是見招拆招，俟機削他長劍，轉眼間兩人又拆了三四十招。無塵見他受傷之餘，仍然接了自己數十招，心頭焦躁，劍光閃閃，連走險著，張召重奮力抵擋，漸感應接爲難。再拆數招，無塵大喝一聲：「撤劍！」一招「閻王擲筆」，長笑聲中，張召重右腕中劍，噹啷一聲，凝碧劍落地。他只一呆，被無塵飛腳踢中左胯，登時跌倒。

無塵縱過去正待按住，張召重倏地跳起，劈面一拳，無塵揮劍待削，忽想：「這一劍將他一隻手削了下來，他再難和總舵主比武，這樣的對手十分難找，未免掃了總舵主的興致。」要知武藝高強之人，旗鼓相當的對手可遇而不可求。無塵愛武成癖，心想陳家洛也是一般，長劍已然削下，忽又凝招不發。張召重情急拚命，乘他稍一遲疑，左掌在右肘一托，右拳彎處，已向他左腰打到。無塵只有一臂，左邊防禦不週，加之拳法較弱，見敵拳打到，疾忙側身閃避，拳力雖消，卻也沒能避開，一拳給打在腰間，劇痛之下，退出數步。張召重頭也不回，拔足飛奔。

無塵大怒，隨後趕來，眼見他已奔到下峯山道，無塵劍法精絕，素來不用暗器，見他便要逃下山去，心想今日若給此人逃脫，紅花會威名掃地，再也顧不得他的死活，平劍一挺，便要使出「五鬼投叉」絕招，長劍正要脫手，忽然山邊滾出一個人來，迅疾如風，抱住張召重雙足。兩人摟作一團，跌倒在地。

無塵疾忙收劍，看清楚抱住張召重的是十弟章進。只見兩人翻翻滾滾，舉拳互毆。楊成協和蔣四根又奔了過來，三人合力把他牢牢按住。

駱冰取出繩索，將他雙手當胸縛住，想起他在鐵膽莊率衆擒拿丈夫之恨，對準他鼻子便是砰的一拳。陳家洛叫道：「四嫂，且慢！」駱冰第二拳才不再打。

陳家洛走近身來。張召重罵道：「你們倚仗人多，張老爺今日落在你們匪幫手裏，要殺便殺，皺一皺眉頭的不是好漢。」王維揚也走了過來，罵道：「我和你近日無冤，往日無仇，你怕卑鄙手段被我宣揚出去，竟要把老頭子活埋了，嘿嘿，火手判官，你也未免太毒了些。」石雙英冷冷的道：「這就是他自己掘的坑，把他照樣埋了便是。」羣雄轟然叫好。

張召重雖然一副傲態，但想到活埋之慘，不禁冷汗滿面。陳家洛道：「服不服了？你認輸服錯，發誓不與紅花會作對，那麼大夥兒瞧在你陸師哥面上，饒你一條性命。」張召重兀自強項，大聲道：「要殺便殺，何必多言？你們使用詭計，怎能叫人心服？」陳家洛道：「好，你倒是條硬漢子，我一刀給你送終，免了活埋之苦。」拔出短劍，走近他面前，說道：「你當眞不怕死？」張召重苦笑道：「給我一個爽快的！」閉目待死。陳家洛一揮手，短劍刺到他胸前，突然哈哈一笑，手腕一翻，割斷了縛住他雙手的繩索。

這一下不但張召重出於意料之外，羣雄也均愕然。陳家洛道：「這次擒住你，我們確是使了計謀。你雖該死，但今日殺你，諒你做鬼也不心服。好吧，你走路便是，只要你痛改前非，日後尚有相見之地。要是仍然怙惡不悛，紅花會又何懼你張召重一人。第二次落在我們手裏，教你死而無怨。」

章進、駱冰、楊成協、常氏兄弟等等都叫了起來：「總舵主，放他不得！」陳家洛把手一擺，道：「他師兄陸老前輩於咱們有恩，咱們無可報答。紅花會恩仇分明，今日放他師弟，也算是對他一番心意。」羣雄聽總舵主這麼說，也就不言語了，各對張召重怒目而視。

張召重向陳家洛一拱手道：「陳當家的，咱們再見了。」說罷轉身要走。徐天宏叫道：「姓張的，且慢走！」張召重停步回頭。徐天宏道：「你就這樣走了不成？」

張召重登時醒悟，向羣雄作了個團團揖，說：「陳當家的大仁大義，我張召重不是不知好歹之人，本來約定三個月之後比武，在下不是各位對手，要回去再練武藝。這場比武算我認栽了。」這番話軟中帶硬，點明你們勝我只不過仗著人多，將來決不就此罷休。羣雄聽出他話中之意，更是著惱。

周綺叫道：「紅花會總舵主放你走，這是他大人大量。我倒要問你，你到鐵膽莊來，若有本事拿人，也就罷了，幹麼誘騙我一個無知無識的小弟弟？我不是紅花會的人，也沒受過你師兄甚麼好處。今日要為兄弟報仇。」舉起單刀，撲上來就要拚鬥。

張召重心下為難，單是這個年輕姑娘當然不足為懼，但眼前放著這許多高手，這姑娘一敗，旁人豈有坐視之理？爭鬥再起，不知如何了局，當下跳開兩步，連避周綺兩刀。

周綺第三刀使的是一招「達摩面壁」，當頭直劈下來，刀勢勁急。張召重無奈，右手「春風拂柳」，在她臉前虛勢一揚，待她將頭偏過，左手就來奪刀，心想奪下她刀後，好言交代幾句，再將刀交還，她總不能再提刀砍殺。不料周綺並不縮刀，手臂反而前伸，單刀疾劈。張召重伸食中雙指從下向上在她手肘「曲池穴」上一戳，周綺手臂劇震，一柄刀直飛上天。

徐天宏疾竄而上，擋在她身前，單拐「鐵鎖橫江」在張召重面前一晃，反手將單刀遞給了周綺。周仲英大刀揮動，阻住張召重退路，安健剛也挺刀上前，四人已成夾擊之勢。

眼見混戰將作，忽聽得山腰間有人揚聲大叫：「住手，住手！」眾人回頭望去，只見南面山路上兩人疾馳上峯，一人穿灰，一人穿黑，均是輕功極佳，奔跑迅速。眾人都感驚詫。

轉眼間兩人奔上山來，衆人認出穿黑袍的是綿裏針陸菲青，歡呼上前相迎。穿灰袍的是個老道，背上負劍，面目慈祥，羣雄都不認識。陸菲青正待引見，張召重忽然奔到老道跟前，作了一揖，叫道：「大師哥，多年不見，你好！」羣雄聽了，才知這人是武當派掌門人馬眞、金笛秀才余魚同的師父，紛紛上前見禮。

陸菲青道：「馬師兄和我剛趕到孤山，遇見了馬善均馬大爺。他知我們不是外人，說起獅子峯比武之約。我們連忙趕來。」四下一望，見無人死傷，大爲放心。

馬眞和王維揚以前曾見過面，雖無深交，但相互佩服對方武功，至於紅花會羣雄，早聽余魚同說過，神交已久，相見都很歡喜，互道仰慕，竟把張召重冷落在一旁。

張召重留也不是，走也不是，不由得十分尷尬。馬眞早已聞知這師弟的劣跡，滿腔怒火，本想見了面就舉出本派門規，重加懲罰，卻見他衣上鮮血斑斑、臉色焦黃、目青鼻腫，極爲狼狽，不由得一陣心酸，道：「張師弟，你怎麼弄成這個樣子？」張召重悻悻的道：「我一個人，他們這許多人，自然就是這個樣子。」

羣雄一聽，無不大怒。周綺第一個忍耐不住，叫道：「還是你沒錯？馬師伯、陸師伯，你們倒評評這個理看！」手執單刀，又要衝上去動手。周仲英一把拖住，說道：「現在兩位師伯到了。武當派素來門規謹嚴，我們聽兩位師伯吩咐就是！」這兩句話分明是在擠迫馬眞。

馬眞望望陸菲青，望望張召重，忽然雙膝一曲，跪在周仲英和陳家洛面前。羣雄大駭，連稱：「馬老前輩，有話好說，快請起來！」忙把他扶起。

馬眞心中激盪，哽哽咽咽的道：「各位師兄賢弟，我這個不成才的張師弟，所作所爲，實在是天所不容。我愧爲武當掌門，不能及時淸理門戶，沒臉見天下武林朋友。我……我……」咽喉塞住，說不出話來，過了半晌，對陸菲青道：「陸師弟，你把我的意思向各位說吧！」陸菲青道：「我師兄知道了我們這位張大人的好德行之後，氣得食不下咽、睡不安枕，不過……不過總是念在過世的師父份上，斗膽要向各位求一個情。」羣雄眼望陳家洛和周仲英，等候他兩人發落。

陳家洛心想：「我不能自己慷慨，讓周老英雄做惡人，且聽他怎麼說就怎麼辦。」當下一言不發，望著周仲英。

周仲英昂然說道：「論他燒莊害子之仇，周某只要有一口氣在，決不能善罷甘休。」頓了一頓，續道：「可是馬師兄既然這麼說，我交了你們兩位朋友，前事一筆勾消！」周綺大不服氣，叫道：「爹！」周仲英摸摸她頭髮，說道：「孩子，算了！」

陳家洛道：「周老英雄既這等寬宏大量，衝著馬陸兩位前輩，我們紅花會也是既往不咎。」馬眞和陸菲青向著衆人團團作揖，說道：「我們實是感激不盡。」

無塵冷然道：「馬道兄，這次是算了，不過要是他再爲非作歹，馬道兄你怎麼說？」

馬眞毅然道：「貧道此後定當嚴加管束，要他痛改前非。若他再要作惡，除非他先把我殺了，否則我第一個容他不得！」

羣雄聽馬眞說得斬釘截鐵，也就不言語了。馬眞道：「我帶他回武當山去，讓他閉門思過，陸師弟留在這裏，幫同相救文四當家。貧道封劍已久，不能效勞，要請各位原諒。等文四當家脫險，陸師弟你給我捎個信來，也好教我釋念。我那徒兒魚同怎麼不在這裏？」

陳家洛道：「十四弟和我們在黃河邊失散，後來聽說他受了傷，有一個女子相救，至今未悉下落。一等救出四哥，我們馬上就去探訪，請道長放心。」馬眞道：「我這徒兒人是聰明的，只是少年狂放，不夠穩重，要請陳當家的多多照應指教。」陳家洛道：「我們兄弟患難相助，有過相規，都是和親骨肉一般。十四弟精明能幹，大家是極爲倚重的。」馬眞道：「今日之事，貧道實在感激無已。陳當家的、周老英雄、無塵道兄和各位賢弟，將來路過湖北，務必請到武當山來盤桓小住。」衆人都答應了。馬眞對張召重道：「走吧！」

張召重見凝碧劍已被駱冰插在背後，雖然這是一件神兵利器，但想如去索還，只有自取其辱，牙齒一咬，掉頭就走。

這兩人一下山，羣雄問起陸菲靑別來情形。原來他在黃河渡口和羣雄失散，尋找李沅芷不見，心想他是官家小姐，爲人又伶俐機警，決不致有甚麼凶險，眼前關鍵是在張召重身上，這人實是本派門戶之羞，於是南下湖北，去請大師兄馬眞出山。趕到北京一問，得知張召重已到杭州，又匆匆南來。這麼幾個轉折，因此落在紅花會羣雄之後。

衆人邊談邊行，走下山來。陳家洛對王維揚和韓文沖道：「兩位請便，再見了。」王維揚道：「陳當家的再生之德，永不敢忘。」陳家洛呵呵大笑，說道：「有兩件事要請王老英雄原諒，這裏先行謝過。」行了一禮，便把假扮官差劫奪玉瓶，挑撥他與張召重比武之事，都原原本本說了出來。

王維揚向來豁達豪邁，這次死裏逃生，把世情更加看得淡了，笑道：「剛才我見你和張召重說話，才知你是冒牌統領。哈哈，眞是英雄出在少年，老頭兒臨老還學了一乖。咱們是不打不成相識。雖然我和姓張的比武是你們挑起，可是我的老命總是你們救的。」陳家洛道：「等我們正事了結，大家痛痛快快的喝幾杯！」

談笑間到了湖邊，坐船來到馬家。陸菲青將王維揚身上所中金針用吸鐵石吸出，敷上金創藥。折騰了半日，日已偏西。

馬善均來報：「功夫已幹了一大半，再過三個時辰，就可完工。」陳家洛點頭說：「好！馬大哥辛苦了，現在請十三哥去監工吧。」蔣四根答應著去了。

陳家洛轉身對王維揚和韓文沖道：「貴局的鏢頭夥計，我們都好好款待著，不敢怠慢。兩位何不帶他們到西湖玩玩？小弟過得一兩天，再專誠和各位接風陪罪。」王韓兩人連稱：「不敢。」王維揚老於世故，見紅花會人衆來來去去，甚是忙碌，定是在安排搭救文泰來，心想自己此時外出，他們圖謀之事如果成功，倒也罷了，萬一洩機，說不定要疑心自己向官府告密，便道：「兄弟年紀大了，受了這金針之傷，簡直有些挨不住，想在貴處打擾休息一天。」陳家洛道：「悉隨尊意，恕小弟不陪了。」

王韓兩人由馬大挺陪著進內，和鏢頭汪浩天等相會。王維揚約束鏢行衆人，一步不許出馬宅大門，心下卻甚惴惴，暗忖倘若紅花會失敗，官府前來捉拿，發見自己和這羣匪幫混在一起，可眞是掬盡西湖水也洗不清了。

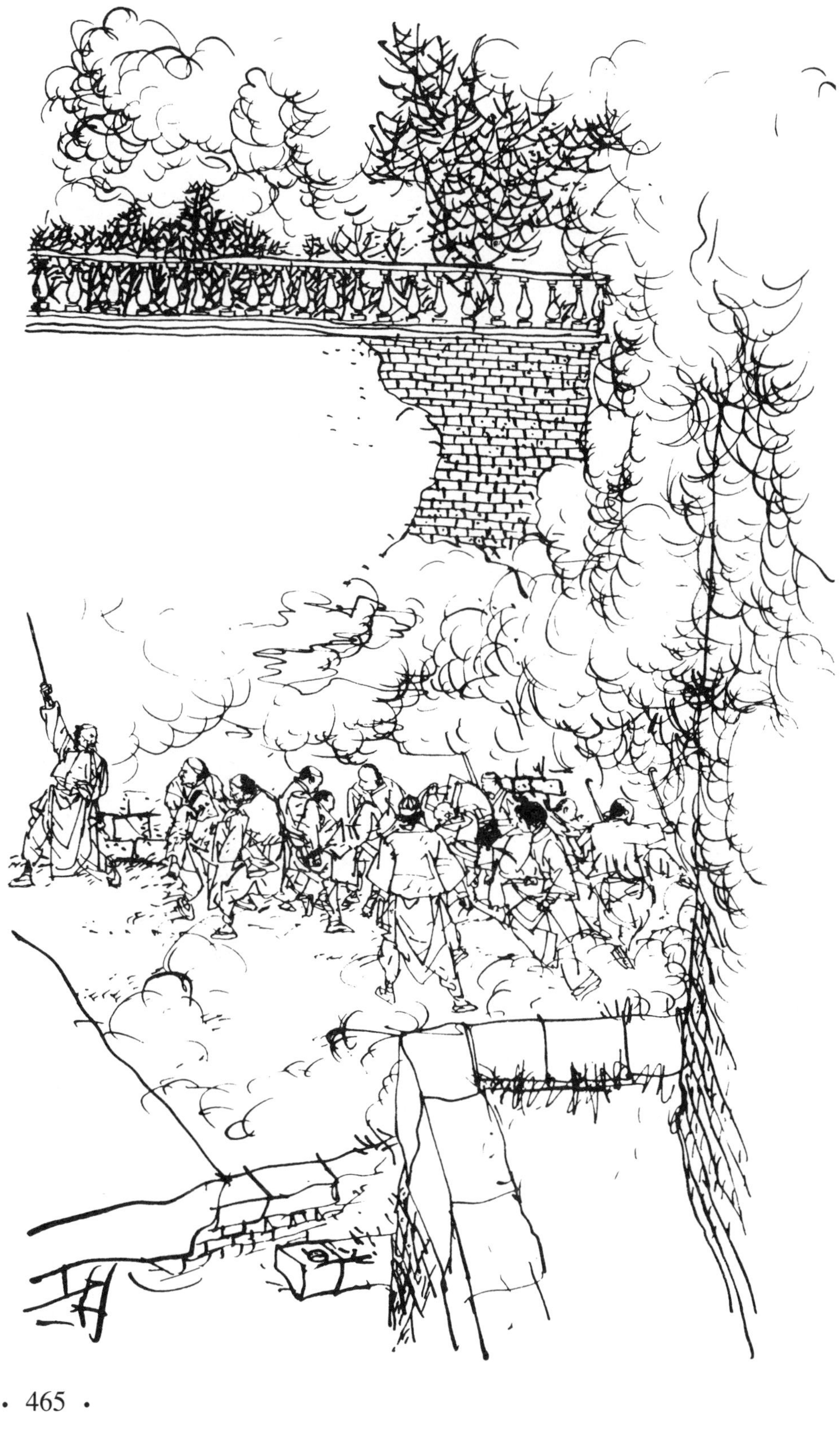

無塵長劍高舉，當先開路。常氏雙俠抬著蒙面人，章進和蔣四根抬著文泰來，陸菲青負著李可秀，都跟了他衝出。李沅芷大急，挺劍來追，被衛春華揮雙鈎攔住。

第十回

煙騰火熾走豪俠　粉膩脂香羈至尊

羣雄飽餐後，各自回房休息。到酉時正，小頭目來報，地道已挖進提督府，前面大石擋路，已轉向下挖，要繞過大石再挖進去。陳家洛和徐天宏分派人手，誰攻左，誰攻右，誰接應，誰斷後，一一安排妥當。酉時三刻，小頭目又報，已挖到鐵板，怕裏面驚覺，暫已停挖。陳家洛道：「再等一個時辰，夜深後動手。」

這一個時辰衆人等得心癢難搔。駱冰坐立不安，章進在廳上走來走去，喃喃咒罵。常氏兄弟拿了一副骨牌，和楊成協、衛春華賭牌九，楊衛兩人心不在焉，給常氏兄弟大贏特贏。周綺拿了凝碧劍細看，找了幾柄純鋼舊刀劍，一劍削下，應手而斷，果然鋭利無匹。徐天宏在一旁微笑注視。馬善均不住從袋裏摸出一個肥大金錶來看時刻。趙半山與陸菲青坐在一角，細談別來情形。無塵和周仲英下象棋，無塵沉不住氣，棋力又低，輸了一盤又一盤。陳家洛拿了一本陸放翁集，低低吟哦。石雙英雙眼望天，一動不動。

好容易挨了一個時辰，馬善均道：「時辰到了！」羣雄一躍而起，分批走出大門。各人喬裝改扮，暗藏兵刃，陸續到提督府外一所民房會齊。這屋子的住戶早已遷出。

蔣四根見羣雄到來，低聲道：「這一帶淸兵巡邏甚緊，丟，要輕聲至得！」手握鐵槳，守住地道入口。羣雄魚貫入內，地道掘得甚深，杭州地勢卑濕，地道中水深及踝，等到鑽過大石時，泥水更一直浸到胸前，走了數十丈，已到盡頭。

七八名小頭目手執火把，拿了鐵鍬候著，見總舵主等到來，低聲道：「前面就是鐵板！」陳家洛道：「動手吧！」衆頭目抖擻精神，鐵鍬齊起，不久就把鐵板旁石塊撬開，再掘片刻，將一塊大鐵板起了下來，前面是條甬道。衛春華當先衝入，羣雄跟了進去。

小頭目手執火把，在旁照路，羣雄衝進甬道，直奔內室，甬道盡處，見鐵閘下垂。衛春華忙按八卦圖的機括，那知鐵閘絲毫不見動靜，機括似已失靈。徐天宏心念一動，忙道：「八弟、九弟快去守住地牢出口，防備韃子另有鬼計。」楊成協和衛春華應聲去了。幾名小頭目把鐵閘旁石塊撬開，衆人合力，把一座大鐵閘抬了出來。鐵閘上有鐵鍊和巨石相連，駱冰舉起凝碧劍削斷鐵鍊，當先衝了進去。進得室內，只叫得一聲苦，室內空空如也，文泰來影蹤全無。

駱冰三番五次的失望，這時再也忍不住，坐倒在地，放聲大哭。周綺想去勸慰，周仲英低聲道：「讓她哭一下也好。」

陳家洛見室內別無出路，接過凝碧劍，去刺張召重上次從其中逃脫的小門。那門鋼鐵所鑄，砍出了幾道縫，門後又有巨石。徐天宏道：「李可秀怕咱們劫牢，多半已將四哥監禁別處。」陳家洛道：「攻進提督府去，今日無論如何得把四哥找著。」

衆人衝到地牢口，只見楊成協手揮鐵鞭，力拒清兵圍攻。衛春華卻不在場，想已衝上去和敵人交戰。無塵大叫一聲，鑽出地牢，長劍揮處，兩名清兵登時了帳。羣雄跟著搶出，只見六七名清軍將官圍著衛春華惡鬥。陸菲青心想：「我和李可秀究有賓東之誼，不便露面。」撕下長袍下襟，蒙住了臉，只露出雙眼。他剛收拾好，羣雄奮擊下清兵已紛紛敗退，衛春華等大呼追趕。

徐天宏躍上圍牆瞭望，見提督府中到處有官兵守禦。突然梆子聲響，緊密異常，想是清軍將官已在調兵禦敵。徐天宏細看各處兵將布置，只見南面孤零零的一座二層樓房，四周一層層的守著五六百名官兵。這樓房毫無異處，而防守之人卻如此衆多，文泰來多半是在其中。他躍下牆頭，單刀鐵拐一擺，叫道：「各位哥哥，隨我來！」領頭往南衝去。

果然越近那座樓房，接戰的人越多。混戰中馬善均與趙半山率領數十名武功較高的小頭目，越牆進府。淸軍官兵雖多，怎擋得住紅花會人衆個個武功精強？不一刻羣雄已迫近樓房。

章進短柄狼牙棒「烏龍掃地」，矮著身軀，當先撲上，搶進屋去。門口一人使一桿大槍，橫打直挑，章進一時欺不進身。這時衞春華、駱冰、楊成協、石雙英諸人都已分別在和官兵中的好手對殺，火把照耀下打得十分激烈。防守樓房的一批官兵武藝竟然不低。

無塵對趙半山道：「三弟，咱們上去瞧瞧！」趙半山道：「好。」無塵接連兩躍，已縱到門口，火光中一刀砍來，無塵不避不架，一招「馬面挑心」，長劍遲發先至，使刀的人慘叫一聲，鋼刀落地。趙半山扣著暗器，轉眼間也打倒了兩名軍官。兩人衝進內堂。周仲英、駱冰等跟著進去。

陸菲青見章進的對手武功甚強，章進以短攻長，佔不到便宜，當下搶到他左面，長劍「天外來雲」，突刺那人左頸。那人倒轉槍桿，用力下砸，他兵器長，力道猛，這一下準擬把劍砸飛。陸菲青長劍縮回，左臂運氣上挺，蓬的一聲，大槍飛起數丈，使槍的虎口震裂，嚇得魂飛天外，斜跳出去，沒站住腳，摔了一交。

章進轉過身來，把雙鬥衞春華的二敵接過一個。衞春華少了一個對手，精神一振，雙鉤「玉帶圍腰」，分向敵人左右合抱。那人使一對雙刀，順理成章的「脫袍讓位」，雙刀倒豎，左右分格。衛春華突走險招，雙鉤在胸前一並，和身撲上，這一招又快又狠，雙鉤護手劍刃揷入敵人前胸。那人狂叫一聲，眼見不活了。

各人在樓下惡鬥，敵人越打越少，忽聽無塵用切口高叫道：「四弟在這裏，咱們得手了！」羣雄聽了，齊聲歡呼大叫。周綺不懂紅花會切口，轉頭向徐天宏道：「喂，道長說甚麼？」徐天宏道：「四哥在上面，救出來啦！」周綺喜道：「好極啦！咱們上去瞧四爺去。」徐天宏道：「你上去吧，我守在這裏。」

周綺奔進屋裏，守衛官兵早已被無塵等掃蕩殆盡。她急奔上樓，只見衆人圍著一隻大鐵籠，陳家洛正用凝碧劍砍削籠子的鐵條，周綺走近看時，不由得大怒，原來鐵籠之內又有一隻小鐵籠，文泰來坐在小籠之內，手腳上都是銬鐐，就像關禁猛獸一般。這時陳家洛已把外面鐵籠的欄干削斷了兩根，章進用力扳拗，把鐵欄干扳了下來。駱冰身材苗條，恰可鑽進，接過寶劍，又去削小鐵籠上的鎖鍊。羣雄都是笑逐顏開，心想今日清兵就來千軍萬馬，也要死守住樓房，將文泰來先救出再說。

常氏兄弟和徐天宏率領紅花會頭目在樓下守禦，忽聽得號角聲響，清軍官兵退出十餘丈之外，退開時秩序井然，分行站立，排成陣勢。常伯志大叫：「韃子要放箭，大家退進樓房。」衆人依言退入，常氏兄弟斷後衛護。那知清兵並不放箭，只聽有人叫道：「紅花會陳當家的，聽我說話。」

陳家洛在樓上聽到了，走近窗口，見李可秀站在一塊大石上，大叫：「我要和陳當家的說話。」陳家洛道：「我在這裏，李軍門有何見教？」李可秀道：「你們快退下樓來，否則全體都死。」陳家洛笑道：「怕死的也不來了，今天對不住，我們要帶了文四爺一起走。」李可秀叫道：「你莫執迷不悟。放火！」他號令一下，曾圖南督率兵丁，從隊伍後面推出大批柴草，柴草上都澆了油，火把一點，樓房四周轉瞬燒成一個火圈，將羣雄圍困在內。

陳家洛見形勢險惡，也自心驚，臉上卻不動聲色，轉頭說道：「大家一齊動手，快削鐵籠的欄干。」轉過頭來對李可秀道：「軍門這個火攻陣，我看也不見得高明！」

李可秀背後轉出一人，戟指大罵：「死在臨頭，還不跪下求饒？你可知樓下埋的是甚麼？」火光中看得清楚，說話的是御前侍衛范中恩，他身旁還站著褚圓等幾名侍衛，想是皇帝聞警，派來協助。

陳家洛微一沉吟，只聽見徐天宏用切口大叫：「不好，這裏都是火藥。」陳家洛記起衝進樓房時，見到樓下似是個貨倉，一桶桶的堆滿了貨物，難道竟是火藥？一瞥之間，見樓上四周也均是木桶，搶上去揮掌劈落，一隻木桶應手而碎，黑色粉末四散紛飛，硝磺之氣塞滿鼻端，卻不是火藥是甚麼？心中一寒，暗道：「難道紅花會今日全體粉身碎骨於此？」轉過身來，見小鐵籠鐵鎖已開，駱冰已把文泰來扶了出來。

陳家洛叫道：「四嫂、三哥，你們保護四哥，大家跟我衝。」說聲方畢，首先下樓。章進弓身把文泰來負在背上，駱冰、趙半山、陸菲青、周仲英等前後保護，跟下樓來。剛到門口，只見門外箭如飛蝗，衛春華和常氏兄弟衝了幾次又都退回。

李可秀叫道：「你們腳底下埋了炸藥，藥線在我這裏。」他舉起火把一揚，叫道：「我一點藥線，你們盡數化為飛灰，快把文泰來放下。」

陳家洛見過屋中火藥，知他所言不虛，只因文泰來是欽犯，他心有所忌，不敢點燃藥線，否則早把他們一網打盡了。陳家洛當機立斷，叫道：「放下四哥，咱們快出去！」長劍一揮，和衛春華、常氏兄弟並肩衝出。

章進低頭奔跑，並未聽真陳家洛的話。趙半山道：「快放下四弟，情勢危險萬分，咱們快走，莫把四弟反而害死。」見章進把文泰來放在門口，駱冰還在遲疑，便伸左手拉住她手臂，舞劍衝出。李可秀在火光中見文泰來已經放下，右手一揮，止住放箭，只怕誤傷了他。

羣雄退離樓房，聚在牆角。陳家洛道：「常家哥哥、八哥、九哥、十哥，你們打頭陣，去趕散韃子。七哥，你想法弄斷藥線。道長、三哥，等他們一得手，咱們衝去搶救四哥。」常氏兄弟與徐天宏等應聲而去。

李可秀正要命人去看守文泰來，忽見常氏兄弟等又殺了上來，忙分兵禦敵。御前侍衛范中恩、朱祖蔭、褚圓、瑞大林等上來擋住。

陸菲青先看明了退路。一彎腰，如一枝箭般突向李可秀衝去。衆親兵齊聲吶喊，紛舉刀槍攔阻。陸菲青並不對敵，左一避，右一閃，疾似飛鳥，滑如游魚，刹那間已繞過七八名親兵，欺到李可秀之前。李沅芷穿了男裝，站在父親身旁，忽見一個蒙面怪客來襲，嬌叱一聲：「甚麼東西！」一劍「春雲乍展」，平胸刺出。

陸菲青更不打話，矮身從劍底下鑽了過去。李可秀見怪客襲來，飛起一腳「魁星踢斗」，直踢他面門。陸菲青左腿一挫，已溜到李可秀身後，伸掌在他後心一托，掌力吐處，把他一個肥大的身軀直摜出去。李沅芷大驚，回劍來刺。陸菲青閃身避開，劍走空招。

李可秀摔倒在地，這邊曾圖南趕來相救，楊成協趕來捉拿，兩人都向他疾衝而來。漸奔漸近，曾圖南舉鐵槍「毒龍出洞」，向楊成協刺去，想將他趕開，再行搭救上司。楊成協側身避槍，腳下不停。他身子肥胖，奔得又急，一座「鐵塔」和曾圖南猛力碰撞，砰的一聲，撞得他向後飛出。這時李可秀已經爬起，那知陸菲青來得更快，一陣風般奔到。

李沅芷骨肉關心，拔起身子向前急縱，長劍「白虹貫日」，直刺怪客後心。陸菲青聽到背後金刃激刺之聲，更不停步，拉住李可秀左臂，直奔入火圈之中。清軍官兵大聲驚叫，但火勢極熾，誰也不敢進火圈搭救。衛春華舞動雙鈎，已把李沅芷截住。

紅花會羣雄見陸菲青拉了李可秀進入危地，都明白了他意思，章進首先跳入火圈，蔣四根也跟著進去。陳家洛道：「人夠啦！別再進去了。」一衆人迫近火圈。

清軍官兵見主帥履危，也忘了和紅花會人衆爭鬥，都是提心吊膽，望著火圈裏的五人。曾圖南爬起身來，和一名統軍總兵守在藥線之旁，眼見主帥爲敵人挾制，正驚惶間，忽見一人夾手搶過火把，點燃了藥線。曾圖南一驚，看那人時，卻是御前侍衛范中恩。此人日前在西湖落水，在皇帝面前出醜受辱，懷恨甚深，這時見文泰來即將獲救，也管不得李可秀死活，當即點著藥線。

但見一縷火花著地燒去，迅速異常，只要一燒過火圈，立時便是巨禍，不但文泰來、李可秀、陸菲青及章、蔣兩人要炸成灰燼，而且樓房中堆了這麼多火藥，這一爆炸開來，人人難免。清軍官兵登時大亂，紛紛向後逃避。

驚擾聲中，忽見一人疾向火圈中奔去。那人身穿藍色長衫，臉上也用一塊藍綢包住，只露出了兩個眼孔，手中提著一根單鞭，奔跑迅捷已極。他用單鞭在藥線上亂撥亂打，但見藥線仍一股勁的向前燒去。陳家洛和徐天宏等見形勢險惡，都顧不得自身安危，紛紛縱出，想要弄斷藥線。這一切全是指顧間之事。那蒙面人見藥線無法打斷，忽然奮不顧身，和衣撲在藥線之上，只見身旁烈燄騰起，全身衣服著火，藥線中斷，再也燒不過去了。

就這麼緩得一緩，章進和蔣四根已把文泰來抬著衝出火圈。三人身上都已著火。常氏兄弟趕上接應，連叫：「打滾！打滾！」章進和蔣四根放下文泰來，先將他來回滾動。滾得幾滾，文泰來衣上火頭熄了，駱冰已搶上照料。章進和蔣四根也各滾熄了身上火燄。

常氏雙俠雙雙搶入火圈，把暈倒在地的蒙面人拖了出來。這三人出來時也是全身著火，待得把火撲熄，蒙面人的衣服手足無一處不是燒得焦爛。

陸菲青見文泰來已脫險境，把李可秀負在肩上，猛一吸氣，「燕子三抄水」，如一隻大鳥般掠出火圈。他身上雖負得有人，然而輕功卓絕，所受火傷最少。陳家洛叫道：「得手啦，退走，退走！」無塵長劍揮動，當先開路。常氏兄弟抬著蒙面人，章進和蔣四根抬著文泰來，陸菲青負著李可秀，都跟了他衝出。李沅芷見父親被擄，心中大急，提劍來追，但被衛春華雙鉤纏住，不能脫身，一疏神間，險些中了一鉤。

清軍官兵吶喊著追來，但大家嘗過紅花會的手段，不敢過分逼近。八名御前侍衛奉旨協助看守文泰來，主犯走脫，那是殺頭的罪名，如何不急？范中恩提起判官雙筆，沒命價追來。陳家洛剛才見他點燃藥線，心想這人心腸毒辣，容他不得，把凝碧劍交給趙半山道：「三哥，你給大夥斷後，我要收拾了這傢伙。」從懷中掏出珠索。馬大挺把他的鉤劍盾遞了過來。陳家洛讚道：「好兄弟，難爲你想得周到。」原來陳家洛的劍盾珠索向由心硯攜帶，心硯受傷，馬大挺就接替了這差使。

陳家洛右手一揚，五根珠索迎面向范中恩點到。范中恩既使判官筆，自然精於點穴，見他每條珠索頭上都有一個鋼球，迴旋飛舞而至，分別對準穴道，吃了一驚，又聽得朱祖蔭叫道：「范大哥，這兔崽子的繩子厲害，小心了。」馬大挺聽他辱罵總舵主，心中大怒，挺起三節棍當頭砸去。朱祖蔭偏頭避過，還了一刀。

這邊范中恩騰挪跳躍，和陳家洛拆了數招，數招間招招遇險，一面打，一面暗暗叫苦，只想脫身退開，但全身已被珠索裹住，那裏逃得開去？陳家洛不願多有耽擱，右手橫揮，珠索「千頭萬緒」亂點下來。范中恩不知他要打那一路，雙筆並攏，直撲向他懷裏，武家所謂「一寸短，一寸險」，判官筆是短兵器，原在以險招取勝，心想這一下對方勢必退避，自己就可逃開，突見對方盾牌迎了上來，盾上明晃晃的揷著九枝利劍。范中恩猛吃一驚，收勢不及，雙筆對準劍盾一點，借力向後仰去。陳家洛劍盾略側，滑開雙筆，珠索揮處，已把他雙腿纏住，猛力摜出，范中恩身不由主，直向火圈中投去。

陳家洛遝不停手，珠索橫掃，朱祖蔭背上已被鋼球打中，叫了一聲，馬大挺三節棍啪的一聲，正中他脛骨。馬大挺憤他出口傷人，這一記用足了全力，把他雙腿脛骨齊齊打折。

這時羣雄大都已越出牆外，趙半山斷後，力敵三名清官侍衛。陳家洛揮手，叫道：「退去吧！」衛春華雙鉤向李沅芷疾攻三招，李沅芷招架不住，退開兩步。衛春華向右轉過，劈面一拳，把一名清兵打得口腫鼻歪，夾手奪過火把，奔到已被蒙面人弄斷的藥線旁，又點燃起來。清兵驚叫聲中，紅花會羣雄齊都退盡。

瑞大林、褚圓等侍衛正要督率清兵追趕，忽然黑煙騰起，火光一閃，一聲巨響震耳欲聾，滿目煙霧，磚石亂飛，官兵侍衛疾忙伏下。樓房中火藥積貯甚多，炸聲一次接著一次，眾兵將雖離樓房甚遠，但見磚石碎木在空際飛舞，誰都不敢起來，饒是如此，已有數十人被磚木打得頭破血流。范中恩身在火圈中心，炸得屍骨無存。等到爆炸聲息，兵將侍衛爬起身來，紅花會羣雄早已走得無影無蹤。眾人上馬急追，分向四周搜索。

紅花會羣雄救得文泰來，出了城見無人來追，都放了心。再行一程，已到河邊，十多艘紹興腳划船齊齊排列。馬善均迎上來道賀，羣雄喜氣洋洋的上船。陸菲青低聲對陳家洛道：「李可秀和我有舊，文四爺既已救出，咱們放他回去吧。」陳家洛道：「一任尊意。」小頭目把李可秀鬆了綁，放在岸上。

陳家洛叫道：「開船，咱們先到嘉興！」浙西河港千枝萬汊，曲折極多，腳划船划出里許，早已轉了四五個彎。陳家洛道：「咱們向西去於潛，護送四哥上天目山養傷。

讓李可秀追到嘉興去吧！」羣雄哈哈大笑，幾月來的鬱積，至此方一掃而空。

此時天現微明，駱冰已把文泰來身上揩抹乾淨，銙鐐也已用凝碧劍削去，見他沉沉昏睡，大家不去打擾。

徐天宏道：「總舵主，那救四哥的蒙面人傷勢很重，咱們要不要解開他臉上的布瞧瞧？」羣雄都感好奇，不知此人是誰。周仲英道：「他既用布蒙臉，想是不願讓人見到他面目，咱們不去揭露爲是。」

心硯身上傷已大好，用白醬油給蒙面人在火傷處塗抹，見他全身都是火泡，痛得無法安睡，不住叫嚷。心硯看得心驚，怕他要死，忙來稟告。陳家洛等跳過船去，見他傷勢厲害，都感擔心。那蒙面人神智昏迷，雙手亂抓，忽然左手抓住蒙面布巾，撕了下來。衆人齊聲叫了出來：「十四弟！」

那人竟是金笛秀才余魚同。只見他臉上紅腫焦黑，水泡無數，一張俊俏的臉燒得不成模樣。羣雄又是驚訝又是痛惜。駱冰拿了塊濕布，把他臉上的泥土火藥輕輕抹去，用鷄毛沾了白醬油塗上，心裏一股說不出的滋味，知他對自己十分癡心，這番捨命相救文泰來，也與這份癡心不無相關。然而自己身已他屬，對他更是只有同盟結義之情，別無他意。他那晚在鐵膽莊外無禮，後來想起常感憤怒，但他此番竟捨命相救自己丈夫，那麼這番癡心畢竟並非下賤情慾。瞧他傷成這副樣子，性命只怕難保，即使不死，一個俊俏青年從此醜陋不堪，而對他這份癡心可也永遠無法酬答。不由得思潮起伏，怔怔的出了神。

船到餘杭，馬善均忙差人去請醫生。醫生看了文泰來傷勢，說道：「這位爺受的是外傷，他筋骨強健，調治幾個月就不礙了。」指著余魚同道：「這位爺的火傷卻是厲害，謹防火毒攻心。我開張散火解毒的方子，吃兩帖看。」言下之意，竟是沒有把握。

醫生作別上岸，過了一會，文泰來睜眼見到眾人，茫然道：「怎麼大夥兒都在這裏？」駱冰喜極而泣，叫道：「大哥，你出來啦，出來啦！」文泰來微微點頭，又閉上了眼。

羣雄聽了醫生之言，知他無礙，都為余魚同憂急。章進道：「十四弟也眞鬼精靈，竟給他混進了提督府。」常赫志道：「上次指點地牢的途徑，也是他了，咱兄弟不知道，還打了他一掌。」常伯志道：「他卻又相救李可秀，不知是何意思？」眾人紛紛談論，難以索解。

原來那日黃河渡口夜戰，李沅芷在亂軍中與大夥失散，倉皇中見到一輛大車，跳上車去，趕了騾子就走。幾名淸兵要來攔阻，都被她揮劍驅退。她不分東南西北的瞎闖，到天明時見離大軍已遠，才下車休息。揭開車帷一看，車內躺著一人，竟是曾在途中見過兩次的本門師兄余魚同。只見他昏昏沉沉，似是身染重病，輕輕揭開被頭一角，見他身上縛了不少繃帶，才知受傷不輕。心下栗六，沉吟良久，才趕車又走，沿大路到了文光鎮上。

她是官家小姐，氣派一向大慣了的，揀了鎮上一所最大的宅第，敲門投宿，正是鎮上惡霸、渾號糖裏砒霜的唐六家裏。唐六見她路道有異，假意殷勤招待，後來察覺她是女扮男裝，便和醫生曹司朋陰謀算計，恰好陰差陽錯，給周綺在妓女小玫瑰家中一刀刺死。

其時余魚同神智已復，聽說戶主被殺，料想官府查案，必受牽連，忙和李沅芷乘亂離去。李沅芷要去杭州和父母團聚，余魚同心想文泰來被擒去杭州，正好同路。他身上傷重，長途跋涉，李沅芷細心照料，一副刁蠻頑皮的脾氣，不忍在他身上發作，竟然盡數收拾了起來。見他神色煩憂，意興蕭索，只道是傷後體弱，時加溫言慰藉。

到杭州見了父母，李沅芷反說余魚同爲了救她而禦盜受傷。李可秀夫婦感激萬分，把他安置在提督府中，延請名醫調治，見他人品俊雅，文武雙全，又救了女兒性命，只待傷愈，便招他爲壻，又怎知這人竟是紅花會中一個響噹噹的腳色。

幾個月來，李沅芷忽喜忽愁，柔腸百轉，明知這少年郎君是父親對頭，然而芳心可可，深情款款，一縷柔絲，早已牢牢繫在他身上。當日甘涼道上，這個師哥細雨野店，談笑禦敵，平沙荒原，吹笛擋路，這等瀟洒可喜模樣，想起來不免一陣陣臉紅，一陣陣歎息。

待他傷勢大愈，紅花會羣雄連日前來攻打提督府，那天余魚同相救李可秀，李沅芷心中竊喜，只道他已站在自己一邊，豈知到頭來他又去相救文泰來，隨著紅花會人衆而去。

余魚同全身燒起水泡，疼痛難當，迷迷糊糊中忽聽得有個女子聲音大叫：「你越來越不成話啦，怎麼出主意叫總舵主到妓院去胡調？」依稀是鐵膽莊周大小姐的聲音。隔了一會，又聽得無塵叫道：「咱們大家回杭州，一起到妓院去，又怕甚麼？」余魚同大是奇怪：「道長是出家人，怎麼也要去逛窯子？」重傷之下，難以多想，接著又昏暈過去。

乾隆見褚圓等御前侍衛氣急敗壞的趕回請罪，報知紅花會劫牢，已把文泰來救去，自是驚怒交集。但想要犯既已越獄，責罰侍衛亦復無補於事，見衆人灰頭土臉，傷痕纍纍，不問而知均曾力戰，反而溫言道：「知道了，這事不怪你們。」褚圓等本以爲這次一定要大受懲處，那知皇上如此體諒，不由得感激涕零。不久李可秀也來了，乾隆見他身上負傷，下旨革職留任，日後將功贖罪。李可秀喜出望外，不住叩頭謝恩。

李可秀退出後，乾隆想起文泰來脫逃，自己身世隱事不知是否會被洩露，聽文泰來語氣，這件機密大事似乎不知，但他神色間又似還有許多話沒說出來。他說有兩件重要證物收藏在外，看樣子多半不假，不知是甚麼東西。自己是漢人，自是千眞萬確的了，這事洩露出去，那可如何是好？

他在室中踱來踱去，徬徨無計，憂急煩躁，自忖身爲萬乘之尊，居然鬥不過一羣草莽羣盜，臉面何存？這件有關身世大事的私隱落入對方手中，難道終身受其挾制不成？越想越怒，舉起案頭的一個靑瓷大花瓶，猛力往地上摔落，乒乓一聲，碎成了數十片。

衆侍衛與內侍太監在室外聽得分明，知道皇上正在大發脾氣，不奉傳呼，誰都不敢入內，各人戰戰兢兢的站著，連大氣也不敢哼一聲。有幾名御前侍衛更是嚇得臉色蒼白，惟恐皇上忽然又要怪罪。

乾隆心亂如麻的過了大半天，忽聽得外面悠悠揚揚的一陣絲竹之聲，由遠而近，經過撫署門口，又漸漸遠去。過了一會，又是一隊絲竹樂隊過去。他是太平皇帝，素喜聲色，聽這片樂聲纏綿宛轉，不由得動心，叫道：「來人呀！」

一名侍讀學士走了進來，那是新近得寵的和珅。此人善伺上意，連日乾隆頗有賞賜。衆侍從聽得皇帝呼喚，忙推他進入。乾隆道：「外面絲竹是幹甚麼的？你去問問看。」和珅應聲而出，過了半晌，回來稟告：「奴才出去問過了，聽說今兒杭州全城名妓都在西湖上聚會，要點甚麼花國狀元，還有甚麼榜眼、探花、傳臚。」乾隆笑罵：「拿國家掄才大典來開玩笑，眞正豈有此理！」

和珅見皇上臉有笑容，走近一步，低聲道：「聽說錢塘四艷也都要去。」乾隆道：「甚麼錢塘四艷？」和珅道：「奴才剛才問了杭州本地人，說道是四個最出名的歌女。街上大家都在猜今年誰會中花國狀元呢？」乾隆笑道：「國家的狀元由我來點。這花國狀元誰來點？難道還有個花國皇帝不成？」和珅道：「聽說是每個歌女坐一艘花舫，舫上陳列恩客報效的金銀錢鈔、珍寶首飾，看誰的花舫最華貴，誰收的纏頭之資最豐盛，再由杭州的風流名士品定名次。」

乾隆大爲心動，問：「他們甚麼時候搞這玩意兒？」和珅道：「就快啦，天再黑一點兒，花舫上萬燈齊明，就來選花魁了！皇上如有興致，也去瞧瞧怎麼樣？」乾隆笑道：「就恐遭人物議。要是太后得知我去點甚麼花國狀元，怕要說話呢，哈哈！」和珅道：「皇上打扮成平常百姓一樣，瞧瞧熱鬧，沒人知道的。」乾隆道：「也好，叫大家不可招搖，咱們悄悄的瞧了就回來。」

和珅忙侍候乾隆換上一件湖縐長衫，細紗馬褂，打扮成縉紳模樣，自己穿了尋常士人服色，帶了已換便裝的白振等幾十名侍衛，往西湖而去。

一行人來到湖畔，早有侍衛駕了遊船迎接。此時湖中處處笙歌，點點宮燈，說不盡的繁華景象、旖旎風光。只見水面上二十餘花舫緩緩來去，舫上掛滿了紗帳絹燈。乾隆命坐船划近看時，見燈上都用針孔密密刺了人物故事，有的是張生鶯艷，有的是麗娘遊園。更有些舫上用絹綢紮成花草蟲魚，中間點了油燈，花燈因熱氣而緩緩轉動，設想精妙，窮極巧思。乾隆暗暗贊歎，江南風流，果非北地所及。成百艘遊船穿梭般來去，載著尋芳豪客、好事子弟。各人指點談論，品評各艘花舫裝置的精粗優劣。

忽聽鑼鼓響起，各船絲竹齊息。一個個煙花流星射入空際，燦爛照耀，然後嗤的一聲，落入湖中。起先放的是些「永慶昇平」、「國泰民安」、「天子萬年」等歌功頌德的吉祥煙火，乾隆看得大悅，接著來的則是「羣芳爭艷」、「簇簇鶯花」等風流名目了。

煙花放畢，絲竹又起，一個「喜遷鶯」的牌子吹畢，忽然各艘花舫不約而同的拉起窗帷，每艘舫中都坐著一個靚裝姑娘。湖上各處，采聲雷動。

內侍拿出酒菓菜餚，服侍皇上飲酒賞花。遊船緩緩在湖面上滑去，掠過各艘花舫，這時正所謂如行山陰道上，目不暇給。乾隆後宮粉黛三千，美人不知見過多少，但此時燈影水色、槳聲脂香，卻另有一番風光，不覺心爲之醉。

遊船划近「錢塘四艷」船旁，見這四艘花舫又是與衆不同。第一艘紮成採蓮船模樣，花舫四周都是荷花燈，紅蓮白藕，荷葉田田，舫中歌女名叫卞文蓮。第二艘舫上紮了兩個亭子，一派豪華富貴氣派，亭上珠翠圍繞，寫著四個大字：「玉立亭亭」，原來舫中歌女名叫李雙亭。第三艘裝成廣寒宮模樣，舫旁用紙絹紮起蟾蜍玉兔、桂華吳剛，舫中歌女吳嬋娟一身古裝，手執團扇，扮作月裏嫦娥。

乾隆看一艘，喝采一番。待遊船搖到第四艘花舫旁，只見舫上全是眞樹眞花，枝幹橫斜，花葉疏密有致，淡雅天然，眞如一幅名家水墨山水一般。舫中歌女全身白衣，隔水望去，直似洛神凌波，飄飄有出塵之姿，只是唯見其背。乾隆情不自禁，高吟「西廂記」中「酬簡」一折的曲文：「嘿，怎不回過臉兒來？」

那歌女聽得有人高吟，回過頭來，嫣然一笑。乾隆心中一蕩，原來這姑娘便是日前在湖上見過的玉如意。

忽聽得鶯聲嚦嚦，那邊採蓮船上卞文蓮唱起曲來。一曲既終，喝采聲中聽衆紛紛賞賜，元寶大大小小的堆在舫中桌上。接著李雙亭輕抱琵琶，彈了一套「春江花月夜」。吳嬋娟吹簫，乾隆聽她吹的是一曲「乘龍佳客」，命和珅取十兩金子賞她。

待衆人遊船圍著玉如意花舫時，只見她啓朱唇、發皓齒，笛子聲中，唱了起來：「望平康，鳳城東，千門綠楊。一路紫絲韁，引遊郎，誰家乳燕雙雙？隔春波，碧煙染窗；倚晴天，紅杏窺牆，一帶板橋長。閒指點，茶寮酒舫，聲聲賣花忙。穿過了條條深巷，插一枝帶露柳嬌黃。」

其時秋意漸深，湖上微有涼意，玉如意歌聲纏綿宛轉，曲中風暖花香，令人不飲自醉。乾隆歎道：「眞是才子之筆，江南風物，盡入曲裏。」他知這是「桃花扇」中的「訪翠」一曲，是康熙年間孔尙任所作，寫侯方域訪名妓李香君的故事。玉如意唱這曲時眼波流轉，不住向他打量。乾隆大悅，知她唱這曲是自擬李香君，而把他比作才子侯方域了。

他最愛賣弄才學，這次南來，到處吟詩題字，唐突勝景，作踐山水。衆臣工匠恭頌句句錦繡，篇篇珠璣，詩蓋李杜，字壓鍾王，那也不算希奇。眼下自己微服出遊，竟然見賞於名妓。美人垂靑，自不由帝皇尊榮，而全憑自身眞材實料，她定是看中我有宋玉般情，潘安般貌，子建般才。當年紅拂慧眼識李靖，梁紅玉風塵中識韓世忠，亦不過如是，可見凡屬名妓，必然識貨。若不重報，何以酬知己之靑眼？立命和珅賞賜黃金五十兩。沉吟半晌，成詩兩句：「才詩或讓蘇和白，佳曲應超李與王。」

杭州素稱繁華，這一年一度的選花盛會，當地好事之徒都全力以赴。遠至蘇、松、太、常、嘉、湖各屬的閒人雅士，這天也都羣集杭州，或賣弄風雅，或炫耀豪闊，是以頃刻之間，纏頭紛擲，各歌女花舫上采品堆積，尤以錢塘四艷爲多。時近子夜，選花會會首起始檢點采品，這有如金榜唱名一般，不但衆歌女焦急，湖上遊客也都甚是關心。

乾隆對和珅低聲說了幾句話。和珅點頭答應，乘小船趕回撫署，過了一會，捧了一個包裹回來。

采品檢點已畢，各船齊集會首坐船四週，聽他公布甲乙次第。只聽得會首叫道：「現下采品以李雙亭李姑娘最多！」此言一出，各船轟動，有人鼓掌叫好，也有人低低咒罵。只聽一人喊道：「慢來，我贈卞文蓮姑娘黃金一百兩。」當即捧過金子。又有一個豪客叫道：「我贈吳嬋娟姑娘翡翠鐲一雙，明珠十顆。」眾人燈光下見翡翠鐲精光碧綠，明珠又大又圓，價值又遠在黃金百兩之上，都倒吸一口涼氣，看來今年的狀元非這位湖上嫦娥莫屬了。

會首等了片刻，見無人再加，正要宣稱吳嬋娟是本年狀元，忽然和珅叫道：「我們老爺有一包東西贈給玉如意姑娘！」將包裹遞了過去。

那會首四十來歲年紀，面目清秀，唇有微鬚，下人把包裹捧到他面前，一看竟是三卷書畫。那人側頭對左邊一位老者道：「樊榭先生，這位竟是雅人，不知送的是甚麼精品？」命下人展開書畫。

乾隆對和珅道：「你去問問，會首船中的是些甚麼人？」和珅去問了一會兒，回來稟道：「會首是杭州才子袁枚袁子才，另外的也都是江南名士。」乾隆笑道：「早聽說袁枚愛胡鬧，果然不錯。」

第一卷卷軸一展開，袁枚和眾人都是一驚，原來是祝允明所書的李義山兩首無題詩。袁枚稱他為「樊榭先生」的那人名叫厲鶚，也是杭州人。厲鶚詩詞俱佳，詞名尤著，審音守律，辭藻絕勝，爲當時詞壇祭酒，見是祝允明書法，連叫：「這就名貴得很了。」杭州詩人趙翼心急，忙去打開第二個卷軸來看，見是唐寅所畫的一幅簪花仕女圖，上面還蓋著「乾隆御覽之寶」的朱印。袁枚心知有異，忙問旁邊兩人道：「沈年兄、蔣大哥，你們瞧這送書畫之人是甚麼來頭？」

他稱爲「沈年兄」的沈德潛，別字歸愚，是乾隆年間的大詩人，與袁枚同是乾隆四年的進士。只是一個早達，一個晚遇，袁枚中進士時才二十四歲，而沈德潛卻已六十多歲了，是以人稱「江南老名士」。那姓蔣的名叫士銓，別字心餘，是戲曲巨子。他與袁枚、趙翼三人合稱「江左三大家」。這兩人一看，沉吟不語。

沈德潛老成持重，說道：「咱們過去會會如何？」船上右邊坐著兩人也是袁枚邀來的名士，一是滑稽詼諧的紀曉嵐，一是詩畫三絕的鄭板橋。紀曉嵐笑道：「咱們一過去，倒讓旁人譏爲不公了。這兩卷書畫如此珍貴，自然是玉如意得狀元了。」鄭板橋道：「第三卷又是甚麼寶物，不妨也瞧瞧。」

衆人把那卷軸打開，見是一幅書法，寫的是：「西湖清且漣漪，扁舟時蕩晴暉。處處青山獨佳，翩翩白鶴迎歸。　昔年曾到孤山，蒼藤古木高寒。想見先生風致，畫圖留與人看。」筆致甚爲秀拔，卻無圖章落款，只題著「臨趙孟頫書」五字。

鄭板橋道：「微有秀氣，筆力不足！」沈德潛低聲道：「這是今上御筆。」大家嚇了一跳，再也不敢多說。袁子才大聲宣布：「檢點采品已畢，狀元玉如意，榜眼吳嬋娟，探花卞文蓮。」湖上采聲四起。

袁枚等見了這三卷書畫，知道致送的人不是宗室貴族，便是巨紳顯宦，可是看那艘船卻也不見有何異處，夜色之中，船上乘客面目難辨。大家怕這風流韻事為御史檢告，本來要賦詩聯句以紀盛，現下也都不敢了，悄悄的上岸而散。

乾隆正要回去，忽聽玉如意在船中又唱起曲來，但聽歌聲柔媚入骨，不由得心癢難搔，對和珅道：「你去叫這妞兒過來。」和珅應了，正要過去，乾隆又道：「你莫說我是誰！」和珅道：「是，奴才知道。」遊船划近玉如意花舫，和珅跨過船去。過了片刻，拿回一張紙牋，遞給乾隆道：「她寫了這個東西，說：『請交給你家老爺。』」乾隆接來燈下一看，見牋上寫了一詩：「暖翠樓前粉黛香，六朝風致說平康。踏青歸去春猶淺，明日重來花滿床。」字跡殊劣，牋上卻是香氣濃郁，觸鼻心旌欲搖。

乾隆笑道：「我今日已來，何必明日重來？」抬頭看時，玉如意的花舫已搖開了。他貴為帝皇，後宮妃嬪千方百計求他一幸，尚不可得，幾時受過女人的推搪？可是說也奇怪，對方愈是若即若離，推三阻四，他反覺十分新鮮，愈是要得之而後快，忙傳下聖旨：「叫舟子快划，追上去！」

眾侍衛見皇帝發急，再不乘機盡忠報國，更待何時？當即紛提船板，奮力划水。眾侍衛或外功了得，或內力深厚，此時「忠」字當頭，戮力王事，勁運雙臂，船板激水，實爲畢生功力之所聚。有分教：立竿見影，槳落船飛，迅速追上玉如意的花舫。

乾隆悄立船頭，心逐前舟，但見滿湖燈火漸滅，簫管和曲子聲卻兀自未息，前面花舫中隱隱傳出一聲聲若有若無的低笑柔語。乾隆醺醺欲醉，忽然想起兩句詩來：「侍兒扶起嬌無力，始是新承恩澤時。」

兩船漸近，花舫窗門開處，一團東西向乾隆擲來。白振一驚，暗叫：「不好！」左手一招「降龍伏虎」，右手一招「擒獅搏象」，這是他「金鉤鐵掌」大擒拿手中的成名絕技，陣上奪槍，夜戰接鏢，手到拿來，百不失一，但見他身如淵停嶽峙，掌似電閃雷震，果是武學大宗匠的風範，出手更不落空。眾侍衛一見無不暗暗喝采。沒料想觸手柔軟，原來不是暗器，忙遞給皇帝。

乾隆接過一看，見是一塊紅色汗巾，四角交互打了結，打開一看，包著一片糖藕，一枚百合。一喻佳偶，一示好合。乾隆才高六斗，詩成八步，雖比當年曹子建少了兩斗，多了一步，卻又如何不解得這風流含意？那汗巾又滑又香，拿在手裏，不禁神搖心蕩。

不一會，花舫靠岸，火光中只見玉如意登上一輛小馬車，回過頭來，向乾隆嫣然微笑，慢慢放下車帷。馬車旁本有兩人高執火把等候，這時抛去火把，在黑暗中隱沒。和珅大叫：「喂，等一下，慢走！」那馬車並不理會，啼聲得得，緩緩向南而去。和珅叫道：「快找車。」但深夜湖邊，卻那裏去找車。

白振低聲囑咐了幾句，瑞大林施展輕功，「七步追魂」、「八步趕蟾」，不一刻已越過馬車，回過身來喝命車夫慢走。不久褚圓竟找到一輛車來，自是把坐車乘客趕出而強奪來的。乾隆上了車，褚圓親自御車，衆侍衛和內侍跟隨車後。前面馬車緩緩行走，褚圓抖擻精神，駕車緊跟。當年造父駕八駿而載周穆王巡遊天下，想來亦不過是這等威風。

白振見車子走向城中繁華之區，知道沒事，放下了心，料想今日皇上定要在這歌女家中過夜，但日前曾見她與紅花會的人物在一起，怕有陰謀詭計，不可不防，忙命瑞大林去加調人手，趕來保護。

玉如意的車子走過幾條大街，轉入一條深巷，停在一對黑漆雙門之前，一名男子下車拍門。乾隆也走下車來。只聽得呀的一聲，黑漆雙門打開，走出一個老媽子來，掀起車帷，說道：「小姐回來了，恭喜你啦！」玉如意走下車來，見乾隆站在一旁，忙過去請安，笑道：「啊喲，東方老爺來啦。剛才眞多謝你賞賜。快請進去喝盅茶兒。」乾隆一笑進門。

褚圓搶在前面，眼觀六路，耳聽八方，手按劍柄，既防刺客行兇犯駕，又防嫖客爭風喝醋，敵蹤若現，自當施展「達摩劍法」，殺他個落花流水，片甲不回。好在他已改用鐵鍊繫褲，再也不怕無塵長劍削斷褲帶了。

進門是個院子，撲鼻一陣花香，庭中樹影婆娑，種著兩株桂花，桂花開得正盛。乾隆隨著玉如意走入一間小廂房，紅燭高燒，陳設倒也頗爲雅致。白振在廂房中巡視一周，細查床底床後都無奸人潛伏，背脊在牆上一靠，反手伸指幾彈，察知並無複壁暗門，這才放心退出。女僕上來擺下酒餚。乾隆見八個碟子中盛著肴肉、醉鷄、皮蛋、醬瓜等消夜小菜，比之宮中大魚大肉，另有一番清雅風味。這時白振等都在屋外巡視，房中只有和珅侍候，乾隆將手一擺，命他出房。

女僕篩了兩杯酒，乃是陳年女貞紹酒，稠稠的醇香異常。玉如意先喝了一杯，媚笑道：「東方老爺，今兒怎麼謝你才好？」乾隆也舉杯飲盡，笑道：「你先唱個曲兒吧，怎麼謝法，待會兒咱們慢慢商量。」

玉如意取過琵琶，輕攏慢撚，彈了起來，一開口「并刀如水，吳鹽勝雪」，唱的是周美成的一曲「少年遊」。

乾隆一聽大悅，心想當年宋徽宗道君皇帝夜幸名妓李師師，兩人吃了徽宗帶來的橙子，李師師留他過夜，悄悄道：「外面這樣冷，又三更天啦，霜濃馬滑，都沒甚麼人在走啦，不如不回去吧。」那知給躲在隔房的大詞人周美成聽見了，把這些話譜入新詞。徽宗雖然後來被金人擄去，但風流蘊藉，丹青蔚爲一代宗師，是古來皇帝中極有才情之人，論才情我二人差相彷彿，福澤自不可同日而語，當下連叫：「不去啦，不去啦！」

皇帝在房裏興高采烈的喝酒聽曲，白振等人在外面卻忙得不亦樂乎。這時革職留任、戴罪圖功的浙江水陸提督李可秀統率兵丁趕到，將巷子團團圍住，他手下的總兵、副將、參將、游擊，把巷子每一家人家搜了個遍，就只剩下玉如意這堂子沒抄。白振帶領了侍衛在屋頂巡邏，四周弓箭手、鐵甲軍圍得密密層層。古往今來，嫖院之人何止千萬，卻要算乾隆這次嫖得最爲規模宏大，當眞是好威風，好煞氣，於日後「十全武功」，不遑多讓焉。後人有「西江月」一首爲證，詞曰：

鐵甲層層密布，刀槍閃閃生光，忠心赤膽保君皇，護主平安上炕。

湖上選歌徵色，帳中抱月眠香。刺嫖二客有誰防？屋頂金鉤鐵掌。

衆侍衛官兵忙碌半夜，直到天亮，幸得平安無事，鷄犬不驚。到太陽上升，和珅悄悄走到玉如意房外，從窗縫裏一張，見床前放著乾隆的靴子和一雙繡花小鞋，帳子低垂，寂無人聲，伸了伸舌頭，退了出來。那知從卯時等到辰時，又等到巳時，始終不見皇上起身，不由得著急起來，在窗外低呼：「老爺，要吃早點了嗎？」連叫數聲，帳中聲息俱無。

和珅暗暗吃驚，轉身去推房門，裏面門住了推不開。他提高聲音連叫兩聲：「老爺！」房裏無人答應。和珅急了，卻又不敢打門，忙出去和李可秀及白振商量。李可秀道：「咱們叫老鴇去敲門，送早點進去，皇上不會怪罪。」白振道：「李軍門此計大妙。」

三人去找老鴇，那知妓院中人竟然一個不見。三人大驚，情知不妙，忙去拍玉如意房門，越敲越重，裏面仍然毫無聲息。李可秀急道：「推進去吧！」白振雙掌抵門，微一用力，喀喇一聲，門閂已斷。

和珅首先進去，輕輕揭開帳子，床上被褥零亂，那裏有乾隆和玉如意的蹤影？登時驚得暈了過去。白振忙叫進衆侍衛，在院子裏裏外外搜了一個遍，連每隻箱子每隻抽屜都打開來細細瞧了，可是連半點線索也無。衆人又害怕又驚奇，整夜防守得如此嚴密，連一隻麻雀飛出去也逃不過衆人眼睛，怎麼皇上竟會失蹤？白振又再檢查各處牆壁，看有無複門機關，敲打了半天，絲毫不見有何可疑之處。不久御林軍統領福康安和浙江巡撫都接到密報趕到。衆人聚在妓院之中，手足無措，魂不附體，面如土色，呆若木鷄。

正是：**皇上不知何處去，此地空餘象牙床。**

那晚乾隆聽玉如意唱了一會曲，喝了幾杯酒，已有點把持不定。玉如意媚笑道：

「服侍老爺安息吧？」乾隆微笑點頭。玉如意替他寬去衣服鞋襪，扶到床上睡下，蓋上了被，輕笑道：「我出去一會，就來陪你。」乾隆但覺枕上被間甜香幽幽，頗涉遐思，正迷迷糊糊間，聽得床前微響，笑道：「你這刁鑽古怪的妮子，還不快來！」

帳子揭開，伸進一個頭來，燭光下只見那人滿臉麻皮，圓睜怪眼，腮邊濃髯，有如刺蝟一般，與玉如意的花容月貌大不相同。乾隆還道眼花，揉了揉眼睛，那人已把一柄明晃晃的匕首指在他喉邊，低喝：「丟他媽，你契弟皇帝，一出聲，老子就是一刀。」

乾隆這一急當眞非同小可，霎時間慾念全消，宛如一桶雪水，從頂門上直灌下來。那人更不打話，摸出塊手帕塞在他嘴裏，用床上被頭把他一捲，便像個鋪蓋捲兒般提了出去。

乾隆無法叫喊，動彈不得，睜眼一片黑暗，只覺被人抬著，一步一步向下走去，鼻中聞到一股泥土的霉臭潮濕之氣，走了一會，又覺向上升起，登時省悟，原來這批人是從地道中進來的，因此侍衛官兵竟沒能攔住。剛明白此節，只覺身子震動，車輪聲起，已給人放入馬車，既不知大逆謀叛者何人，又不知要把自己帶到何處？

車行良久，道路不平，震動加烈，似已出城，到了郊外。再走好半天，車子停住，乾隆感到給人抬了出來，愈抬愈高，似乎漫無止境，心中十分害怕，全身發抖，在被窩中幾乎要哭了出來。惶急之際，忽動詩興，口占兩句，詩云：「疑爲因玉召，忽上嶠之高。」

被人抬著一步一步的向上，似是在攀援一座高峯，最後突然一頓，給人放在地下。他不敢言語，靜以待變，過了半晌竟沒人前來理睬。將裹在身上的被子稍稍推開，側目外望，黑漆漆的甚麼也看不見，只聽得遠處似有波濤之聲，凝神靜聽，又聽得風捲萬松，夾著清越悠長的銅鈴之聲。風勢越來越大，一陣陣怒嘯而過，似覺所處之地有點搖晃，更是害怕，推開被頭，想站起來看看，剛一動，黑暗中一個低沉的聲音喝道：「要性命的就別動。」敢情監視著他的人守候已久，乾隆嚇得不敢動彈。

如此挨了良久，心頭思緒潮湧，風聲漸止，天色微明，乾隆看出所處之所是一間小室，但爬得這麼高，難道這是高山之巔的一所房屋？正在胡思亂想，忽聽得一陣唏哩呼嚕之聲，細細聽去，原來是監守者正在吃麵，聽聲音是兩個人，大口咀嚼，吃得十分香甜。他折騰了一夜，這時已感飢餓，麵香一陣陣傳來，不覺食慾大起。

過了一會，兩人麵吃完了，一個人走過來，將滿滿一碗蝦仁鱔糊麵放在他頭邊地下，相距約有五尺，碗中插了一雙筷子。乾隆尋思：「這是給我吃的麼？」不過這兩人既不說，肚中雖餓，也不便開口動問。只聽一人道：「這碗麵給你吃，裏面可沒毒藥。」乾隆大喜，坐起身來正要去拿，忽然身上一陣微涼，忙又睡倒，縮進被裏。原來昨夜玉如意服侍他安睡之時，已幫他將上下衣服脫得精光，這時一絲不掛，怎能當著衆人前鑽出被窩來拿麵？

那人罵道：「他媽的，你怕毒，我吃給你看。」端起碗來，連湯帶麵，吃了個乾乾淨淨。乾隆見這人滿臉疤痕，容色嚴峻，甚感懼怕，道：「我身上沒穿衣，請你給我拿一套衣服來。」他話中雖加了個「請」字，但不脫呼來喝去的皇帝口吻。那人哼了一聲，道：「老子沒空！」這人是鬼見愁十二郎石雙英，一副神情，無人不怕。

乾隆登時氣往上沖，但想自己性命在別人掌握之中，皇帝的威嚴只得暫且收起，隔了半刻，說道：「你是紅花會的麼？我要見你們姓陳的首領。」

石雙英冷冷的道：「咱們文四哥給你折磨得遍身是傷。總舵主在請大夫給他治傷，沒功夫見你，等文四哥的傷勢好了再說。」乾隆暗想，等他傷愈，不知要到何年何月，不由得暗暗著急。只聽得另一個喉音粗重、神態威猛的人道：「要是四哥的傷治不好，歸了天，那只好叫你抵命。」這人是鐵塔楊成協，這話倒非威嚇，實是出自肺腑之言。乾隆無法搭腔，只得裝作沒聽見。

只聽兩人一吹一唱，談了起來，痛罵滿洲韃子霸佔漢人江山，官吏土豪，欺壓小民，說來句句怨毒，只把乾隆聽得驚心動魄。到了午間，孟健雄和安健剛師兄弟來接班，兩人一面吃飯，一面談論官府拷打良民的諸般毒刑，甚麼竹籤揷指甲、烙鐵燒屁股、夾棍、站籠，形容得淋漓盡致，最後孟健雄加上一句：「將來咱們把這些貪官污吏抓來，也教他們嘗嘗這些滋味。」安健剛道：「第一要抓貪官的頭兒腦兒。捶他的手指，燒他的屁股。」

這一天乾隆過得眞是所謂度日如年，好容易挨到傍晚，換班來的是常氏雙俠。這對兄弟先是悶聲不響的喝酒，後來酒意三分，哥兒倆大談江湖上對付仇家的諸般慘毒掌故。甚麼黑虎崗郝寨主當年失風被擒，越獄後去挖掉了捉拿他的趙知府的眼珠；甚麼山西的白馬孫七爲了替哥哥報仇，把仇人全家活埋；甚麼彰德府鄭大胯子的師弟剪他邊割他靴子，和他相好勾搭上了，他在師弟全身割了九九八十一刀。乾隆又餓又怕，想掩上耳朵不聽，但話聲總是一句一句傳進耳來。兄弟倆興致也眞好，一直談到天明，「龜兒子」和「先人板板」，也不知罵了幾千百句。總算他們知道乾隆是總舵主的同胞兄弟，沒辱及他的先人。乾隆整夜不能合眼。常氏雙俠形貌可怖，有如活鬼，燈下看來，實令人不寒而慄。

次日早晨，趙半山和衛春華來接班。乾隆見這兩人一個臉色慈和，一個面目英俊，不似昨天那批人兇神惡煞般的模樣，又均在西湖上見過，稍覺放心，實在餓不過了，對趙半山說道：「我要見你們姓陳的首領，請你通報一聲。」趙半山道：「總舵主今兒沒空，過幾天再說吧。」乾隆心想：「這樣的日子再過幾天，我還有命麼？」說道：「那麼請你先拿點東西給我充飢。」趙半山道：「好吧！」大聲叫道：「萬歲爺要用御膳，快開上酒席來。」衛春華答應著出去。

乾隆大喜，說道：「你給我拿一套衣服來。」趙半山又大聲叫道：「萬歲爺要穿衣了，快拿龍袍來。」乾隆喜道：「你這人不錯，叫甚麼名子？將來我必有賞賜。」趙半山微笑不答。乾隆忽然想起，道：「啊，我記得了，你的暗器打得最好。」

孟健雄捧了一套衣服進來，放在被上，乾隆坐起一看，見是一套明朝的漢人服色，不覺大爲躊躇。趙半山道：「咱們只有這套衣服，你著不著聽便！」乾隆心想我是滿清皇帝，怎能穿明朝的漢人服色，可是不穿衣服，勢必不能吃飯。餓了一日兩夜之後，這時甚麼也顧不得了，只得從權穿起。

他穿了漢人裝束，雖覺不慣，倒也另有一股瀟洒之感，站起來走了幾步，向窗外一望，不由得嚇了一跳，只見遠處帆影點點，大江便在足底，眼下樹木委地，田畝小如棋局，原來竟是身在高塔之頂。這寶塔高聳如是，既在大江之濱，那定是杭州著名的六和塔了。

又過了兩個時辰，才有人來報道：「酒席擺好了，請下去用膳。」乾隆跟著趙半山和衛春華走到下面一層，見正中安放一張圓桌，桌上杯箸齊整，器皿雅潔，桌邊已團團坐滿了人，留下三個空位。衆人見他下來，都站起身來拱手迎接。乾隆見他們忽然恭謹有禮，心中暗喜。

無塵道人道：「我們總舵主說他和皇上一見如故，甚是投緣，因此請皇上到塔上來盤桓數日，以便作長夜之談，那知他忽有要事，不能分身，命貧道代致歉意。」乾隆嗯了一聲，不置可否。無塵請他上坐。乾隆便在首位坐了。

侍僕拿酒壺上來，無塵執壺在手，說道：「弟兄們都是粗魯之輩，不能好好服侍皇上，請別怪罪。」一面說一面篩酒，酒剛滿杯，無塵忽然變臉，向侍僕怒罵：「皇上要喝最上等的汾酒，怎麼拿這樣子的淡酒來？」舉杯一潑，將酒潑在侍僕臉上。侍僕十分惶恐，說道：「這裏只備了這種酒，小的就到城裏去買好酒。」無塵道：「快去，快去。這樣子的酒，咱們粗人喝喝還可以，皇上那能喝？」徐天宏接過酒壺，給各人篩了酒，就只乾隆面前是一隻空杯，他不住向乾隆道歉。

一會兒侍僕端上四盆熱氣騰騰的菜餚，一盆清炒蝦仁，一盆椒鹽排骨，一盆醋溜魚，一盆韮黃鱔背，菜香撲鼻。無塵眉頭一皺，喝道：「這菜是誰燒的？」一名廚子走近兩步道：「是小人燒的。」無塵怒道：「你是甚麼東西？幹麼不叫皇上寵愛的御廚張安官來燒蘇式小菜？這等杭州粗菜，皇上怎麼能吃？」

乾隆道：「這幾樣菜色香俱全，也不能說是粗菜。」說著伸筷去盆裏夾菜。陸菲青坐在他身旁，伸出筷子，說道：「這種粗菜皇上不能吃，別吃壞了肚子。」雙筷在他筷上一夾，潛用內力，輕輕一折，把乾隆的筷齊齊折斷了一橛。

羣雄見陸菲青不動聲色，露了這手，都是暗暗佩服。無塵心道：「他師弟張召重武功雖高，談到內功，恐怕還是不及師兄。綿裏針果然名不虛傳。」乾隆筷子被陸菲青夾斷，伸出又不是，縮進又不是，登時面紅過耳，啪的一聲，把斷筷擲在桌上。大家只當不見，「請請」連聲，吃起菜來。

徐天宏向廚子喝道：「快去找張安官來給皇上做菜。皇上肚子餓了。你不知道麼？」廚子諾諾連聲，退了下去。

乾隆自知他們有意作弄，肚中飢火如焚，眼見衆人又吃又喝，連聲讚美，心中又氣又恨，可又發作不得。菜肴一道一道的上來，塔中設有爐灶，每道菜都是熱香四散。好容易乾呑饞涎等他們吃完酒席，侍僕送上龍井清茶。徐天宏道：「這茶葉倒還不錯，皇上可以喝一杯。」乾隆接來兩口喝乾，茶入空肚，更增飢餓。蔣四根在旁卻不住撫摸肚子，猛打飽嗝，大呼：「好飽！」趙半山道：「我們已去趕辦御用筵席，請皇上稍等片刻。」無塵在一旁頓足怒罵，說怠慢了貴客，總舵主回來定不高興。周仲英把鐵膽弄得噹啷啷直響，說道：「皇上肚餓了吧？」乾隆哼了一聲，並不言語。

蔣四根道：「餓乜？我好飽！」徐天宏道：「這叫做『飽人不知餓人飢』了。天下挨餓的老百姓不知道有幾千幾萬，可是當政之人，幾時想過老百姓挨餓的苦處？今日皇上稍稍餓一點兒，或者以後會懂得老百姓挨餓時是這般受罪。」常赫志道：「人家是成年累月的挨餓，一生一世從來沒吃飽過一餐。他一天兩天不吃東西，有啥子希奇？」常伯志道：「我們哥倆小時候連吃兩個月樹皮草根，你龜兒嘗嘗這滋味看。」

說到了餓肚子，紅花會羣雄大都是貧苦出身，想起往事，都是怒火上升，你一句，我一句，說個不休。乾隆臉上青一陣紅一陣，聽他們說得逼眞，也不禁怵然心動，心想：「天下果眞有這等慘事？生而貧窮，也眞是十分不幸了。」他愈聽愈不好過，轉身向上層走去，羣雄也不阻攔。徐天宏道：「待御膳備好，就來接駕。」乾隆不理。

過了兩個時辰，乾隆忽然聞到一陣「蔥椒羊肉」的香氣，宛然是御廚張安官的拿手之作，又驚又喜，難道他們眞的把御廚給找來了？正自沉吟，張安官走了上來，趴下叩頭，說道：「請皇上用膳。」乾隆奇道：「你怎麼來的？」張安官道：「奴才昨兒在戲園子聽戲，一出門就給人架了去。今兒聽人說皇上在這兒，要奴才侍候，奴才十分歡喜。」

乾隆點點頭，走了下去，只見桌上放著一碗「燕窩紅白鴨子燉豆腐」、一碗「蔥椒羊肉」、一碗「冬筍大炒鷄燉麵筋」、一碗「鷄絲肉絲奶油爛白菜」，還有一盆「豬油酥火燒」，都是他平日喜愛的菜色，此外還有十幾碟點心小菜，一見之下，心中大喜。張安官添上飯來。無塵等齊道：「請皇上用膳。」

乾隆心想：「這次看來他們是眞心請我吃飯了。」正要舉筷，忽見一個十八九歲的大姑娘抱著一頭貓兒走了進來，對周仲英道：「爹，貓咪餓啦！」正是周綺。那貓在她手中掙了幾掙，周綺一鬆手，貓兒跳到桌上，在兩盆菜中吃了兩口。周綺和衆人紛紛呼喝，正要把貓趕下，忽然那貓兩腿一伸，直挺挺的躺在桌上，口吐黑血而死。

乾隆登時變色。張安官嚇得發抖，忙跪下道：「皇上……皇上……菜裏給他們……他們下毒……吃不得了！」乾隆哈哈一笑，道：「你們犯上作亂，大逆不道，竟要弒君。要殺便殺，何必下毒？」把椅子一推，站了起來。

無塵道：「皇上你這頓飯當眞是不吃的了？」乾隆怒道：「亂臣賊子，看你們有甚麼好下場。」他見貓兒中毒，自忖今日必死，索性破口怒罵。

無塵伸掌在桌上一拍，喝道：「大丈夫死生有命，你不吃我吃！那一位有膽子跟我一起吃？」說罷拿起筷子，在貓兒吃過的菜中夾了兩筷，送入口中，大嚼起來。羣雄紛紛落座，叫道：「死就死，有甚麼要緊？」喝酒吃菜，踴躍異常。乾隆見這批亡命徒大吃毒菜，不禁愕然，不知他們是何用意。

不一會，羣雄風捲殘雲，把飯菜吃了個乾淨，居然一點沒事。原來他們先給貓兒餵了毒藥，菜中其實並無毒藥。這一來，乾隆一席到口的酒菜固然吃不到，還給人奚落了一場。

原來那日羣雄在餘杭舟中商議，文泰來雖已救出，乾隆卻決不肯甘休，如何善後，實非容易。無塵獻議一不做，二不休，索性去將乾隆捉了來，迫他答允不得再跟紅花會爲難。羣雄個個心雄膽壯，齊聲讚好，當下重回杭州，恰逢西湖中正要選花國狀元，便將乾隆誘入玉如意的院子擒獲。

羣雄痛恨乾隆捕捉文泰來，刀砍棍打，弄得遍體鱗傷，而駱冰受傷、周仲英喪子、余魚同命危，何嘗不均是由此而起？依著常氏雙俠和蔣四根等一干人，便要將乾隆一刀殺卻，至不濟也要痛打一頓，以出心中惡氣。但陳家洛和徐天宏等以大局爲重，終於勸服了他們，才這般折辱他一番。這一來是報仇，二來是先殺他個下馬威，等陳家洛和他商談大事時，好教他容易就範。

乾隆整整挨了兩天餓，杭州官場卻已鬧得天翻地覆。皇上失蹤的消息雖沒張揚出去，全城卻已幾乎抄了個遍。杭州通往外縣的各處水陸口子都由重兵把守，不許一人進出。城裏城外，兩天內捕捉了幾千名「疑匪」，各處監獄都塞滿了。地方官府固是十分惶急，一面又乘機把富商大賈捉了不少，關在獄裏，勒索重金，料來這是「忠君愛國」的大事，日後誰都不會追究。

皇帝希奇古怪的失蹤，福康安、李可秀、白振以及一些得知消息的護駕大臣，這兩日中眞如熱鍋上螞蟻，不知如何是好。他們料想必是紅花會犯駕，出事後立時大舉在各處搜查，那知城中和軍營的紅花會人衆早已隱匿的隱匿，出城的出城，一個也沒抓到。

第三天清晨，福康安又召集衆人在撫署會商。人人愁眉苦臉，束手無策，計議要不要急報皇太后。這等大事勢在無可隱瞞，可是這一報上去，後果之糟，誰都不敢設想。

正自躊躇不決，忽然御前侍衛瑞大林臉色蒼白，急奔前來，在白振耳邊輕輕說了幾句話。白振臉色一變，立即站起，道：「有這等事？」福康安忙問情由。瑞大林道：「在皇上寢殿外守衛的六名侍衛，忽然都給人殺死了。」福康安並不吃驚，反而暗喜，道：「咱們去看看，這事必與皇上失蹤有關。說不定反可找到些頭緒。」

衆人走向乾隆設在撫署裏的寢殿。瑞大林推開殿門，迎鼻一陣血腥氣撲了過來，只見地板上東倒西歪的躺著六具屍體，有的眼睛凸出，有的胸口洞穿，死狀可怖。乾隆睡覺之時，向有六名侍衛在寢殿外守夜，皇帝雖然失蹤，輪值侍衛仍然照常值班，那知六人全在夜中被殺。白振道：「這六位兄弟都非庸手，怎麼不聲不響的就給人幹掉了？」各人目瞪口呆，誰都猜想不透。

白振察看屍體，細究死因，見有的是被重手法震斃，有的是被劍削去了半邊腦袋。那六人的兵器有的在鞘中還未拔出，想來刺客行動迅速已極，侍衛不及禦敵呼援，都已一一被殺。白振皺眉道：「這室中容不下多人鬥毆，刺客最多不過兩三人。他們一舉就害死六位弟兄，下手毒辣爽利，武功實在高明之極。」

李可秀道：「皇上既已被他們請去，又何必來殺這六名侍衞？看來昨晚的刺客和劫持皇上之人並非一路。」福康安道：「不錯！刺客也是大逆謀叛，那知皇上卻不在這裏。」白振道：「兩位所料甚是。如殺侍衞的是紅花會人物，那麼皇上是落在別人手中了。可是除了紅花會，又有誰如此大膽，敢做這般大逆不道之事？要是劫持皇上的是紅花會，此外那裏又有這等武功高強之人？」紅花會人衆已難對付，突然又現強敵，不禁心寒。再俯身察看，忽見屍體胸口有犬爪抓傷和利齒咬傷的痕跡，心念一動，忙請李可秀差人去找獵犬。

過了一個多時辰，差役帶了三名獵戶和六頭獵犬進來。李可秀已調集了兩千名兵丁，整裝待發，白振命獵戶帶領獵犬在屍體旁嗅了一陣，追索出去。

獵犬帶領衆人直奔湖濱，到了西湖邊上，向著湖中狂吠。白振暗暗點頭，知道刺客帶了犬來，打死侍衞後，命犬帶路，追尋皇帝。

獵犬吠了一會，沿湖亂跑亂竄一陣，找到了蹤跡，沿湖奔去，湖畔泥濕，果然有人犬的足印。獵犬奔到乾隆上岸處，折回城內。城內人多，氣息混雜，獵犬慢了下來，邊嗅邊走，直向玉如意的院子中奔了進去。

妓院中本來有兵把守，這時卻已不見。衆人走進院子，只見庭院室內，又死了兩名侍衞和十多名官兵。刺客下手狠辣，沒留下一個活口，有的兵卒是咽喉被狗咬斷而死。

白振看死者身材和傷口部位，心想惡狗軀體龐大，若非關外巨獒，便是西北豺狼和犬的混種，難道刺客是從關外或西北塞外而來？

六隻獵犬在玉如意臥室中轉了幾個圈子，忽在地板上亂抓亂爬。白振細看地板，並無異狀，但獵犬仍不住抓吠，便命兵卒用刀撬起地板，下面是塊石板。白振急道：「快撬！」兵卒把石板撬開，露出一個大洞，獵犬當即鑽了下去。李可秀和白振見下面是條地道，這才恍然大悟，成千兵將在妓院四周和屋頂守衛，而皇帝竟然神不知鬼不覺的失蹤，原來刺客是從地道裏進出的，不禁暗叫慚愧，率領兵卒追了下去。

註：日人稻葉君山《清朝全史》云：「乾隆御製詩至十餘萬首，所作之多，為陸放翁所不及。常誇其博雅，每一詩成，使儒臣解釋，不能即答者，許其歸家涉獵。往往有翻閱萬卷而不得其解者，帝乃舉其出處，以為笑樂。」其實乾隆之詩所以難解，非在淵博，而在杜撰，常以一字代替數語，羣臣勢必瞠目無所對，非拜伏讚歎不可。

周作人「雜談舊小說」一文談到《綠野仙蹤》時說：「冷于冰遇著一個私塾教書的老頭子，有很好的滑稽和諷刺……這老儒給他講解兩句詩，卻幸而完全沒有忘記：『媳叙俏矣兒書廢，哥罐聞焉嫂棒傷。』這裏有意思的事，乃是諷刺乾隆皇帝的。我們看他題在知不足齋叢書前頭的『知不足齋何不足，渴於書籍是賢乎』，和在西山碧雲寺的御碑上的『香山適纔游白杜，越嶺便以主碧雲』比較起來，實在好不了多少。書裏的描寫可以說是挖苦透了，不曉得那時何以沒有捲進文字獄裏去的，或者由於告發的不易措施，因爲此外沒有確實的證據，假如直說這『哥罐』的詩是模擬聖製的，恐怕說的人就要先戴上一頂大不敬的帽子吧。」

按：書中「媳釵」兩句係詠花，媳婦釵花於鬢，兒子視俏容而廢攻書；兄長揷花於罐而聞，嫂子爲防微杜漸，以棒擊罐而破之。該書成於乾隆二十九年，其時御製詩流傳天下，周說頗有見地。

乾隆第五次南巡至海寧，仍駐陳氏安瀾園，有詩云：「安瀾易舊名，重駐蹕之清……石徑雖詰曲，步來那用尋？無花不具野，有竹與之深」云云。又乾隆在海寧半夜中聞潮聲雷動，有「睡醒」一律：「睡醒恰三更，喧聞萬馬聲。潮來勢如此，海宴念徒縈。微禹乏良策，傷文多愧情。明當陟尖嶠，廣益竭吾誠。」詩中之「文」字，或係指漢文帝或指文種（？），「尖嶠」當指海寧之尖山，乾隆翌日擬往巡遊。但山字平聲，礙於平平仄仄仄，無奈改用「尖嶠」，蓋「嶠」字可平可仄也。作者恭擬御製兩句：「疑爲因玉召，忽上嶠之高」，玉者玉皇大帝也，玉如意也，似尚不失爲乾隆詩體。

乾隆在海寧督修海塘及觀潮，作詩極多，有句云：「今日海塘殊昔塘，補偏而已策無良，北坍南漲嗟燒草，水占田區竟變桑。」海寧本有柴塘，力不足以禦怒潮，「燒草」

或係指「柴」，乃乾隆杜撰之典，儒臣難解矣。「變桑」當指滄海變桑田，「策無良」意爲無良策。又有句云：「伍胥文種誠司是，之二人前更屬誰？」相傳伍子胥、文種爲海寧潮神，乾隆以海潮洶湧，自古已然，於伍文二人之前又屬誰管？數年後再到海寧觀潮，和前詩云：「設非之二人司是，如是雄威更合誰？」又海寧觀潮詩有句云：「當前也覺有奇訝，鬧後本來無事仍。」意謂海潮湧來之時，也覺十分詫異，但潮水大鬧一場之後，仍然無事，「無事仍」者，「仍無事」也。

乾隆詩才雖別具一格，但督修海塘，全力以赴，實令人心感，其在陳氏安瀾園有句云：「急愁塘與堰，懶聽管和絃。」勤政愛民，似亦非虛言。

乾隆喜用「之」、「而」、「以」、「和」、「與」等虛字以湊詩中字數。陳世倌告老還鄉時，乾隆有送行詩云：「夙夜勤勞言行醇，多年黃閣贊絲綸。陳情無那俞孔緯，食祿應教列鄭均。自是江湖憂未忘，原非桑梓隱而淪。老成歸告能無惜？皇祖朝臣有幾人？」又登海寧「觀潮樓」詩云：「南坍與北漲，幻若谷和陵。江尚岸之近，樓如舫以乘。」意謂江水離岸尚近，登樓有如乘舫。設刪去虛字而成四言詩：「南坍北漲，幻若谷嶂。江岸登樓，宛如乘舫。」其意一也，可見其詩中虛字往往多餘。其題董邦達「西湖四十景」有句云：「賢守風流白與蘇」。作者擬御製西湖即興：「才詩或讓蘇和白，佳曲應超李與王」，試爲乾隆儒臣解之：朕才子之詩，或稍不及蘇東坡和白樂天，未有定論，然玉如意佳人之曲，歌喉當勝李夫人、琵琶應超王昭君也。

書劍恩仇錄. 2,手足情義 / 金庸作. -- 二版. -- 臺北市：
遠流， 2019.04
面； 公分. --(大字版金庸作品集；2)
大字版
ISBN 978-957-32-8518-2 (平裝)

857.9 108003463